La douce
amertume du café

http://ziaaz.eklablog.com

© 2018, Zia Odet

Éditeur : BoD-Books on Demand, 12/14 rond point des Champs Élysées, 75008 Paris, France
Impression : BoD – Books on Demand, Norderstedt, Allemagne

ISBN : 978-2-3221-2204-2

Dépôt légal : mai 2018

Zia Odet

La douce amertume du café

Première partie : Cappuccino

Lundi 28 mars

Après l'exposé des objectifs hebdomadaires, Gustave Karsen se tourna vers les chargées de projet :

— Pouvez-vous nous présenter le bilan de l'audit Lambert qui a eu lieu la semaine dernière ?

Les deux femmes se levèrent, se dirigèrent vers l'écran et s'installèrent face aux six collaborateurs qui prenaient des notes. Lisa, assise devant l'ordinateur, ouvrait les fichiers tandis que sa collègue, debout, présentait les données qui s'affichaient.

Vêtue d'un tailleur cintré et d'un chemisier sciemment déboutonné qui mettaient en valeur sa poitrine opulente, Clémentine occupait l'espace. Elle fixait successivement chacun des auditeurs pour s'assurer de son attention et accompagnait ses paroles d'amples mouvements de bras. Les effluves de son parfum embaumaient la salle. Sa chevelure rousse aux boucles serrées flamboyait dans la lumière du vidéoprojecteur.

Après l'introduction, l'exposé s'orienta vers les aspects techniques de la première phase. Clémentine parlait avec assurance, d'une voix ferme et dynamique, dont la mélopée ne semblait pas devoir prendre fin. Elle anticipa sur la suite du rapport et avança des pistes d'amélioration qui n'auraient dû être évoquées qu'en conclusion.

Étonnée par cette initiative, Lisa allait se lever pour prendre la parole quand un geste de la main stoppa net son mouvement. Des lèvres vermillon s'approchèrent de son oreille gauche et lui murmurèrent d'un ton sec :

— Laissez-moi finir, je suis lancée, là.

La jeune femme blêmit sous l'assaut et resta assise, baissant la tête pour masquer sa gêne. Le monologue se poursuivit sans autre interruption. Si Gustave Karsen semblait n'avoir rien remarqué, les autres collaborateurs s'interrogeaient du regard. Le malaise était perceptible.

Surnommée « le Dragon », Clémentine était devenue au fil des mois la terreur de tout le personnel. Nul n'échappait à ses médisances et à ses coups bas. Tous savaient qu'il était dangereux de chercher à s'y opposer. Le bruit courait qu'elle avait séjourné une fois en service psychiatrique.

Comme c'était l'usage dans l'entreprise, la réunion avait été préparée à deux. Clémentine et Lisa s'étaient réparti la présentation des différentes phases de l'audit selon leurs compétences respectives. L'alternance des prises de parole devait favoriser l'écoute des auditeurs et prouver que le travail avait été mené en équipe, dans une parfaite coordination.

Mais rien ne se déroulait comme prévu. Clémentine monopolisait l'attention de tous et laissait sa collègue sur la touche. Son débit rapide, sa voix claire et son aisance naturelle parvenaient à masquer ses défaillances techniques.

— Avez-vous des questions ?

Un homme chauve aux lunettes cerclées de noir demanda des précisions sur une procédure de sécurité. La grande femme rousse se racla la gorge et consulta un dossier. Cette partie du rapport avait été travaillée par Lisa, qui s'apprêta à prendre la parole. Elle ne put articuler un seul mot, car sa collègue lui coupa l'herbe sous le pied :

— Je vais vous répondre très précisément sur ce point. Mademoiselle Ferrier, veuillez projeter le tableau de synthèse. Vous savez, celui qui contient les résultats du diagnostic de sécurité.

La jeune femme obéit. Elle cliqua sur le fichier pour ouvrir le tableau 3. C'était elle qui l'avait conçu, en compilant des données disséminées dans les multiples pages du rapport d'audit. Cette tâche fastidieuse avait occupé une bonne partie de sa soirée dominicale.

Les traits tendus par la colère, elle rêva de projeter une image humoristique pour mettre en défaut le tyran et faire rire la salle. Cette idée loufoque la détendit et lui permit d'étouffer pour un temps sa rancœur.

Ses yeux gris scrutaient l'assistance quand son regard croisa celui d'Antoine. Le jeune homme détourna la tête, avec l'air embarrassé qu'elle lisait souvent sur les visages. Tous les employés de l'entreprise connaissaient sa situation, mais ne pouvaient rien faire pour elle. Sans doute remerciaient-ils le ciel de ne pas être les coéquipiers du Dragon.

Antoine travaillait dans le même service, au quatrième étage. Leurs bureaux n'étaient distants que de quelques mètres. Il était l'une des rares personnes à lui adresser la parole lors des pauses-café. Ces moments de détente étaient pour Lisa de vraies bouffées d'oxygène... quand Clémentine ne venait pas les gâcher. Celle-ci prenait alors un malin plaisir à s'immiscer dans les conversations pour raconter sa vie en long, en large et en travers.

Les réponses aux questions se poursuivirent. Lisa sentit grandir en elle un sentiment d'injustice. Être ainsi mise au ban de la réunion sans pouvoir intervenir, à quelques jours de la présentation au client, était inadmissible. Elle devait agir.
À la fin de la séance, la jeune femme inspira pour se donner du courage et exposa d'une voix timide son avis sur l'avancée du projet Lambert. Le regard fixé sur la cravate de son supérieur, les poings serrés, elle parvint à oublier le Dragon qui bouillonnait à ses côtés.
La réunion hebdomadaire se termina quelques minutes plus tard.

Lisa quitta la salle de conférence, sa collègue sur les talons, remonta le couloir en silence et rejoignit leur bureau avec appréhension. Elle savait qu'elle avait été trop téméraire et que le retour de bâton ne se ferait pas attendre. En effet, dès qu'elles pénétrèrent dans la pièce, Clémentine ferma la porte et explosa :

— Ne me refaites jamais un coup pareil !

— Pardon ?

— Vous n'ouvrez pas la bouche pendant toute la présentation et vous osez ensuite vous adresser à Karsen comme si vous étiez la responsable du dossier ? C'est ridicule !

Elles n'avaient même pas pris le temps de s'asseoir et se faisaient face, entre la porte vitrée et les deux bureaux de métal gris. Lisa tourna la tête et observa les crayons de toutes tailles qui formaient un bouquet multicolore dans leur pot.

Après d'interminables secondes, elle parvint à articuler d'une voix faible :

— Mais c'est vous qui n'avez pas respecté le deal.

Clémentine s'emporta :

— Le deal ? N'employez pas des mots que vous ne comprenez pas. Il n'y a jamais eu aucun deal entre nous. Je suis la seule à savoir présenter oralement un rapport. Vous bafouillez, vous vous emmêlez. Contentez-vous de préparer les tableaux, c'est la seule chose que vous êtes capable de faire.

Grimpée sur ses talons aiguilles, elle toisait Lisa, la dominant de toute sa taille. Ses ongles manucurés brillaient dans les rayons du soleil qui perçaient timidement les nuages en ce mois de mars pluvieux.

— Mais je croyais qu'on devait travailler en équipe, se lamenta la jeune femme.

Le Dragon souffla :

— Pfff... Vous le faites exprès ? Je viens de vous

le dire : oui, on travaille en équipe. Vous préparez, et je présente. C'est simple ! Je n'ai pas de temps à perdre avec de la paperasse ou des tableaux. Travailler sur ordinateur me donne des migraines.

Le téléphone sonna pour les convoquer chez le responsable du projet Lambert.

— Mesdames, asseyez-vous.

Elles prirent place sur les deux chaises qui faisaient face au bureau de Gustave Karsen. Celui-ci enchaîna :

— Votre présentation était claire et concise, je vous en félicite.

Clémentine jeta un regard victorieux à sa collègue, qui se trémoussait sur son siège, mal à l'aise, attendant la suite de ce débriefing inhabituel qui n'augurait rien de bon. Son supérieur hiérarchique allait-il, lui aussi, lui reprocher sa prise de parole finale ?

La cravate rouge serrée autour du cou bovin faisait ressortir les joues rebondies, la mâchoire large et les iris noirs de ce quinquagénaire massif. La couleur du tissu brûlait les yeux de Lisa : sans savoir pourquoi, elle avait toujours associé le rouge à des émotions négatives.

— En revanche, je trouve que vous auriez pu vous appuyer davantage sur les chiffres au sujet de la sécurité, comme vous l'a fait remarquer monsieur Prieto. Il avait raison, et j'espère que vous ferez preuve de plus de rigueur lors de la présentation officielle au client.

Lisa baissa la tête, tiraillée entre la honte et la culpabilité. Cette partie lui était initialement attribuée, mais elle n'avait pas su s'imposer face à Clémentine pour prendre la parole conformément au déroulement prévu. Elle s'interrogeait sur l'attitude à adopter face à son supérieur, quand elle entendit :

— Ma collègue a préparé ce tableau au dernier moment, ce qui ne m'a pas permis de l'intégrer à ma présentation.

Comme piquée par un aiguillon, Lisa s'écria :

— Je n'y suis pour rien, moi ! Si vous m'aviez laissé parler, j'aurais tout expliqué !

Ses yeux brillants et les trémolos dans sa voix trahissaient son indignation. Devant cet aveu de faiblesse, la bouche de Clémentine esquissa un rictus moqueur.

— Ne l'écoutez pas, Monsieur Karsen. Elle sait très bien que je suis la seule personne de l'équipe apte à présenter le dossier au client. Il était donc normal que ce soit moi qui mène la réunion ce matin.

Lisa discerna dans ces paroles une forme de jubilation. Sa collègue prenait un plaisir pervers à l'humilier devant les autres. Sentant gonfler dans son ventre un nœud de frustration et de rancune, elle avala péniblement sa salive ; et resta silencieuse, incapable de prononcer le moindre mot pour sa défense.

Leur interlocuteur ne cacha pas son irritation face à de tels enfantillages. Il les congédia en leur rappelant les prochaines échéances du projet.

Après avoir traversé le parking d'un pas rapide, Lisa remonta la rue Jules Verne, qui longeait la zone d'activités, et gagna l'arrêt de bus. Il ne restait plus que deux minutes avant le passage du bus numéro 8, qui la ramènerait chez elle, rue des Glycines.

Quand elle monta à bord, le bip familier de sa carte mensuelle sur la borne magnétique fut suivi de brusques éclats de voix. Lisa avait repéré une place assise quelques rangées de sièges plus loin, mais n'osait pas avancer vers les deux jeunes qui s'amusaient à provoquer verbalement tous les passagers dont ils croisaient le regard.

La jeune femme resta donc debout à l'avant du bus, les mains serrées sur une barre métallique verticale à la propreté douteuse. Lorsque les deux provocateurs se rapprochèrent, elle sentit son corps se tendre sous la menace. Une odeur fétide d'alcool et de sueur l'enveloppa et lui donna la nausée.

Le bus s'arrêta. Lisa allait se précipiter dehors et terminer son trajet à pied quand elle comprit que le conducteur avait stoppé son véhicule entre deux arrêts pour faire descendre les deux olibrius. Dès qu'ils furent sur le trottoir, les portes se refermèrent sur leurs cris de protestation. Elle tourna la tête pour ne pas voir leurs gestes obscènes et poussa un soupir de soulagement.

Les incidents de cette nature étaient rares, heureusement. Lisa prenait le bus chaque jour, préférant laisser sa voiture dans le sous-sol de son immeuble. Quand il faisait beau, elle effectuait le trajet du retour à pied, pour profiter du soleil et flâner dans les rues du centre-ville. Il lui arrivait également de passer par le parc pour rallonger le trajet et faire un peu d'activité physique supplémentaire.

L'incident étant clos, elle s'installa sur un siège libre et consulta son téléphone. Sa mère lui avait écrit un court mail, dont le contenu la surprit.

De : Martine Ferrier
À : Lisa
Ma chérie,
J'espère que tu vas bien. As-tu conservé le cahier de ta naissance ? Il était orange, je crois. J'aimerais bien le consulter, car nous ne sommes pas d'accord sur un détail, ton père et moi. Pourras-tu me l'apporter quand nous nous verrons ? Tu peux passer dimanche, si tu veux. Tiens-moi au courant.
Bisous,
Maman

Le cahier orange... le journal que Martine avait tenu en 1988 lors de sa grossesse et pendant les premières semaines de vie de sa fille unique. Lisa ne l'avait pas feuilleté depuis des années. Où pouvait-il être ? Et pourquoi sa mère en avait-elle besoin ?

L'arrêt de bus *Glycines* se trouvait dans la rue homonyme, dans le quartier résidentiel du Bouquet. Cinq bâtiments blancs identiques avaient été posés sur un espace vert sillonné de chemins gravillonnés pour la circulation des piétons.

Lisa s'avança vers l'immeuble central. Une voie bitumée menait au parking en sous-sol. Elle la longea sur la droite pour rejoindre un petit escalier de pierre claire. L'entrée du bâtiment se trouvait en haut des marches. Elle composa son code, entra dans le hall et ouvrit la boîte aux lettres numéro 7, qui contenait des enveloppes et une pile de prospectus publicitaires. Puis, elle grimpa les volées de marches jusqu'au troisième et dernier étage.

Dans l'entrée, elle posa son sac sur le buffet en bois sombre et ajouta le courrier du jour sur la bannette qui débordait déjà.

— Il faudrait que je prenne le temps de trier tout ça, pensa-t-elle à voix haute. Hello, Doudou ! Tu es là ?

Passant dans le salon, elle parcourut la pièce des yeux. De nombreux cadres étaient accrochés aux murs. Une pile de boîtes et de cartons faisait face à l'entrée, jouxtant un meuble bas où était posé un téléviseur couvert de poussière. Une petite table placée devant le canapé gris débordait de magazines.

Un pêle-mêle abritait des photos qui se chevauchaient : Lisa enfant, cheveux nattés et hâle d'été ; sa mère et son père ensemble ; Lisa et Marie harnachées pour faire de l'escalade ; Lisa adolescente bronzée en maillot sur la plage…

En bas à droite du cadre, un cliché montrait une maison entourée d'une grille en acier noir hérissée de pointes. C'était une demeure simple, droite, symétrique, comme peuvent en dessiner les enfants : quatre fenêtres, une porte au centre, un perron de trois marches et une cheminée sur un toit en tuiles ocre.

Une imposante bibliothèque courait le long du mur, emplie de livres, de disques et de bibelots. Vestige d'avant-guerre, une machine à coudre sur son socle en fer forgé gênait le passage entre les fauteuils et la fenêtre. Un guéridon à plateau de marbre supportait une plante verte déshydratée. Deux autres plantes dormaient sur une desserte coincée entre le canapé et la porte-fenêtre.

La terrasse présentait un ensemble d'objets disparates : un séchoir à linge partiellement rouillé, des pots de toutes formes et couleurs, trois jardinières où des plantes à bulbes laissaient poindre le bout de leurs jeunes feuilles, de vieux arrosoirs et un pot à lait en zinc.

Le regard de Lisa revint dans le salon. Sur sa gauche, un bureau couvert de crayons, stylos et feutres accueillait un ordinateur portable, près de mugs abandonnés. Une pile de dossiers côtoyait une tour de bannettes en plastique débordant de papiers. Les étiquettes *À payer*, *À répondre*, *À archiver* témoignaient d'une volonté d'organisation.

Sous la chaise, Lisa aperçut un mouton de poils. Elle leva les yeux au ciel. Quel bazar !

— Doudou ?

Un chat gris apparut et vint se frotter contre ses jambes.

Mercredi 30 mars

Arrivée en avance, la jeune femme s'installa sur une chaise en rotin pour feuilleter un magazine. Le ronflement du sèche-cheveux rendait inaudibles les paroles que les deux coiffeuses échangeaient avec leurs clients.

Lisa ignora les articles consacrés au nouveau régime à la mode et jeta un œil distrait sur les potins de stars. Elle tourna les pages froissées. Son regard s'arrêta sur un titre écrit en grandes lettres bleues : *Et si vous faisiez du vide dans votre maison ?*.

Une photographie en deux parties, avant/après, montrait une chambre encombrée et la même pièce après rangement. Sur le deuxième cliché, le volume semblait plus grand et la lumière plus intense. L'article était centré sur le rangement, atout essentiel pour le bien-être au quotidien.

« *Organiser l'espace permet d'être plus efficace, de trouver rapidement ce que l'on cherche, ce qui diminue le stress et les pertes de temps. Comme le dit l'adage : une place pour chaque chose, chaque chose à sa place.* »

Dans un encadré, l'auteur évoquait la circulation de l'énergie et l'importance d'avoir un champ visuel dégagé.

— Madame Ferrier, c'est à vous. Nous allons faire votre shampooing, lui dit Patricia, sa coiffeuse habituelle.

À regret, Lisa referma le magazine, jeta un œil sur le titre et le mois de parution et le déposa sur la table basse couverte de publications colorées.

Revêtue d'une cape noire, le cou enserré dans une serviette-éponge, la jeune femme se cala au fond du siège. La fraîcheur de la vasque en porcelaine sur sa nuque la fit frissonner. Bientôt, des doigts énergiques pétrirent son cuir chevelu pour faire mousser le shampooing qui dégageait une agréable odeur de chèvrefeuille. L'eau tiède ruisselant doucement sur son crâne lui apporta une sensation de bien-être.

Son esprit divagua. Les mots de l'article tournaient en boucle dans sa tête : faire du vide. L'état de son appartement avait-il des répercussions sur son humeur et sa santé ? Elle n'y avait jamais réfléchi.

Quelle étrange coïncidence ! La veille au soir, elle s'était mise en quête du cahier orange que sa mère lui réclamait. Tous ses souvenirs d'enfance étaient rangés dans l'armoire de sa chambre, sous la penderie. Elle pensait l'y trouver, coincé entre deux albums photo ; mais elle avait rapidement abandonné ses recherches, découragée par la pile de cartons et le fatras d'objets poussiéreux qui emplissaient le bas du meuble. Elle avait tout entassé là lors de son emménagement, deux ans plus tôt, et n'y avait jamais retouché depuis.

— Ça va, Madame ? L'eau n'est pas trop chaude ?
— Non, non.

La jeune femme fit taire ses pensées parasites et allongea ses jambes, bien décidée à profiter de ces rares instants de détente.

Après lui avoir égoutté et séché rapidement les cheveux, Patricia l'invita à la suivre et lui indiqua un fauteuil proche de la vitrine. Sur la place, des passants couraient pour échapper à une nouvelle averse.

— On raccourcit de quelques centimètres ?

— Oui, comme d'habitude, répondit Lisa avec un sourire timide.

Elle aimait sa longueur, à mi-dos, et ne souhaitait pas en changer. Elle se contentait de rafraîchir sa coupe deux fois par an, en mars et en septembre, pour redonner de la vigueur aux pointes et éviter les fourches.

— Vous pourriez faire des mèches pour les éclaircir, proposa la coiffeuse. Avez-vous déjà essayé ?

— Non, j'aime bien ma couleur naturelle.

Avec un large peigne, les mains expertes procédèrent au démêlage de la chevelure humide. Ce simple geste s'accompagna d'un diagnostic rapide.

— Vos cheveux sont ternes et un peu secs. Vous êtes fatiguée en ce moment ?

Leurs regards se croisèrent dans le miroir.

— Oui, je suis débordée au boulot et je dors mal. Ils tombent. J'en retrouve partout, c'est pénible.

— Rassurez-vous, il est normal que les cheveux tombent un peu au printemps. Rien d'inquiétant. Par contre, si ça dure, je vous conseille de faire un soin pour les revitaliser. Ou de consulter un médecin.

Parfois, la chute est juste un symptôme, expliqua Patricia.

Pour l'une de ses clientes, cette perte naturelle avait précédé l'annonce du cancer et la perte totale liée à la chimiothérapie. Faire le deuil de ses cheveux avait été douloureux. La repousse, symbole de rémission, lui avait redonné confiance en elle et féminité.

— J'espère ne pas avoir à en arriver là, dit Lisa.

D'aussi loin qu'elle s'en souvienne, elle avait toujours eu les cheveux longs. Avant de partir pour l'école, sa mère lui faisait de belles coiffures : tresses, couettes, chignons... C'était leur rituel du matin. Lisa aimait ce petit moment de complicité, mais elle libérait ses cheveux au cours de la journée, pour qu'ils volent au vent. Ainsi détachés, ils formaient un rempart contre le monde extérieur : quand les adultes la complimentaient sur leur longueur ou admiraient leurs reflets blonds, la petite fille rougissait et se cachait derrière ce mince rideau capillaire.

En grandissant, elle avait appris à attacher ses cheveux pour dégager son visage ovale aux traits fins. Elle aimait avoir une coiffure impeccable pour aller travailler. Son chignon haut faisait ressortir ses iris gris, mis en valeur par de légères touches de maquillage.

Le souffle chaud du sèche-cheveux l'enveloppa et la sortit de sa rêverie. Elle se promit d'appeler sa mère en rentrant. Patricia termina par un brossage lent et soigneux pour bien placer toutes les mèches, avant de vaporiser un fin nuage de laque.

— Ça vous convient ?

Elle saisit un miroir rond, qu'elle orienta pour que Lisa découvre sa coupe.

— C'est parfait, merci, répondit la jeune femme.

Si la longueur sur ses épaules avait été allégée, seul un œil avisé pouvait distinguer la différence. Satisfaite, Lisa sourit à son reflet.

La pluie avait cessé. Elle décida de rentrer à pied et s'engagea dans la rue Émile Zola pour rejoindre la place des Victoires. Détendue par sa petite heure au salon de coiffure, la jeune femme respirait calmement l'air humide et observait les gens. Ils étaient peu nombreux et avançaient d'un pas vif, pressés de rentrer chez eux pour retrouver leur famille et préparer le repas du soir. Lisa n'avait aucune contrainte. Personne ne l'attendait, sauf son chat.

Elle passa devant la vitrine d'un café, tourna la tête et apprécia la décoration moderne. Sans réfléchir, elle poussa la porte, avisa une banquette couleur prune et s'y installa.

Qu'était-elle venue faire ici ? Elle n'en savait rien.

Le serveur vint prendre sa commande :

— Qu'est-ce que je vous sers ?

— Un café, s'il vous plaît.

— Un café, et un sourire ! C'est parti ! lança-t-il avec un clin d'œil.

Quel âge pouvait-il avoir ? Vingt-huit ans, comme elle ? Détendu, dynamique, il inspirait la sympathie. Elle se dit que le hasard avait bien fait les choses en l'amenant ici.

La vaste salle du café était presque vide. L'homme en veston noir s'éclipsa derrière un bar d'une propreté impeccable. Peinture prune avec des touches de vert anis, zinc à l'ancienne : ce mélange surprenant ne manquait pas de charme. Sur de larges étagères en verre, des bouteilles aux couleurs vives lançaient des éclats brillants. Quand l'homme s'adressa à sa collègue qui faisait la plonge derrière le comptoir, un rire franc et sonore égaya la pièce. Lisa ne put réprimer une pointe de jalousie.

Son travail n'avait rien de gai, ces jours-ci. Le projet Lambert demandait à tous un investissement important, et les affaires courantes s'accumulaient. Lisa n'avait plus une minute à elle. Et les pauses, trop rares, ne lui permettaient pas toujours de se distraire.

Devant la machine à café, le matin même, Antoine l'avait interrogée sur son appartement, rue des Glycines. Il venait de visiter un F3 dans le bâtiment voisin et voulait savoir si elle était satisfaite de l'isolation phonique et énergétique de son logement. Sa réponse n'avait pu franchir ses lèvres, car Clémentine était arrivée, telle une tornade. Pour la énième fois, elle leur avait fait l'éloge de sa maison neuve en bois, puis avait enchaîné avec la baisse des taux d'emprunt, s'étonnant que ses proches ne saisissent pas cette occasion inespérée de devenir propriétaires.

Le serveur revint avec la tasse. Le badge épinglé sur son gilet indiquait en lettres noires bien calligraphiées : *Célestin*. Lisa estima que ce prénom lui allait bien. Gilet et pantalon noirs, chemise blanche, chaussures vernies, ce look chic et classique de serveur parisien, rare dans une petite ville de province, ne faisait qu'ajouter à son charme.

Dans la soucoupe se trouvaient un morceau de sucre enveloppé, que Lisa laissa de côté, et un petit carré de chocolat noir. Depuis combien de temps n'en avait-elle pas mangé ? Elle savoura ce plaisir gourmand et but son breuvage à petites gorgées. La chaleur dans son corps la réconforta et l'aida à se recentrer sur la réalité, loin de ses soucis professionnels.

À la table voisine, deux étudiantes rédigeaient des fiches pour leurs partiels, dont la date approchait. En les écoutant, Lisa replongea trois ans en arrière, quand elle terminait son master en gestion. Elle avait perdu de vue ses amies de l'époque. Et David.

Quelques mois plus tard, elle avait obtenu son premier poste, en CDI. Elle aimait son boulot, le travail sur dossiers, les délais à respecter, les échanges en équipe. La malchance avait voulu qu'elle soit engagée peu de temps après Clémentine, et qu'elles partagent le même bureau.

Son téléphone vibra sur la table. Marie lui proposait de passer chez elle le samedi suivant, à quinze heures. Lisa sourit, heureuse de constater que sa meilleure amie ne l'oubliait pas. Elle confirma le rendez-vous et ajouta ces mots :

J'ai un projet dont j'aimerais te parler.

Samedi 2 avril

Lisa accueillit son amie avec animation.

— Vas-y, installe-toi, j'arrive. J'ai encore un document à terminer. Tu nous prépares deux cafés ?

Marie se dirigea vers la cuisine, suivie par Douglas, qui rejoignit son panier sous la fenêtre. Le liquide sombre s'écoula de la machine à expresso en diffusant son arôme corsé. La jeune femme posa les deux tasses sur la table encombrée de boîtes et de papiers. Un bloc de notes repositionnables y côtoyait un paquet de biscuits entamé, abandonné près d'un pot plein de crayons et de stylos. Celui-ci masquait les premières lignes d'une liste de courses griffonnée d'une écriture rapide. Le long du mur, une grande feuille bleue attira l'attention de Marie qui s'en saisit et lut à voix haute :

— *Vétérinaire, gynéco, appeler parents, réserver vacances...* La liste est toujours aussi longue, on dirait. Et pourquoi pas : s'inscrire sur *Lhommeideal.fr* et trouver le prince charmant ? Le pauvre, il t'attend depuis si longtemps... Il va finir par aller voir ailleurs.

Lisa accourut dans la cuisine en s'écriant :

— Eh, rends-moi ça !

Dans un grand éclat de rire, Marie esquiva l'attaque et s'échappa vers le salon, où elle se laissa tomber dans le canapé, n'opposant aucune résistance quand son amie lui arracha le papier des mains.

— Viens donc boire ton café, au lieu de

m'embêter !

Dans la cuisine, Marie balaya de la main les poils gris, bien visibles sur son gilet noir. Son sourire laissa place à un froncement de sourcils.

— Tu es toute blanche. Tu devrais sortir un peu le week-end. Ça te dirait de venir à la piscine avec moi ? C'était cool quand on réussissait à y aller tous les dimanches matins.

— J'ai pas le temps avec le projet Lambert. Je travaille comme une folle ! Vivement que ça se termine, j'en peux plus.

— Tu ne bosses pas le dimanche, quand même ?

— Si, ça m'arrive. Mais pas le matin. Dimanche dernier, j'étais tellement crevée que je suis restée au lit jusqu'à onze heures.

Les difficultés professionnelles de Lisa étaient tatouées sur sa peau, dans ces cernes dont le bleu tranchait avec ce teint blafard, habituel en sortie d'hiver. Depuis quelques semaines s'y était ajoutée une lassitude inquiétante.

Elle poursuivit :

— Et puis, je vais avoir des choses plus importantes à faire dans les jours à venir.

— Ah, oui ! C'est vrai ! Je n'y pensais plus. Alors, ce grand projet ?

Lisa chercha ses mots :

— Je... j'ai besoin de changer d'air, de... de respirer. Je t'expliquerai ça tout à l'heure. Dis-moi plutôt comment va ta sœur.

Elle se pencha pour attraper son chat, qui se lova

sur son giron. Sous les caresses, sa main fut bientôt pleine de poils gris et blancs. Le panier en tissu vert en était également tapissé.

Les yeux rivés sur sa tasse, Marie expliqua d'une voix blanche :

— Elle a rendez-vous chez un spécialiste le mois prochain. D'ici là, repos. Son médecin a prolongé son arrêt de travail.

Douglas ronronnait dans les bras de sa maîtresse, qui ne répondit pas.

— Et toi, tes parents ? Ton père est revenu ?

— Oui, j'imagine. Enfin... je ne sais pas. Je ne les appelle jamais, reconnut Lisa, gênée par cette question.

Elle libéra le félin et alla se laver les mains. Le long de l'évier étaient alignés plusieurs flacons de produits ménagers, des éponges usagées et une vieille brosse à dents. Elle remarqua deux couvercles de pots de confiture, propres et secs, qu'elle jeta à la poubelle.

— Tu sais que ça se recycle ? lui demanda Marie.

— Ah bon ?

— Oui, sac jaune. C'est du métal.

— Logique. Je n'y avais jamais pensé. J'y veillerai la prochaine fois.

Lisa revint s'asseoir et huma les effluves de son café en fermant les yeux, avant d'attraper un élastique noir sur son poignet pour s'attacher les cheveux.

— Tu es retournée chez la coiffeuse ?

— Oui, mercredi. Ça se voit tant que ça ?

— Non, pas vraiment, rassure-toi. Je sais que tu

n'aimes pas le changement. Tes cheveux sont vraiment magnifiques. Si les miens étaient aussi beaux, je les laisserais pousser. Mais ils sont trop fins. De vraies queues de rat.

Inséparables depuis le lycée, les deux amies formaient un duo inattendu. Lisa, petite, fine, discrète, se cachait derrière ses longues mèches claires. Marie, grande, sportive, mate de peau, ne passait pas inaperçue. Sa coupe courte donnait de la vigueur à ses cheveux bruns et renforçait son apparence androgyne.

Le regard de Lisa errait sur le frigo couvert de notes multicolores et de bons de réduction.

— Lili ? Qu'est-ce qui se passe ? C'est quoi ce projet mystérieux ?

— Tu vas me prendre pour une folle.

— N'importe quoi ! On se dit tout, tu sais bien.

— ...

— Bon allez, accouche !

— Je... je n'en peux plus de tout ce bazar ! Cet appartement me démoralise. La poussière et le courrier s'accumulent. Ma bibliothèque croule sous les bibelots et regorge de livres que je ne lis jamais. Je dois agir.

— Tu veux faire un grand ménage de printemps ?

— Plus que cela. Je vais faire... du vide !

Marie sourit, étonnée et soulagée. En blaguant, elle avoua qu'elle avait craint un projet bien plus ambitieux : un voyage au Népal, un relooking complet... ou l'inscription sur un site de rencontre.

Elles en rigolèrent.

Son amie lui expliqua ce qu'était le désencombrement : se libérer du superflu pour ne garder que l'essentiel. Pour cela, il fallait d'abord trier, puis vendre, donner ou jeter les objets qui n'étaient plus utiles ; et ranger ceux que l'on souhaitait conserver en limitant leur nombre au strict minimum.

— C'est intéressant. Mais tu penses vraiment que ça va changer ta vie ?

— Il paraît que cela apporte de l'espace, une meilleure organisation au quotidien et un sentiment de liberté, confirma Lisa.

Elle ne fut pas étonnée de voir une moue dubitative accueillir ses paroles. Marie aimait bouger, sortir. Le printemps était pour elle une saison propice aux activités extérieures : tennis, randonnées, footing, sorties en vélo, balades en rollers... Le moindre rayon de soleil l'attirait au grand air. Lisa ajouta :

— Je vais avoir besoin d'aide. Je peux trier seule, mais j'aimerais que tu sois là pour suivre mes progrès et me motiver.

— Hum... Je serai ton coach, si je comprends bien, conclut Marie.

Après quelques secondes de réflexion, elle accepta d'accompagner son amie dans ce projet, à une condition : que Lisa vienne à la piscine avec elle, au moins un dimanche sur deux.

Les deux complices établirent ensemble un programme à respecter, dont la première étape devait se dérouler le soir même.

Ranger ta chambre. Ces mots écrits par Marie sur la feuille bleue la firent sourire. Ranger sa chambre, comme une enfant.

Petite, Lisa avait eu deux chambres : la chambre rose du pavillon où ses parents vivaient encore aujourd'hui et la chambre à fleurs, dans « la grande maison ». Cette résidence secondaire se trouvait dans le village de Mina, sa grand-mère paternelle.

Pendant l'été, Lisa y passait quelques semaines de vacances en famille. Chaque soir, avant de rejoindre sa petite maison en pierre, Mina montait dans la chambre à fleurs pour lire une histoire. La fillette aimait ces instants de tendresse, allongée dans son lit bien bordé, où elle se sentait en sécurité. Quand elle plongeait dans le sommeil, sa grand-mère lui caressait les cheveux, déposait sur son front un léger baiser et quittait la pièce à pas de loup.

Dans la cuisine, Lisa s'assura que la gamelle de son chat était pleine de croquettes, avant de rejoindre sa chambre en chantonnant, l'animal sur les talons.

Évoquer son enfance lui avait donné envie de se replonger dans ses souvenirs. De l'armoire, elle sortit un carton brun, sans inscription, d'où elle extirpa une lourde pile de classeurs en similicuir bordeaux.

Lentement, elle tourna les pages de l'album portant le millésime 1996, l'année où son père avait acheté la grande maison. Lisa avait huit ans. Elle observa les pièces en désordre après l'emménagement, les murs, les meubles, mais surtout les visages. Comme Mina était belle !

Le temps se figea. Le regard vide, la jeune femme projeta dans sa tête le film de ces vacances en famille, dont les images n'existaient plus que dans sa mémoire. Sa gorge se serra.

Lorsque Douglas sauta sur le lit, Lisa revint dans le présent, se redressa subitement et l'interrogea d'une voix rauque :

— Où est-il ? Il faut que je le retrouve.

Le chat plissa les yeux, comme s'il comprenait la demande de sa maîtresse.

La jeune femme venait de se rappeler une promesse faite à sa grand-mère. Le visage livide, elle se rua vers l'armoire, sortit plusieurs boîtes de tailles et de couleurs variées, les secoua, les ouvrit, et en inspecta le contenu. Le bijou qu'elle cherchait ne s'y trouvait pas.

Où pouvait-il être ?

Gênée par ses cheveux, elle attrapa un vieil élastique parmi les multiples objets qui traînaient sur la table de chevet, remonta ses longues mèches emmêlées et les attacha en une boule informe et hirsute.

— Il faut que je le retrouve ! répéta-t-elle.

Les joues blanches, le cœur serré, les mains fébriles, elle vida l'armoire entièrement. Le lit disparut sous les vêtements, chaussures, sacs, foulards et accessoires. Elle ouvrit les cartons de souvenirs entassés là, les retourna, déversa leur contenu sur le parquet. Rien ! Il n'était nulle part. C'était un comble : avoir accumulé tant d'objets et être incapable de retrouver le seul d'entre eux auquel elle tenait vraiment.

Sa quête se poursuivit dans le salon. Où avait-elle pu mettre la boîte ? Explorant les étagères de la bibliothèque, elle écarta livres et CD, déplaça les bibelots un à un et heurta un cendrier, qui glissa et se brisa sur le sol. Enjambant les morceaux épars, elle se dirigea vers la porte-fenêtre. Une pile de caisses avait été dressée là, dans l'angle, depuis le décès de sa grand-mère. Elle les fouilla toutes, souleva la poussière, exhuma des papiers jaunis, remua ciel et terre. En vain.

— Mais ce n'est pas possible. Je ne peux pas l'avoir perdu ! J'ai promis à Mina de ne jamais m'en séparer.

Tremblante, elle inspecta la pièce, sans comprendre où elle avait pu égarer cet objet essentiel. Qu'en avait-elle fait ? Elle sentit dans ses tripes la peur s'insinuer, une peur irrationnelle, venue de l'au-delà. C'était une des dernières volontés de sa grand-mère. Et elle ne l'avait pas respectée.

Sur l'étagère de la bibliothèque, elle aperçut un CD de son groupe préféré. Elle plaça le disque dans le lecteur, augmenta le volume et se mit à chanter à tue-tête, comme elle le faisait à quinze ans. C'était une plainte désespérée, un mélange de rage et d'angoisse. Les basses résonnaient dans son corps, ses cordes vocales vibraient, écorchant les paroles qu'elle connaissait par cœur.

Après trois chansons, elle se laissa tomber dans un fauteuil, essoufflée, le ventre vrillé par la peur d'avoir rompu sa promesse.

C'était un signe négatif. Un de plus.

Une vague immense déferla sur elle et se retira en emportant ses dernières forces. Elle ne voulait plus lutter. Les brimades de Clémentine, le projet Lambert, les dossiers qui s'accumulaient... elle ne pouvait plus affronter tout ça. Elle était épuisée par ces journées de travail qui se ressemblaient toutes. Il fallait qu'elle démissionne, qu'elle quitte cet enfer.

Le cafard la poursuivit. De noires pensées se mirent à tourner en boucle dans sa tête : personne ne s'intéressait à elle, son chat perdait ses poils et allait certainement mourir, jamais elle n'oublierait David, elle finirait seule dans cet appartement poussiéreux, les objets allaient l'ensevelir, son bonheur passé ne reviendrait pas, sa vie ne valait rien, elle était trop petite et trop laide pour plaire, elle n'avait aucun projet d'avenir, aucune ambition, aucun talent...

Le cœur lourd, elle enfouit son visage dans un coussin et laissa ses larmes couler.

Quand son tourment intérieur se calma, elle se sentit apaisée et reprit confiance en elle. Son objectif pour les semaines à venir était simple : mener à terme son projet de désencombrement. Pour elle-même. Et pour Marie.

Sur le seuil de la chambre, la jeune femme constata l'étendue du champ de bataille : elle allait devoir réparer les dégâts. Son estomac gargouilla et elle accepta de se restaurer avant d'entamer son premier grand chantier de tri.

Le repas fut vite avalé : une soupe, un morceau de pain, un bout de fromage et une poire. Lisa avait perdu tout intérêt pour la cuisine depuis qu'elle vivait seule.

L'aiguille des minutes parcourut deux tours complets et la nuit tomba sur la chambre.

Lisa avait trié chaussures, accessoires et vêtements. Les souvenirs avaient rejoint leurs cartons. Elle les emporta dans le salon, afin de respecter la fonction précise de chaque pièce. La chambre était un endroit pour dormir et s'habiller, pas un lieu de mémoire ou de stockage.

Dans l'entrée, elle accumula tout ce qui devait quitter l'appartement : les deux gros sacs de vêtements qu'elle déposerait dans la benne de récupération en bas de l'immeuble, puis les objets et chaussures qui seraient vendus sur un site de petites annonces en ligne.

Après avoir passé l'aspirateur, elle contempla le résultat. Le mobilier se limitait à quatre éléments : le lit, l'armoire, une commode à trois tiroirs et la table de chevet. Le seul objet personnel qu'elle avait laissé en vue était le roman qu'elle lisait parfois le soir avant d'éteindre la lumière. Elle retourna dans le salon chercher une petite bougie rose qu'elle posa sur la commode. La cerise sur le gâteau.

Elle s'allongea sur le lit pour avoir un autre point de vue. Ouvrant la porte de l'armoire avec son pied, elle en admira le contenu : vestes, chemises, jupes et pantalons bien pendus, T-shirts, pulls et tops pliés en piles droites. Les accessoires et sous-vêtements avaient rejoint la commode. Le bas du placard ne contenait plus que quelques boîtes à chaussures soigneusement étiquetées. Plus d'objets insolites, aucun carton encombrant.

Le regard de la jeune femme s'attarda sur sa garde-robe. Au milieu de vêtements gris ou noirs, les tops et chemisiers étaient blancs ou pastel, sans aucune touche de couleur vive. Sa préférence pour les tenues classiques aux teintes douces s'était renforcée lors de son entrée dans le monde professionnel. Lisa n'était pas une adepte de la fantaisie.

Prenant conscience de cette facette de sa personnalité, elle s'interrogea. Quelle image renvoyait-elle aux autres ? Comment percevaient-ils cette jeune femme fluette habillée de couleurs tristes et coiffée d'un chignon de petit rat ? Elle se leva et alla ouvrir le deuxième tiroir de la commode. Ses foulards, ceintures et sacs étaient pâles : vieux rose, mauve, vert d'eau… Tout cela manquait vraiment de gaieté.

Son œil s'arrêta sur la pochette en cuir blanc qu'elle avait hésité à placer dans la pile *À vendre*. Elle l'avait achetée deux ans plus tôt, pour le mariage de sa cousine Clothilde.

Ce jour-là, à Saint-Lantier, Lisa portait une robe parme, fluide et élégante. David avait choisi un costume gris, qui lui donnait beaucoup de charme. Ils s'accordaient bien. Martine, émue de les voir aussi beaux, leur avait proposé de les prendre en photo. Ils étaient allés près du plan d'eau, devant les longues branches souples des saules pleureurs. Ce cliché, Lisa l'avait conservé, mais ne pouvait plus le regarder sans un pincement au cœur.

Son père s'était montré distant toute la journée, et absent pendant la soirée. Où était-il parti ? Lisa n'avait posé aucune question. Tous les Ferrier savaient que Pierre était un courant d'air. Sa mère semblait s'y être résignée avec les années. Elle avait dansé avec d'autres hommes, sa préférence allant à l'oncle Edgar, son beau-frère, réputé pour être le meilleur danseur de la famille.

Dans l'après-midi, Lisa avait souhaité profiter de son séjour pour un petit pèlerinage sur les lieux de son enfance. Elle voulait montrer à David la grande maison dont elle lui avait si souvent parlé. Quand elle avait proposé à ses parents de les accompagner, son père avait émis un refus catégorique avant de quitter la chambre d'hôtel en claquant la porte.

Martine avait adressé à sa fille un sourire plein d'indulgence.

— Ne t'inquiète pas. Il est comme ça, tu le connais. Allez-y tous les deux, pour une petite balade en amoureux. Vous allez voir, David, elle est belle, cette maison. J'aimais y passer les vacances, malgré tout.

Lisa n'avait jamais oublié ces mots : malgré tout...

Samedi 16 avril

C'était le troisième rendez-vous qu'elle prenait pour vendre des objets à des particuliers. Comme convenu, elle attendait sur le parking de covoiturage le plus proche de chez elle, à la sortie de la ville. Quatorze heures dix, l'acheteur aurait déjà dû être là. S'il n'arrivait pas dans les cinq minutes, Lisa rentrerait chez elle, déçue. Personne ne lui avait encore posé de lapin, mais cela finirait bien par arriver un jour ou l'autre.

Voyant dans le rétroviseur un homme approcher, elle sortit de son véhicule pour aller à sa rencontre.

— Bonjour, c'est pour l'annonce ? lui demanda-t-elle.

— Oui, bonjour. J'espère ne pas vous avoir fait attendre, répondit-il en lui serrant la main d'un geste ferme mais mesuré.

— Non, ça va. Je viens d'arriver.

Dans le coffre de sa voiture, elle prit délicatement des assiettes en faïence.

— Elles sont toutes là. Il y en a douze : une pour chaque mois de l'année. Certaines sont un peu usées au niveau de la dorure, précisa-t-elle.

Quand l'acheteur approcha, son odeur boisée enveloppa Lisa, qui s'étonna de sa taille et de son âge. Ses cheveux bruns étaient humides, comme s'il sortait de la douche. Faisait-il du sport pendant sa pause méridienne ?

Saisissant la pile d'assiettes de ses grandes mains, il les inspecta une à une, longuement. Son index droit, couronné d'un ongle carré bien taillé, caressa les moindres éclats pour en sentir les aspérités. D'un œil de connaisseur, il observa les gravures qui ornaient le centre de chaque pièce : paysannes en robes de toile, femmes du monde, hommes en redingote. Il s'attarda sur l'illustration du mois de septembre, une scène de vendanges dont le style rappelait les œuvres de Gustave Doré.

— Elles sont en bon état, dit l'homme. Je les prends.

Lisa remit les assiettes dans leur carton de transport, tandis qu'il sortait quelques billets d'un portefeuille en cuir brun. Elle encaissa l'argent et s'adressa à lui d'une voix mal assurée :

— Est-ce que je peux vous demander pour qui vous achetez ces assiettes ?

Quand il leva les sourcils, elle précisa sa pensée :

— Je... je suis étonnée. Je pensais que les objets anciens intéressaient des personnes plus âgées.

L'homme la dévisageait, visiblement amusé par sa curiosité. Sa bouche s'illumina d'un sourire malicieux.

— Vous me trouvez trop jeune, c'est ça ?

Lisa rougit en regardant les chaussures masculines impeccablement cirées.

D'une voix amicale, il poursuivit :

— Non, ce n'est pas pour moi, c'est pour mon père. Il est antiquaire dans la région. En général, il fait ses acquisitions lui-même, mais il a été appelé hier pour une succession et m'a donc demandé de venir à sa place.

La jeune femme se détendit et osa lever les yeux sur lui. Il mesurait un bon mètre quatre-vingt-dix, mais elle décida de ne pas se laisser impressionner par sa haute taille et sa carrure d'athlète.

— Antiquaire ? Ça m'intéresse, affirma-t-elle d'une voix plus posée. Je suis en train de faire du vide, voyez-vous. J'ai quelques beaux objets qui me viennent de ma grand-mère. Elle est décédée il y a plusieurs mois maintenant et je ne suis pas sentimentale. Je veux vendre tout ce qui peut l'être.

— Il faut vous adresser à mon père. Je vais vous donner son adresse mail. Vous pourrez lui envoyer des photos, ou les liens vers vos annonces.

Sa main plongea dans la poche de sa veste et en sortit une carte de visite brune, sur laquelle brillaient les mots *M. GUILLEMIN, Antiquaire*. Sur la droite, une gravure dorée représentait une pendule ancienne. L'homme retourna la carte et écrivit au verso.

— Puis-je vous demander votre nom ?

— Je m'appelle Lisa Ferrier. Je peux vous laisser mon numéro de téléphone, si vous voulez.

— Oui, pourquoi pas ?

Elle lui nota ses coordonnées sur un papier, qu'il empocha.

— Vous faites des estimations ? J'ai plusieurs objets dont j'ignore la valeur, dont une pendule qui ressemble un peu à celle-ci, dit-elle en pointant la carte qu'il venait de lui remettre. J'ai du mal à rédiger mes annonces, par peur de me faire arnaquer. Avoir l'avis d'un professionnel, votre père je veux dire, me serait bien utile.

— Oui, il faudrait que nous venions chez vous. Mon père pourra faire une évaluation gratuite de vos biens et vous dire si certains objets l'intéressent.

— Ce serait parfait. Merci, conclut-elle.

Le carton dans les bras, l'homme s'éloigna vers son coupé blanc. Songeuse, Lisa le regarda poser délicatement dans le coffre les assiettes de Mina. Qu'allaient-elles devenir ? Rejoindraient-elles le vaisselier d'un collectionneur ? Resteraient-elles longtemps chez l'antiquaire avant de trouver un nouveau propriétaire ?

L'homme ouvrit sa portière et lui lança d'un ton enjoué :

— Je m'appelle Théodore, Théo pour les intimes. À bientôt !

Sa voix était grave et sympathique. Elle n'eut pas le temps de lui répondre : le véhicule s'élançait déjà dans un vrombissement sourd.

Quelle rencontre providentielle ! Ravie, la jeune femme rentra chez elle plus motivée que jamais.

Pour faire avancer son projet de désencombrement, Lisa s'était inscrite à un vide-grenier, le dimanche 24 avril. Il ne lui restait plus que huit jours pour terminer le rangement du salon.

Les objets de Mina avaient été triés et mis en cartons : bibelots et souvenirs de voyages, collection de poupées anciennes, éléments de vaisselle, séries de mouchoirs brodés, napperons, piles de draps et de serviettes... tout ce qu'une vieille dame conservait dans sa petite maison à la campagne, vestiges du temps où elle s'était mise en ménage.

Mina s'était mariée jeune avec Bertrand, un gars du village. C'était un mariage de raison, mais elle s'était attachée à son époux. Pendant plus de quarante ans, ils avaient cheminé ensemble, avant que le cancer ne les sépare prématurément.

Lisa venait de naître. De son grand-père, elle ne gardait que le souvenir de photographies en noir et blanc sur le buffet de Mina. Plutôt grand, mince, un peu voûté par les années, il avait un regard clair et doux.

Elle aurait aimé mettre sa petite main dans la sienne et découvrir avec lui les chemins qui bordaient le village. Ensemble, ils seraient allés à la pêche et auraient passé de longues heures à écouter la nature. Elle aurait été heureuse près de cet homme qu'elle imaginait calme, disponible et patient.

Sur les étagères les plus basses de la bibliothèque, près du sol, des cartons n'avaient pas été ouverts depuis son emménagement, deux ans plus tôt. Elle en prit un, le posa sur la table basse et s'installa dans le canapé.

Une fois les rabats écartés, plusieurs boîtes de formes et de couleurs variées apparurent. Lisa retrouva avec émotion un coffret ovale en bois sombre et passa sa main sur les faces arrondies. Le couvercle plat et poli était fermé par un petit crochet d'étain. Lorsqu'elle le souleva, une ritournelle célèbre s'échappa. Les notes s'épuisèrent bientôt et finirent par s'éteindre.

Lisa retourna la boîte à musique et actionna la clé pour enrouler le ressort. La mélodie s'éleva à nouveau dans le salon. En entendant ces notes familières, une bouffée de nostalgie envahit la jeune femme. Elle se revit enfant, près de sa grand-mère.

— Beethoven a écrit cette mélodie pour une femme qu'il aimait et qui se prénommait Élisabeth. On appelle cette pièce musicale *La lettre à Élise*. Mais on pourrait dire *La lettre à Lisa*. Ce serait plus joli, tu ne crois pas ? lui avait confié la vieille dame d'une voix guillerette.

Depuis, *La lettre à Lisa* était devenue son hymne personnel. Elle imaginait que Beethoven l'avait composée pour elle. Mina avait acheté un 33 tours des plus grands airs de la musique classique. Quand le disque vinyle tournait et crépitait sur la chaîne hi-fi, le piano emplissait le séjour de la maison de la vieille dame, à Saint-Lantier. L'enfant reconnaissait l'air de sa boîte à musique, cette boîte en bois, lisse et douce, qui était devenue son plus joli coffre à trésors.

L'intérieur était partagé en deux compartiments : à gauche, le mécanisme ; à droite, un espace de rangement. Quelques années plus tôt, elle avait déposé là les bijoux auxquels elle tenait : des boucles d'oreilles en or que sa grand-mère lui avait offertes pour son dixième anniversaire, la première bague qu'elle s'était achetée adolescente et une montre d'enfant au bracelet usé.

Un petit sachet en mousseline bleue y dormait aussi. Elle le prit, écarta le ruban qui en fermait l'accès et plongea ses doigts dans l'ouverture. Il était là. Celui qu'elle avait tant cherché, celui qu'elle craignait d'avoir perdu : le collier de Mina. Un long soupir de soulagement s'échappa de sa poitrine. La promesse faite à sa grand-mère n'avait pas été rompue.

— Quand je ne serai plus là, tu pourras vendre ou donner tout ce qui m'appartenait, mais ce collier, c'est une partie de moi. J'aimerais que tu le conserves toute ta vie, lui avait murmuré la vieille dame.

— C'est promis, Mina. Je le garderai toujours.

La jeune femme plaça l'objet sur sa paume droite, laissant pendre au bout de ses doigts le ruban noir. Elle l'admira. C'était une miniature carrée peinte à la main qui représentait un bord de mer. Un phare minuscule y apparaissait au loin. Les traits étaient si fins qu'ils donnaient au paysage une précision cristalline. Il lui sembla entendre le grondement des vagues tant elles étaient réalistes, prêtes à entrer en mouvement.

L'œuvre était entourée d'un cadre aux reflets cuivrés, poli par les années, dont elle sentit le contact froid sur sa main. Elle imagina le cou de la femme qui l'avait portée : cette poitrine jeune et belle, dont la peau s'était distendue et ridée au fil des années. Le collier, lui, n'avait pas vieilli depuis ce jour où Mina lui en avait confié la garde éternelle.

— Pourquoi est-il si important pour toi ? avait demandé la petite fille. C'est un cadeau qu'on t'a fait ?

— Oui, Lisa. C'est un bijou que ton grand-père m'a offert lors de notre voyage de noces. C'était en Italie, sur une plage du sud de la Toscane, deux ans après notre mariage. Ce jour-là, j'ai compris que je l'aimais.

— Il ne t'a plus jamais donné de cadeau après ?

— Si, bien sûr. Mais ce n'était pas aussi fort. Ce collier a une valeur symbolique. Tu comprends ce que cela veut dire ?

— Ça veut dire qu'il est plein d'amour ? avait demandé la petite fille en levant sur sa grand-mère des yeux candides.

Mina avait ri tendrement avant d'entourer l'enfant de ses bras chauds et fragiles, pour la serrer contre son cœur.

— Oui, c'est ça, ma chérie, tu as tout compris.

Lisa referma sa main sur le collier et le rangea dans la boîte à musique, pensive. Mina lui manquait tant. Guérit-on un jour de l'absence ? Sa grand-mère avait été la seule à lui témoigner un attachement sincère et absolu. Les sentiments de ses parents étaient différents, plus complexes. Quant à David... l'avait-il vraiment aimée ?

Elle chassa cette pensée et poursuivit l'exploration de ses cartons. Elle en sortit des trésors d'enfant, des souvenirs d'adolescente, des objets qu'elle avait conservés sans savoir pourquoi. Elle en jeta certains, en mit d'autres de côté pour le vide-grenier, mais elle ne parvint pas à localiser le cahier orange de sa naissance, que sa mère lui avait réclamé.

D'une boîte bleue, elle exhuma son doudou : un ourson jaune d'environ vingt-cinq centimètres, avec une salopette à motif écossais. Qu'il était laid ! Comment avait-elle pu en faire sa peluche favorite ? Le tissu était râpé, les coutures distendues. Un œil de travers lui donnait le regard torve et une petite langue rouge en velours sortait de la bouche de fil noir en grimaçant.

Devait-elle garder ce compagnon qui avait tant compté pour elle ? Elle toucha ses pattes molles, ses oreilles rondes, son ventre rebondi. Il n'avait pas changé. Et pourtant, cet être de tissu n'évoquait plus rien pour elle. Lorsqu'elle le prit dans ses bras et le pressa contre sa poitrine, elle ne retrouva pas ses émotions d'enfant. Désormais, il n'était rien d'autre qu'un vieux jouet.

Avisant son téléphone portable sur la table, elle prit l'ourson en photo. Alors seulement, elle réussit à le déposer dans le vaste sac-poubelle en plastique noir.

Numériser ses souvenirs, n'en garder qu'une image, l'idée lui plut. Cela l'aiderait à être plus efficace dans son tri, à moins tergiverser sur le devenir de certains bibelots qui n'avaient qu'une valeur sentimentale. Pourquoi conserver des objets qui allaient à nouveau dormir dans un carton pendant des années ? Ce lien au passé, cette peur de la séparation l'intriguait. Que cachait ce besoin de garder, de posséder ? Réussirait-elle à dépasser ce stade ? L'image était un palliatif : grâce aux photographies stockées dans son ordinateur, elle pourrait revoir chaque objet si elle en éprouvait le besoin, sans encombrer son intérieur.

Ouvrant le dernier carton, elle y découvrit la collection de boîtes en métal qu'elle avait débutée à onze ans. La décision tomba comme un couperet : à vendre. Elle plaça les boîtes sur son bureau le long du mur et les immortalisa avec son téléphone.

En cliquant sur l'icône *Galerie*, elle constata que les photos commençaient à s'accumuler dans l'appareil. Le désencombrement matériel ne devait pas se transformer en encombrement numérique. Elle décida donc de créer sur son ordinateur un dossier *Souvenirs* pour y stocker tous les clichés. Chaque image serait nommée avec le nom de l'objet, précédé d'une année approximative, afin de hiérarchiser les souvenirs du plus ancien au plus récent. Elle allait allumer le portable pour y transférer les photos et s'atteler à cette tâche d'archivage, quand un miaulement déchira le silence.

— Doudou, que se passe-t-il ? Tu as faim ?

L'horloge affichait vingt heures quatorze. Déjà !

Abandonnant les boîtes en métal sur le bureau, elle s'éloigna vers la cuisine. Elle n'avait pas pensé à les ouvrir pour s'assurer qu'elles étaient vides.

Dimanche 17 avril

Dans le vestiaire, elle enfila son vieux maillot de bain au tissu râpé. Il était tout détendu au niveau des fesses. Avait-elle maigri ? Lisa enroula sa serviette autour de sa taille et pria pour ne croiser personne avant d'être dans l'eau.

Elle suivit Marie jusqu'aux douches, en admirant sa silhouette tonique. Les abdominaux se dessinaient sur son ventre plat. Sa peau mate était mise en valeur par un maillot deux pièces noir et rose à la coupe sportive. Ses épaules carrées lui donnaient l'allure d'une nageuse professionnelle. Au lycée, les autres élèves la qualifiaient de planche à pain tant elle était anguleuse. Grande plante poussée trop vite, elle avait heureusement pris à l'âge adulte des rondeurs dans la poitrine et les hanches, qui avaient rétabli l'harmonie de son corps. Mais elle avait conservé ses longues jambes d'adolescente, ses mollets bien dessinés et ses pieds fins. Lisa la détailla en se savonnant et sentit poindre en elle une envie nouvelle : celle de lui ressembler.

— Bon, miss, on y va ? lui proposa Marie.

— Hmm... Je resterais bien sous la douche encore un peu, admit-elle. Je suis sûre que l'eau va être glacée.

Dans les couloirs les plus éloignés, les sportifs matinaux enchaînaient les longueurs. Elles arrivèrent dans la partie du bassin la plus proche des douches. Un écriteau posé entre deux plongeoirs portait la mention *Loisirs*. Elles se glissèrent dans l'eau fraîche et Marie s'éclipsa.

Saisie par le froid, Lisa pataugea lamentablement. Après quelques mètres, ses muscles se réchauffèrent et elle sentit avec plaisir l'eau couler sur son corps. Sa peau apprécia ce contact liquide, cette caresse qui enveloppait tout son être. Ses mouvements se firent plus sûrs. Elle fila comme un poisson, fluide et légère, soutenue par la poussée d'Archimède.

Elle avait oublié ces sensations, qu'elle appréciait tant autrefois.

Elle avait oublié son corps, qu'elle n'écoutait plus.

Elle avait oublié de vivre, depuis le départ de David.

Dès le premier regard, elle était tombée amoureuse de lui. Un vrai coup de foudre, qu'elle avait gardé secret par peur du ridicule. Dans l'amphithéâtre, chaque jour, elle observait David. Elle l'admirait quand il rigolait avec ses potes, enviait les filles qui l'approchaient et sentait la jalousie la dévorer quand il leur faisait la bise.

Et puis, la chance les avait réunis pour travailler en binôme sur leur projet de fin d'année. Le 17 juin, ils avaient soutenu leur mémoire devant le jury et avaient fêté leur réussite avec d'autres étudiants. L'alcool aidant, elle lui avait avoué son attirance. La chrysalide avait brisé son cocon. Devenue papillon, elle avait accepté son baiser. Le premier, le plus fort, celui qu'elle n'oublierait jamais.

Elle aimait tout en lui : la chaleur de son corps, la protection de ses bras, la douceur de ses lèvres, ses yeux sombres, sa voix, son rire. Il était l'homme qu'elle attendait, l'homme qu'elle n'espérait plus rencontrer. Un mirage. Un miracle. Elle s'était installée chez lui et ils avaient partagé le quotidien, les bons moments et les petits tracas, les éclats de rire et les contrariétés.

Jusqu'à ce jour funeste où tout s'était écroulé.

— Nage, tu vas avoir froid, lui lança Marie en arrivant à sa hauteur.

Lisa prit conscience qu'elle s'était arrêtée au bout du bassin parce qu'elle était essoufflée. Elle frissonna et jeta un coup d'œil aux chiffres rouges de l'horloge numérique. Plus que vingt minutes avant que son amie ne la rejoigne pour bavarder en faisant quelques brasses. Ce serait la fin de la séance, leur moment de détente préféré.

Lisa avait fait onze longueurs. Quelle distance cela représentait-il ? Elle calcula rapidement : deux cent soixante-quinze mètres. C'était peu. Mais ses mollets raidis par l'effort et ses épaules courbaturées hurlaient que c'était déjà trop.

Comment avait-elle pu perdre autant ? Avant, elle parcourait un kilomètre sans souffrir. Il était temps qu'elle reprenne sa santé en main. Elle noterait la performance réalisée lors de chaque séance et se fixerait des objectifs pour s'améliorer.

À côté, Marie enchaînait les longueurs en variant

les nages. Elle ne put s'empêcher de l'admirer avant de repartir pour une dernière ligne droite.

— Alors, miss, comment s'est passée cette reprise ? lui demanda son amie quelques minutes plus tard.

— Pas brillant. Trois cents mètres et je n'ai plus de forces.

— Ça va revenir. Laisse-toi le temps.

— Il va falloir attendre deux semaines, maintenant, puisque dimanche prochain nous serons au vide-grenier, remarqua Lisa.

— L'essentiel est d'avoir remis le pied à l'étrier. Concentre-toi sur le présent.

— Tu as raison : vu mon état de fatigue actuel, venir nager est déjà une grande victoire.

Elles allèrent chercher des planches et poursuivirent leur discussion en glissant doucement côte à côte.

— Alors, ton grand projet, ça avance ?

— Oui, grâce à toi. J'ai respecté le planning que tu as élaboré. Enfin... presque. J'ai arrêté de ranger le salon pour le moment, le temps de voir l'antiquaire. Je me concentre maintenant sur la salle de bains.

— L'antiquaire ? s'étonna Marie.

— Ah ! Oui, c'est vrai, je ne t'ai pas dit. C'était hier.

Lisa lui raconta son rendez-vous avec Théodore, la vente des assiettes, l'estimation possible à son domicile.

— Attends, tu es en train de me dire que tu as rencontré un beau jeune homme, que tu lui as donné ton numéro et qu'il va venir chez toi ?

Marie avait cessé de nager en plein milieu du bassin et regardait son amie avec des yeux ronds.

— Waouh ! C'est magnifique !

— Oui, c'est bien. Enfin, je ne sais pas. Tout dépend de ce que son père va penser des meubles et objets de Mina.

— Tu le fais exprès ou quoi ? Tu ne comprends pas ?

De mauvaise grâce, Lisa avoua qu'elle ne comprenait pas, non. Un antiquaire, c'était inespéré, bien sûr. Mais de là à en faire tout un plat...

— Ce n'était pas un plat, Lili, c'étaient des assiettes !

— Très drôle... bougonna la jeune femme.

Elle sortit de l'eau sans se retourner, accompagnée par ce commentaire émis dans un soupir :

— Tiens, on dirait que Miss Souris est de retour.

Au lycée, quand Lisa boudait et se dissimulait derrière ses longues mèches, Marie la comparait gentiment à une souris, une petite souris grise, fragile et secrète, qui filait se cacher dans son trou.

Sous la douche, elle regretta sa réaction puérile. À son grand soulagement, son amie fit le premier pas vers la réconciliation en venant s'excuser, sourire aux lèvres. Les joues roses, Lisa bredouilla qu'elle n'aurait pas dû fuir ainsi, puis admit que Théodore avait une belle voix.

En pénétrant dans l'appartement de la rue des Glycines, Marie découvrit une entrée quasiment infranchissable, où les objets s'entassaient sur un bon mètre de hauteur. Lisa lui expliqua qu'une bonne partie de ce capharnaüm serait vendue au vide-grenier le dimanche suivant.

Elles se faufilèrent entre les caisses, les sacs et les cartons, et entrèrent dans le salon. Le fouillis attestait d'une intense activité de tri inachevé. En revanche, la chambre avait changé. Marie constata avec surprise que le papier peint blanc cassé faisait ressortir la couleur des meubles. Elle n'avait jamais remarqué que les murs étaient si clairs.

— J'aimerais changer d'armoire, opter pour un dressing plus large, qui me permettrait de supprimer la commode, lui expliqua Lisa.

La visite se poursuivit dans la salle de bains. Le bord de la baignoire, auparavant couvert d'une multitude de flacons multicolores, ne contenait plus qu'un shampooing, un après-shampooing et un savon de couleur vert olive.

— Qu'as-tu fait de tous tes produits capillaires ? s'informa Marie.

— Ils sont là.

Lisa ouvrit le meuble sous-vasque, où de nombreux flacons étaient rangés près d'un sèche-cheveux, d'un petit panier plein d'accessoires de coiffure et de deux boîtes en plastique noires étiquetées *Médicaments* et *Maquillage*.

— Je vais les utiliser peu à peu, ajouta-t-elle. L'objectif à terme est de n'en avoir qu'un seul. Se contenter de l'essentiel, tu te souviens ?

— Ton meuble n'est pas trop petit ?

— Pour l'instant, c'est un peu tassé, c'est vrai. Ça ira mieux au fil du temps. Je me suis promis de ne rien racheter tant que je n'aurai pas écoulé mon stock.

Lisa referma le battant et ajouta :

— Je pense quand même changer de meuble bientôt, pour ne plus avoir à me plier en deux. Je verrais bien une colonne dans l'angle, là.

La petite étagère placée sous le miroir au-dessus du lavabo était presque vide. Seuls un verre, une brosse à dents et un tube de dentifrice y étaient posés.

Marie poussa un sifflement admiratif.

— Je suis épatée ! Franchement, ça change complètement l'aspect de ton appartement. La chambre et la salle de bains paraissent plus grandes. Si tu réussis à faire aussi bien dans les autres pièces, ton intérieur va être digne d'un magazine de déco.

— N'exagère pas, lui répondit Lisa en rougissant.

Les deux amies rejoignirent la cuisine, où le grand rangement n'avait pas encore débuté. L'évier était cependant plus propre et plus dégagé. Lisa s'habituait peu à peu à jeter les objets inutiles et à ranger correctement ceux dont elle se servait au quotidien.

Elles se réunirent autour d'un café, pour le plus grand bonheur de Douglas qui se faufila entre leurs jambes en ronronnant.

Marie parla de sa sœur, hospitalisée depuis peu. Elle allait la voir dès qu'elle trouvait un peu de temps libre, ce qui n'était pas évident en sortant de ses journées de stage.

— Prends soin d'elle. Tu as de la chance d'avoir une sœur, reconnut Lisa.

— Oui, je sais.

— J'aurais tant aimé avoir un frère. Aujourd'hui, il pourrait m'aider à aller parler à nos parents.

Elle n'avait pas appelé sa mère, mais lui avait demandé des nouvelles par texto. La réponse tenait en quelques mots :

Merci pour ce message.
Je vais bien et ton père aussi.
À bientôt, ma chérie.

— Tu te souviens de la chanson de Maxime Leforestier que tu aimais chanter au lycée ? lui demanda Marie.

— Ah ! Oui, *Mon frère*...

Marie se mit à fredonner : « Toi le frère que je n'ai jamais eu, sais-tu si tu avais vécu, ce que nous aurions fait ensemble ? » Lisa se joignit à elle. Elles n'avaient pas oublié les paroles.

Elles chantèrent à l'unisson, unies dans une complicité parfaite, retrouvant avec bonheur l'insouciance de leurs années d'adolescence.

Avant que le silence ne s'installe, Marie reprit la discussion là où elles l'avaient laissée :

— Si tu avais un frère, que voudrais-tu qu'il

demande à tes parents ?

— Je ne sais pas vraiment...

Lisa réfléchit en fixant son chat puis ajouta :

— J'aimerais comprendre pourquoi mon père est toujours absent. On dirait qu'il ne m'aime pas.

— Pourquoi ne pas les inviter ici et les associer à ton projet ?

— Pfff... Mon père ne ferait que me critiquer. Il n'accepterait pas que je me sépare des objets de ma grand-mère.

— C'est ton héritage. Il n'a rien à dire.

— Oui, Mina lui en a parlé avant de mourir, mais il n'a pas compris les choix de sa mère. Il ne me parle plus beaucoup, depuis cette époque-là.

— Ça ne doit pas être facile à vivre. C'est vraiment dommage que vos relations se soient ainsi dégradées.

Marie, orpheline depuis l'âge de quatre ans, avait été élevée par sa mère et son beau-père. Elle encourageait souvent Lisa à se réconcilier avec son père. En vain.

Ni l'une ni l'autre ne savait pourquoi Pierre se montrait si distant avec sa fille.

Elles grignotèrent un repas sur le pouce, puis Marie s'en alla.

Lisa s'écroula sur son lit, détendue par sa séance de natation. Il y avait bien longtemps qu'elle n'avait plus fait la sieste. Douglas vint s'installer contre son ventre pour lui transmettre sa chaleur et le vibrato de ses ronronnements.

Mardi 19 avril

Les trois collègues discutèrent quelques minutes au soleil, puis Juliette partit chercher son fils à la crèche. Antoine et Lisa restèrent seuls sur le trottoir. Elle allait s'éloigner pour rentrer chez elle à pied, quand il lui demanda :

— Tu as quelque chose de prévu, là, tout de suite ?

— Non. Personne ne m'attend.

— Ça te dirait d'aller boire un verre ? J'aimerais te faire découvrir un endroit qui vient d'ouvrir.

La jeune femme n'avait pas pour habitude de fréquenter ses collègues en dehors du bureau, mais elle se laissa convaincre par le sourire d'Antoine.

Leurs pas les menèrent devant un café, *Le Cappuccino*. Lisa reconnut le lieu où elle avait fait une pause après sa petite heure de détente chez la coiffeuse.

La décoration aux teintes vert anis et prune évoquait la boutique d'un fleuriste. De grandes plantes vertes étalaient leurs feuilles dans les angles de la pièce et procuraient à la salle un aspect insolite et reposant.

— Je connais le propriétaire, précisa Antoine en s'installant sur une banquette.

— C'est un de tes amis ?

— Non, juste un camarade de ma sœur. Ils se sont connus à la fac. Après avoir travaillé quelques mois dans un cabinet d'assurance, il en a eu marre et a démissionné pour ouvrir ce café.

— C'est un parcours original, remarqua Lisa.

Le serveur s'approcha.

— Bonjour, Célestin, lui dit Antoine.

L'homme au veston noir arborait toujours son sourire décontracté. Après avoir échangé quelques mots avec le collègue de Lisa, il prit leur commande et s'éloigna vers le bar. La jeune femme qui travaillait avec lui semblait être absente.

— Je ne comprends pas. C'est lui le propriétaire ?

— Oui. Il a racheté ce café il y a quelques mois et gère seul son affaire. Une de ses amies vient l'aider de temps en temps à titre bénévole, je crois.

Quand Célestin revint avec deux tasses de café crème, Lisa lui adressa un regard timide. Elle était intriguée par cette reconversion, mais n'osait pas l'interroger sur le sujet.

— Hum, ça sent bon. J'ai faim, dit-elle à son collègue. On n'a même pas eu le temps de manger ce midi.

Célestin lui répondit gentiment :

— Je n'ai rien à vous proposer, malheureusement. La boulangerie voisine nous fournit les croissants le matin, mais je n'en ai plus. Voulez-vous que j'aille vous en chercher un ? Ils sont délicieux.

— Je ne veux pas déranger, murmura Lisa, gênée par tant de sollicitude.

— Je vais y aller, assura Antoine en se levant.

Il s'éclipsa.

Resté seul avec la jeune fille, Célestin lui demanda si elle connaissait bien Antoine. Elle bafouilla qu'il était un de ses collègues, puis se recroquevilla sur sa chaise, incapable de trouver un sujet de conversation. Le sourire calme et charmeur de Célestin la désarmait. Heureusement, celui-ci n'insista pas et s'éloigna vers le bar pour servir un autre client.

Antoine franchit la porte du café en secouant fièrement un sachet blanc. Il en sortit quatre gros croissants au beurre et lui en offrit deux. Elle les engloutit sans lever la tête.

Lorsqu'elle se redressa, Lisa découvrit que son collègue la fixait, immobile, un croissant dans la main droite, visiblement amusé par la scène cocasse à laquelle il venait d'assister.

— Je ne pensais pas qu'une femme aussi mince pouvait avoir un tel appétit !

Affamée, elle s'était jetée sur les viennoiseries sans même le remercier.

— Je suis désolée. Je mourais de faim, vraiment. Merci beaucoup, Antoine.

Il rit.

— Au moins, je vois que je t'ai fait plaisir. As-tu assez mangé ou veux-tu que je retourne en chercher d'autres ?

— Ça va aller, merci. Je ne voudrais pas abuser de ta gentillesse.

— Ce n'est rien. Au contraire : je suis heureux de pouvoir être utile à quelqu'un.

— Pourquoi dis-tu cela ?

Lisa regretta immédiatement d'avoir posé cette question. Le visage qui lui faisait face, heureux et souriant quelques instants plus tôt, venait de se refermer comme une huître sortie de l'eau.

— Que se passe-t-il ?

Sur la table, sa main vint se poser sur l'avant-bras de son collègue. Ce geste spontané la surprit. Gênée par sa propre audace, elle retira doucement ses doigts. Antoine avait le regard dans le vide et semblait n'avoir rien remarqué.

— Je préfère ne pas en parler. Je ne veux pas t'embêter avec mes problèmes.

— Comme tu veux. Mais si tu as besoin, je suis là, lui assura-t-elle.

Lorsqu'il lui demanda quels étaient ses centres d'intérêt, elle lui confia tout : son appartement dont elle ne supportait plus le désordre, cet article lu chez la coiffeuse, son projet de désencombrement, son amie Marie devenue coach, les objets de sa grand-mère, ses ventes en ligne et son inscription au vide-grenier qui aurait lieu cinq jours plus tard.

— Tu veux un coup de main ? proposa Antoine.

— Euh... je ne sais pas. Je ne vais pas te faire venir un dimanche à sept heures du matin pour transporter tout mon bazar et m'aider à monter le stand, quand même ?

— Pourquoi pas ? Je ne dors pas beaucoup ces jours-ci. Et je déteste le dimanche, seul chez moi à ruminer.

La jeune femme réussit à masquer sa surprise :

elle avait toujours cru que son collègue vivait en couple.

Ils se donnèrent rendez-vous le dimanche matin, en bas de l'immeuble, 11 rue des Glycines. Antoine fournirait planches et tréteaux pour le stand et acceptait d'utiliser son véhicule, plus grand que celui de Lisa, pour le transport. Ils espéraient n'avoir ainsi qu'un seul voyage à faire. De son côté, la jeune femme se procurerait des draps blancs et des chaises pliantes. Avec Marie, ils seraient trois à se relayer tout au long de la journée.

— Avec une telle organisation, mon stand va être tip top, s'enthousiasma Lisa. Je vais me débarrasser de tout ce que j'ai à vendre, c'est sûr !

Elle sourit.

La vie lui semblait simple, tout à coup.

Samedi 23 avril

Marie chantonnait :

— *Une jolie théière, un bocal en verre, un lot de cuillères et une yaourtière.*

— Sympa ! dit Lisa en admirant, une fois de plus, la créativité de son amie. C'est un air que tu as inventé ?

— Pas du tout, ça vient de la chanson du frigidaire de Boris Vian.

— La chanson du frigidaire ? Drôle de nom ! s'étonna Lisa.

— Je ne connais pas le titre exact, mais ça parle d'un frigidaire et c'est un inventaire à la Prévert de nombreux objets. Tu veux qu'on aille l'écouter sur l'ordi ? proposa son amie.

— Tout à l'heure, j'aimerais d'abord finir le rangement de ce placard.

Depuis plus d'une heure, elles vidaient un à un les placards de la cuisine et mettaient de côté tout ce que Lisa ne voulait pas garder. Quand elle hésitait, l'objet retournait à sa place initiale. Il avait échappé pour un temps à la disgrâce et pourrait continuer à somnoler au chaud sur son étagère en attendant le prochain tri.

Le planning initial avait été un peu bouleversé par l'approche du vide-grenier : la cuisine ne serait triée en détail que dans deux semaines, mais l'idée d'un déblaiement rapide s'était imposée. Un vide-grenier était le moyen le plus sûr de rencontrer un grand nombre d'acheteurs potentiels et de vendre directement, sans avoir besoin de prendre des photos, de rédiger et de mettre en ligne des annonces, tâche qui s'avérait assez fastidieuse quand les articles se multipliaient.

Douglas observait les deux humaines d'un œil sombre. C'était l'heure de sa sieste et toute cette agitation le dérangeait. D'un pas lourd, il rejoignit le salon et s'allongea sur le canapé.

Marie emballait des bols dans du papier journal, en racontant à son amie son stage dans une maison de convalescence. Elle aimait le contact avec les patients, les procédures de soin et le travail en équipe. Ces quelques semaines sur le terrain confirmaient sa vocation d'aide-soignante.

— Et toi, ton boulot, ça se passe comment ?

Lisa baissa la tête et fronça les sourcils.

— Je... je ne sais pas s'il faut en parler, car si je commence à vider mon sac, ça risque d'être long.

— À ce point-là ?

Elle confirma d'un hochement de tête, avec une moue explicite, avant de donner quelques détails :

— Clémentine me pourrit la vie, au sens propre comme au figuré. Chaque matin, je me demande quelle crasse elle va encore pouvoir me faire. Elle a une imagination inépuisable quand il s'agit de casser les couilles à tout le monde.

Marie s'arrêta, un bol dans une main, le journal dans l'autre, et regarda son amie d'un air surpris. Lisa comprit son étonnement face à ces mots crus qui ne faisaient pas partie de son vocabulaire habituel.

— Oui, je suis vulgaire. Excuse-moi. Mais je suis à bout. Hier encore, elle m'a doublée. J'avais préparé un dossier pour le service compta. Elle n'a rien trouvé de mieux à faire que de réécrire les bordereaux à son nom, pour faire croire qu'elle les avait remplis elle-même. C'est toujours comme ça avec elle : si je ne vais pas porter moi-même les pièces directement à la personne concernée, elle les modifie ou les fait disparaître.

— C'est dégueulasse ! Tu devrais la dénoncer !

— Oui, je sais, reconnut Lisa, mais ce n'est pas si simple...

Elle referma le dernier placard et finit de mettre les bols dans un carton qu'elle emporta dans l'entrée en marmonnant :

— Je me demande ce que serait l'ambiance au bureau sans elle. Si seulement elle pouvait être absente, parfois. Rien de grave, hein. Juste un petit virus. Ça nous ferait des vacances.

Marie nettoyait un moulin à café électrique, quand son téléphone sonna.

— D'accord, je viendrai la voir demain matin. Merci, Maman. Dis-lui bien que je pense à elle. Bisous.

Elle raccrocha au moment où Lisa revenait dans la cuisine.

— Ta sœur ?

— Oui, sa hernie s'est aggravée. Elle passe sur le

billard à vingt heures ce soir.

— Il y a des risques ?

— Non, l'opération est simple. C'est la rééducation qui sera longue et douloureuse.

Marie avait le front strié de petites rides. Les yeux baissés, elle se curait les ongles d'un geste mécanique. Sa sœur Delphine souffrait du dos depuis plusieurs semaines et savait que, passé un certain stade, seule la chirurgie pourrait la soulager. Elle avait repoussé l'échéance par peur de l'anesthésie générale.

— Tu vas aller la voir demain ? s'enquit Lisa.

— Oui, je suis désolée, Lili, je ne serai pas disponible demain matin. Ou alors, je vous aide pour le chargement et le déchargement, et je file à l'hôpital juste après.

— Non, ne t'inquiète pas. Antoine sera là. À deux, on va y arriver. Prends soin de ta sœur, c'est bien plus important.

— Je peux aller la voir dès neuf heures et vous rejoindre ensuite.

— Si tu veux, mais ne te sens pas obligée de venir.

— Tu veux rester seule avec Antoine, c'est ça ? suggéra Marie d'un air taquin.

— Tu n'es qu'une peste, lui répondit Lisa en riant.

Elles écoutèrent la *Complainte du progrès* sur Internet, s'étonnant de l'inventaire loufoque décrit par l'auteur. La fin de la chanson évoqua à Lisa sa rupture avec David.

Et si la belle se montre rebelle,
On la met dehors pour confier son sort...
Au frigidaire, à l'efface-poussière
À la cuisinière, au lit qui est toujours fait…

Il l'avait mise dehors, même si elle ne pensait pas avoir été rebelle, puis il avait certainement reçu bien vite la visite d'une tendre petite qui lui avait offert son cœur, comme l'affirmait Boris Vian.

Puisqu'elles étaient installées devant l'ordinateur, Lisa en profita pour montrer à son amie des sites sur le désencombrement. Elles imaginèrent ensemble à quoi pourrait ressembler son intérieur quand tout serait terminé.

— Tu as remarqué, lui dit Marie, les meubles sont peu nombreux et peu encombrants. Ils sont bas et clairs. Je pense que cela contribue à donner cette impression de pureté et d'espace.

Lisa fit défiler de nouvelles photos.

— Hum... J'ai tout faux, alors, avec ma grande bibliothèque ?

— Il faudrait voir ce que ça donne si tu l'enlèves. Tu crois qu'elle pourrait se vendre d'occasion ?

— Certainement. Elle est récente et en bon état. Tout se vend, c'est juste une question de prix. Attends, je vais regarder.

Sur sa barre personnelle de favoris, elle cliqua sur le site de petites annonces qu'elle utilisait tous les jours. Après avoir saisi l'objet de sa recherche, elle constata que des bibliothèques similaires à la sienne étaient déjà en vente. Elle jugea les prix un peu excessifs :

— En général, on peut espérer récupérer trente pour cent du prix neuf, un peu plus si l'objet est vraiment en super état. J'ai acheté cette bibliothèque trois cent cinquante euros il y a deux ans. J'ai encore la facture, je crois. Je vais la mettre à cent cinquante euros et je baisserai à cent vingt si elle ne se vend pas.

— Et que mettras-tu à la place, dans ton salon ?

— Tout dépend de ce que j'ai à ranger. Il faut choisir le meuble en fonction des objets, et non acheter des objets pour remplir le meuble. On met trop souvent la charrue avant les bœufs.

Elles se retournèrent. La plupart des étagères étaient vides. Il ne restait plus que des livres, quelques DVD qui seraient vendus sur Internet et la boîte à musique en bois sombre. Le meuble semblait démesuré et n'avait plus sa place dans le salon.

Lisa retira les derniers objets, prit la bibliothèque en photo, rédigea l'annonce et la mit en ligne.

— Eh bien dis donc, tu ne traînes pas, toi, quand tu as pris une décision ! s'exclama Marie.

— Ça ne sert à rien d'attendre. J'ai un objectif à atteindre, cher coach.

Les yeux brillants, Lisa avait meilleure mine. Son visage rayonnait d'une détermination nouvelle. Le désencombrement, en la détournant de ses soucis professionnels, lui redonnait courage et volonté.

— Et si on allait au ciné ? proposa Lisa.

— Je ne peux pas, malheureusement. Je dois

garder mon neveu toute la soirée.

— Je peux venir avec toi ? On se fait livrer des pizzas et on regarde une série. Tu m'as parlé l'autre jour d'une nouvelle saison de *Nature & Future*, non ?

— Oui, c'est vrai. Bonne idée !

Douglas resta seul dans l'appartement et apprécia d'être enfin au calme. Tous ces bouleversements le fatiguaient. Et il détestait l'odeur des cartons.

Dimanche 24 avril

— Excusez-moi, est-ce que vous avez des BD à vendre ? demanda une voix masculine dans son dos.

Lisa sursauta, se retourna et répondit avec un sourire :

— Oui, quelques-unes dans ce bac, juste là.

Après avoir déchargé la voiture, elle vidait un à un les cartons étalés au sol pour installer toute la marchandise sur les deux grandes tables recouvertes de draps blancs.

L'homme fouilla dans le stock, choisit trois albums et les lui régla en espèces. Elle chercha la caisse pour lui rendre la monnaie. Il n'était que sept heures trente et les affaires commençaient déjà.

Antoine arriva.

— J'ai réussi à trouver une place pour garer ma voiture. Pas facile avec tout ce monde. Ce vide-grenier est immense !

— Oui, la partie couverte, ici dans le gymnase, ne représente que le haut de l'iceberg. La plupart des emplacements sont à l'extérieur, sur la place et dans les rues.

— Tu préférais être à l'intérieur ?

— On ne sait jamais comment est le temps, en avril. Je ne voulais pas prendre de risque.

— Ça doit être plus sympa d'être dehors, non ? Sauf s'il y a du vent.

— Tu pourras aller y faire un tour dans la

matinée, si tu veux, proposa Lisa.

— Oui, pourquoi pas ? En attendant, tu as besoin d'aide ?

Elle lui expliqua comment elle comptait organiser son stand : les bibelots à gauche avec les poupées folkloriques de Mina, puis sa collection de boîtes en métal et ses souvenirs d'ado, l'électroménager au centre et ensuite, les assiettes, les plats, la théière... À droite, les tissus et le linge de maison, avec les petites fournitures de mercerie et les multiples pelotes de laine, dont elle espérait bien se débarrasser. Au sol, devant les tréteaux, elle avait posé les cadres et tableaux qui venaient de la grande maison, des tabourets, des petits meubles, un miroir ancien, des pots de fleurs...

Ensemble, ils mirent en place tous les objets.

Quelques promeneurs circulaient déjà dans les allées, prenaient, soupesaient, palpaient, regardaient, comparaient, reposaient... Le gymnase grouillait comme une fourmilière. Les acheteurs et les simples curieux progressaient calmement dans les allées, dans le brouhaha agréable des conversations.

Installée non loin de la buvette, Lisa sentait parfois des effluves de café lui chatouiller les narines. Des enfants passaient avec des sachets de bonbons ou des barres chocolatées qu'ils venaient d'acheter.

Vers neuf heures, un des membres de l'association des parents d'élèves se présenta. Dans des tasses en plastique, il offrit à Lisa et Antoine un café issu d'un grand thermos à piston, puis encaissa le montant dû pour quatre mètres linéaires : seize euros. Lors de la réservation, la jeune femme avait hésité : deux mètres ou quatre ? Elle se félicita d'avoir choisi un double stand : les objets à vendre étaient si nombreux qu'ils en couvraient toute la surface.

Après avoir avalé la boisson chaude, Antoine sortit la collection de boîtes en métal. Il les secoua, mais n'entendit aucun bruit.

La plus petite, rectangulaire, tenait dans sa main. À l'origine, elle contenait des pastilles pour la gorge. La marque écrite en lettres bleues sur fond beige donnait à l'ensemble un petit côté rétro. Le jeune homme souleva le couvercle et fut surpris de découvrir un morceau de tissu coloré. Il en écarta les pans, puis tendit la boîte à sa collègue.

— Regarde ! Ça doit être à toi.

Sur un lit de velours rouge reposait un renard en or d'environ cinq centimètres de diamètre. Lisa détourna la tête en croisant le regard de l'animal et rabattit le linceul écarlate.

— C'est un souvenir d'enfance ? On dirait un bijou, supposa Antoine.

— Je... oui, c'est une broche, articula Lisa d'une voix blanche.

D'une main tremblante, elle saisit le petit paquet de tissu, referma sa paume sur l'animal et le glissa dans la poche avant de son jean.

La matinée s'écoula très vite. Les ventes se succédaient à un rythme régulier. Sur les tables blanches, les objets étaient plus clairsemés. À l'inverse, le poids de la caisse avait augmenté. La plupart des acheteurs payaient avec des pièces, pour des sommes variant de cinquante centimes à une douzaine d'euros. Seul un petit meuble en bois verni style années cinquante avait dépassé ce seuil : Lisa l'avait cédé pour trente euros. Elle notait chaque vente sur un petit carnet, afin de faire le soir un bilan précis de la journée.

Au fil du temps, les deux collègues modifiaient la disposition des marchandises. Cela les occupait et leur permettait de mettre en valeur chaque article à tour de rôle. Ce stand vivant, sans cesse en mouvement, attirait les passants.

Au palmarès des coups de cœur du public, la yaourtière orange remportait haut la main la première place. Les gens s'exclamaient en la voyant et s'arrêtaient pour la contempler. Ils disaient avoir eu la même pendant leur enfance, se souvenaient avec nostalgie des yaourts faits maison, s'interrogeaient sur la facilité d'utilisation, hésitaient à acheter cette machine, et puis renonçaient. C'était devenu un jeu : Antoine jetait des coups d'œil amusés à Lisa dès que quelqu'un s'en approchait.

Certains passants profitaient de cet arrêt au stand pour se laisser tenter par un bibelot. La collection de verres à moutarde de Mina fut vite écoulée. Devant les personnages de dessins animés représentés sur ces verres, les acheteurs évoquaient à nouveau leur enfance.

— Je n'imaginais pas que les objets pouvaient ainsi nous faire voyager dans le temps, commenta Antoine.

— C'est vrai que c'est impressionnant, confirma Lisa. Je me suis fait la même remarque quand j'ai fait du tri dans mon appartement. Chaque jour, un lien affectif se crée à notre insu avec tous les objets qui nous entourent.

— C'est ce qu'on appelle la valeur sentimentale ?

— Oui, je crois. C'est une valeur symbolique, comme pour retenir le temps qui passe. Il faut apprendre à s'en détacher, à lâcher prise... mais ce n'est pas facile.

La jeune femme balaya son stand du regard avant de poursuivre :

— Nous gardons beaucoup de choses par nostalgie. J'ai trouvé une solution : je prends mes souvenirs en photo avant de m'en séparer.

— C'est une bonne idée, lui répondit Antoine. Tu devrais venir chez moi pour m'aider à faire du tri. C'est un vrai bazar !

Il avait formulé sa phrase à la première personne du singulier. Chez moi... Poussée par la curiosité, Lisa surmonta sa réserve habituelle.

— Excuse-moi de te demander ça, Antoine, mais... tu vis seul ? Je croyais que tu étais en couple.

Les iris bleus du jeune homme la dévisagèrent quelques secondes, puis son visage, calme et détendu, laissa apparaître un sourire timide.

— Oui, je vis seul actuellement. Ma compagne

est partie pour quelques jours. Nous avions besoin de faire une pause.

Cette confidence libéra Lisa du poids qui l'oppressait. Enfin, elle comprenait la situation.

— Tu n'es pas obligé de me répondre, mais... vous ne cherchiez pas un nouvel appartement ? Nous en avions parlé ensemble, au boulot. Tu te rappelles ?

— Oui, je m'en souviens. C'était quelques jours avant son départ. Je...

Antoine baissa la tête, avant de terminer sa phrase dans un souffle presque inaudible :

— Je n'ai pas su l'aider à faire face.

Lisa posa sur lui un regard empli de compassion, pour l'encourager à poursuivre. Partagée entre la peur d'avoir été indiscrète et le désir d'en apprendre davantage, elle ne bougeait plus et respirait à peine.

— Nous essayons d'avoir un enfant. Ça fait trois ans maintenant. Tous ces examens, ces étapes à franchir, ces espoirs déçus... C'est si douloureux.

Il saisit délicatement une statuette d'angelot en résine blanche, qu'il contempla sans la voir. La pulpe de son pouce effleura les traits du minuscule visage.

— Je n'ai pas su l'aider à remonter la...

Sa voix se brisa et des larmes perlèrent au coin de ses paupières. Il se détourna pour cacher son trouble. Touchée par son chagrin, Lisa commençait à tendre les bras vers lui pour le consoler quand elle prit conscience de son geste. Qu'était-elle en train de faire ? Ils étaient collègues, elle ne pouvait pas se permettre une telle proximité physique. La scène du café lui revint en mémoire. Sa main sur le bras d'Antoine. Pourquoi se sentait-elle si proche de lui ? Incarnait-il le frère qu'elle n'avait pas eu ?

Après s'être essuyé discrètement les yeux, le jeune homme s'était remis au travail et déplaçait à nouveau des objets. Elle lui proposa de rentrer chez lui et de revenir en fin d'après-midi pour la fermeture. Il refusa. Rester seul dans son appartement lui était insupportable. Il préférait voir du monde et être actif.

— Je comprends.

— Et toi, Lisa, tu vis seule ?

— Oui, je suis célibataire depuis deux ans. Une histoire banale : j'habitais chez lui et il m'a mise à la porte, un jour, sans que je comprenne bien pourquoi. Anéantie par cette rupture, j'ai emménagé dans l'appartement où je vis toujours. Puis j'ai perdu ma grand-mère. Ses cartons ont rejoint les miens, la poussière s'est accumulée, et les mois ont passé sans que je trouve le courage de m'installer vraiment. Jusqu'ici, je me contentais d'aller au boulot et de gérer les humeurs de Clémentine. C'était déjà pas mal. Jusqu'à ce que je me lance dans ce projet de désencombrement.

Antoine avoua qu'aller travailler l'aidait à tenir, à trouver une raison de se lever le matin. Cela lui suffisait, à lui aussi. Lisa nuança ses propos. Si le travail était un dérivatif efficace au début, il fallait bien, un jour ou l'autre, affronter les difficultés.

— Pour avancer dans la vie, tu dois détruire les murs qui se dressent sur ton chemin, ou apprendre à les contourner.

Ils poursuivirent leur conversation en mangeant un sandwich.

L'après-midi amena au vide-grenier les familles qui faisaient une promenade digestive après le repas dominical. La foule se fit plus dense, la circulation dans les allées plus délicate.

Marie les avait rejoints. Elle proposa à Lisa d'aller faire un tour pour se dégourdir les jambes et voir les autres stands. Antoine accepta de rester seul. Il garderait le stand et se débrouillerait pour les ventes qui étaient devenues plus rares.

Les deux amies parcoururent les allées en bavardant. Elles regardèrent les jeux, les vêtements, les objets de décoration, les petits meubles, le matériel de sport, les livres... Tous ces objets que les gens avaient accumulés chez eux les impressionnaient. Allaient-ils trouver ici une seconde vie ? Certains semblaient pourtant voués à finir à la déchetterie, tant ils étaient usés, sales, rouillés... invendables.

À leur retour, Antoine était en conversation avec deux hommes : un grand brun avec une veste noire et un plus petit aux cheveux poivre et sel.

— Ce miroir m'intéresse aussi. Pourriez-vous me le mettre de côté en attendant qu'elle revienne ? demanda l'homme âgé.

— Inutile, la voilà ! s'exclama Antoine en pointant du doigt deux silhouettes qui approchaient.

Lorsque les clients se retournèrent, Lisa les

aborda en souriant :

— Bonjour, Théodore.

— Ah ! C'est vous ? Bonjour... euh... Lisa, c'est ça ?

Il lui présenta son père, monsieur Guillemin. L'antiquaire arborait un visage rond et un léger embonpoint, qui lui donnaient l'air sympathique. Il remercia Lisa pour les assiettes. Elles avaient fait le bonheur d'une de ses fidèles clientes, une dame qui collectionnait les services de vaisselle ancienne.

Théodore ne participa pas à la conversation, laissant son père mener seul ses affaires. Il détailla Antoine, de la tête aux pieds, avant de revenir longuement sur Lisa.

Habillée de façon décontractée, elle avait attaché ses cheveux en une queue-de-cheval haute qui oscillait à chaque mouvement de tête.

Marie, restée en retrait, observait le fils de l'antiquaire. Elle rapporterait à Lisa, ensuite, la façon suffisante et sans-gêne qu'il avait de regarder les gens. De sa haute taille, il dominait, bien sûr, les personnes qui l'entouraient, mais devait-il pour autant se croire supérieur à elles ? Marie avouerait à son amie que cet homme lui avait fait mauvaise impression.

La discussion dura quelques minutes, au terme desquelles monsieur Guillemin paya un autre lot d'assiettes, le miroir et un pot en étain qu'il souhaitait acquérir. Ils fixèrent un rendez-vous au domicile de la jeune femme pour l'estimation de ses meubles.

Le déchargement de la voiture ne nécessita qu'un aller simple. Les rares cartons qui revinrent du vide-grenier furent montés au troisième étage et empilés dans l'entrée de l'appartement. Lisa se promit de trier à nouveau leur contenu dès le lendemain. Ce qui ne pouvait être vendu par petites annonces irait à la déchetterie. À moins qu'elle ne s'en débarrasse gratuitement en les proposant sur un site de dons ? Elle n'avait encore jamais essayé.

Marie repartit immédiatement pour aller prendre des nouvelles de sa sœur. Antoine accepta de rester boire un verre, le temps de débriefer sur la journée.

Sur le petit carnet, la liste des objets vendus s'étirait sur trois pages entières. Le bénéfice total s'élevait à plus de deux cent cinquante euros. Une belle réussite.

— Que vas-tu faire de cet argent ? demanda Antoine.

— Je pense acheter de nouveaux meubles, lui répondit-elle. J'ai repéré une annonce : un petit buffet en bois clair qui serait parfait dans le salon. Mais il faut d'abord que je parvienne à vendre ma bibliothèque.

C'est avec regret que Lisa raccompagna Antoine jusqu'à sa voiture. Elle allait retrouver sa solitude... et Douglas qui perdait ses poils. Cette journée avec ses deux amis avait été une parenthèse agréable. Elle avait des courbatures partout, le réveil pour aller au travail le lendemain serait difficile, mais elle se sentait bien, heureuse d'avoir vécu cette expérience.

Dans son appartement, elle contempla avec plaisir l'espace libéré dans l'entrée et dans le salon, où la bibliothèque vide attendait son nouveau propriétaire. Enfoncée dans le canapé, elle laissa ses pensées divaguer.

Vivre à deux. L'idée lui effleura l'esprit pour la première fois depuis sa rupture avec David. Elle réalisa qu'elle n'avait pas pris le temps de bavarder avec Théodore, tant elle était occupée à faire la connaissance de son père. Un homme bien aimable, ce monsieur Guillemin.

La poche de son jean formait une bosse qui la gênait. Elle en sortit le petit paquet en velours rouge et dévoila le renard en or. Les yeux de rubis flamboyants étincelèrent dans la lumière du soir.

Elle détourna le regard.

Lorsqu'elle souleva le couvercle de la boîte à musique posée devant elle sur la table basse, la mélodie de Beethoven s'éleva. Elle déposa la broche près du collier de Mina.

D'où venait-elle ?

Lundi 25 avril

Un bruit sec.
Elle ouvre les yeux.

Un claquement.
Elle sursaute.

Terrée au fond de son lit, sous la mince protection du drap de coton rose, elle tremble. Sa respiration est lente. Elle souffle le plus silencieusement possible. Elle inspire par la bouche un mince flux d'air chaud. Son ventre, vrillé par la peur, se gonfle avec peine.
Elle tend l'oreille et elle les entend.

Plusieurs personnes crient en bas, dans l'entrée. Il y a deux voix, peut-être trois. Elle ne sait pas. Elle ne distingue pas leurs paroles.
Un froid intense l'envahit. Que va-t-il se passer s'ils montent l'escalier ? Vont-ils venir la chercher ? Elle guette les bruits de pas sur les marches.
Cruella.
Cette voix, c'est celle de Cruella d'Enfer.
Elle pense au regard méchant de la sorcière. Un nouveau bruit sourd. Comme une porte qui claque. Elle sursaute et pousse un petit cri. Elle met ses mains sur sa bouche et retient son souffle. Elle s'étale dans le lit le plus possible. Elle doit devenir plate comme

une crêpe pour que Cruella ne la trouve pas.

Clément aplati... c'est ça ! Elle va s'aplatir comme Clément dans le livre de la maîtresse. Elle sera Lisa aplatie. Cette comparaison la détend un peu.

Elle tend l'oreille à nouveau, mais n'entend plus rien.

Le temps coule doucement. Elle compte : 1, 2, 3...

À 100, elle se glisse hors du lit, pose ses pieds sur le parquet en bois, avance prudemment en évitant les lames qui grincent et tourne la poignée de la porte.

Le palier est sombre.

Elle fait trois petits pas. Du haut de l'escalier, les marches s'enfoncent vers le néant. Elle ressent un vertige, se tient à la rampe.

Sur les chaises en bas, il y a un chat. Noir. Elle ne distingue que la forme de son corps tapi dans l'ombre. Elle surveille l'animal. Aucun mouvement.

Une lumière filtre par la porte vitrée de la cuisine.

Sur le sol, elle repère une lueur. Un point lumineux, brillant, comme un morceau de verre dans le soleil d'été. Un diamant.

Lisa aime les trésors. Elle veut aller le chercher, mais la sorcière est toujours là. Sa voix s'échappe de la cuisine.

La petite fille jette un regard vers le chat, qui n'a pas bougé, et court se réfugier dans son lit.

Lisa ouvrit les yeux et inspira une grande bouffée

d'air frais. Son cœur battait la chamade sous sa nuisette trempée de sueur. Elle mit quelques secondes à calmer sa respiration saccadée et à retrouver son pouls ordinaire. Son ventre noué par l'angoisse, lui, n'accepta pas de se relâcher.

Le réveil indiquait deux heures du matin. En soupirant, elle se leva et se dirigea vers la salle de bains. Dans le placard sous le lavabo, la boîte de médicaments contenait des somnifères légers. Elle hésita : les membres engourdis, les yeux lourds, les idées brumeuses au réveil ou une longue nuit sans sommeil ? Elle opta pour une autre alternative et avança d'un pas traînant vers la cuisine.

La tisane de camomille infusait. Lisa humait les vapeurs parfumées en se frottant les yeux tandis que son chat se frottait contre ses jambes. C'était une caresse agréable, un contact chaud et doux.

Elle se souvint de ce jour où son père l'avait prise dans ses bras pour la porter jusqu'à la maison. Endormie dans la voiture au retour d'une soirée chez des amis, elle n'avait pas réussi à sortir du sommeil pour rejoindre son lit.

Les bras d'un homme, voilà ce qu'il lui faudrait. Un homme carré et fort, qui la protégerait de ses cauchemars et ferait fuir la sorcière. Elle avait vu en David ce chevalier servant. Grand et musclé, il attirait les femmes. Jamais elle n'avait imaginé qu'il pourrait s'intéresser à elle.

Lors de cette soirée, ils avaient bu, beaucoup. Elle était saoule.

— David, je voulais... enfin, je crois que...

— Chut ! lui avait-il murmuré. Ne dis rien. Je sais déjà tout.

Des lèvres chaudes avaient happé les siennes pour y déposer un baiser tendre. Ce contact inattendu avait éveillé en elle un véritable brasier. Les joues brûlantes, elle avait senti la flamme du désir envahir tout son être.

— Viens !

Il l'avait emmenée chez lui, à deux rues de là.

Quand elle s'était réveillée, le matelas était encore chaud, mais David avait disparu. Soulevant sa tête douloureuse, prise dans un étau, elle avait vu les draps froissés, la chambre en désordre, les vêtements répandus au sol, puis elle avait entendu l'eau couler dans la salle de bains.

Hébétée, elle s'était laissée retomber sur l'oreiller. Son corps nu sur le tissu bleu avait été parcouru de frissons. Elle avait remonté le drap sur sa poitrine en un geste de pudeur inutile. L'esprit encore embrumé, elle n'avait pas réussi à reconstituer le déroulement de la soirée. Mais la panique l'avait gagnée. Il fallait fuir, vite, avant que David n'ait fini de prendre sa douche.

Elle s'était précipitée hors du lit, avait regroupé ses vêtements à la hâte et les avait emportés dans les toilettes, où elle s'était habillée. Entrouvrant la porte, elle avait passé la tête dans la chambre, à l'affût comme un oiseau de proie. David était invisible. On n'entendait que le ronronnement rassurant d'un rasoir électrique. Elle s'était glissée dans l'entrée, avait enfilé ses chaussures et avait quitté l'appartement en claquant la porte.

La journée lui avait semblé interminable : aucun appel, aucun message. Tiraillée entre l'envie de faire le premier pas et la peur de paraître ridicule, elle avait attendu un signe qui n'était pas venu. Jamais plus elle n'oserait le regarder en face. Heureusement, l'année universitaire se terminait. Elle n'aurait plus à travailler avec lui et se débrouillerait pour sécher les derniers cours.

Il avait attendu le lendemain matin pour la contacter. Gueule de bois ? Probablement. Culpabilité ? Elle doutait qu'il fût capable d'éprouver un tel sentiment. Beau comme un Apollon, il avait toutes les filles à ses pieds. Que cette nuit se soit si mal passée ne devait pas l'avoir traumatisé. Il en aurait d'autres, lui.

Ils avaient rendez-vous au bar de la fac pour quinze heures. Après avoir fait deux fois le tour du bâtiment, avec l'envie constante de rentrer chez elle, elle avait fini par pousser la porte du bar, avec dix minutes de retard. Les jambes tremblantes, elle s'était avancée vers lui.

— Bonjour, Lisa, lui avait-il dit d'un ton enjoué.

Égal à lui-même, il avait semblé heureux de la revoir et avait tenté de l'embrasser sur la bouche. D'un mouvement de tête, elle avait refusé ce baiser, qui avait atterri à la commissure de ses lèvres.

Incapable de prononcer le moindre mot, elle s'était installée face à lui. Les mains écrasées l'une sur l'autre, pétries dans un geste compulsif, la tête baissée vers la table, elle avait l'impression que son corps flottait dans ses vêtements. Comme si elle était nue devant lui. Gênée par l'intimité qu'ils avaient partagée. Et blessée par ce qui s'était passé.

Il avait commandé deux expressos. Quand elle avait levé les yeux, elle avait vu apparaître un léger froncement de sourcils sur son visage souriant.

— Que se passe-t-il, Lisa ? lui avait-il demandé de cette voix douce qu'elle aimait tant.

— Tu sais très bien ce qui se passe, lui avait-elle répliqué sèchement. J'ai honte de m'être conduite comme ça. J'étais bourrée. Je ne savais pas ce que je faisais.

— Tu n'as rien fait de mal, je t'assure. Je suis très flatté de ta confiance.

— Flatté !

— Oui, enfin, tu comprends ce que je veux dire. C'était un honneur pour moi.

— Tu as dû bien t'amuser, je pense. J'ai vingt-cinq ans, David, et...

Elle était alors redevenue cette petite souris à laquelle Marie la comparait souvent, une souris qui aurait aimé se cacher dans un trou pour éviter le regard plein d'empathie qui lui faisait face.

— Tu n'as pas à rougir, tu sais. Nous avons tous

eu une première fois.

— Oui, mais pas comme ça ! avait-elle crié en se levant brusquement.

Le visage inondé de larmes, la vue brouillée, elle s'était cognée contre la table, avait cherché la porte, s'était précipitée sur le trottoir. Elle avait couru, couru sans s'arrêter, le plus vite possible, ignorant la douleur dans ses jambes, le pic qui lui perçait la poitrine. Elle avait rejoint sa chambre d'étudiante et s'était écroulée sur le lit pour laisser le chagrin, les regrets et la honte la submerger tout entière.

Plusieurs mois s'étaient écoulés depuis la rupture. Mais elle pensait toujours à lui et gardait en elle un infime espoir. Sur l'ordinateur, elle afficha les rares photos qu'ils avaient prises ensemble. Son portrait la troublait encore. Du bout des doigts, elle caressa la joue de l'homme qui s'affichait sur l'écran. Il était si beau, avec sa barbe de trois jours et son regard ténébreux !

Sans réfléchir, elle prit son téléphone et lui envoya un texto :

David,
Comment vas-tu ?
Je pense à toi.
Lisa.

Elle termina sa tisane, se recoucha et s'endormit. Une journée au vide-grenier était un somnifère bien plus efficace que n'importe quel comprimé chimique.

Trois ans plus tôt, juin 2013

David regarde la jeune femme sortir du bar. Des étudiants à la table voisine se sont retournés. L'arrivée du serveur fait diversion. Il dépose les deux cafés et l'addition sur la table. Le calme revient et les conversations reprennent.

David décide de ne pas bouger et de siroter tranquillement les deux tasses. Il ne va pas lui courir après, non plus ! Elle est mignonne, mais il n'a jamais été attiré par les jeunes filles sages de bonne famille. Ça manque de piquant. Comment a-t-elle pu finir dans son lit ?

Il la connaît bien maintenant. Ils ont travaillé ensemble pour leur projet de fin d'année. Pendant ces quelques semaines, il a bien vu ses regards en coin, ses joues qui rougissaient quand il se rapprochait un peu trop d'elle. Il adore ça, sentir l'effet qu'il fait aux filles. Avec Lisa, il en a joué : il faisait exprès de la mettre mal à l'aise. C'était plutôt drôle.

Il était bourré l'autre soir. Elle aussi, d'ailleurs. Il n'avait pas fallu plus de deux verres pour qu'elle commence à se désinhiber. Il ne l'avait jamais vue si souriante, ni si bavarde. De quoi avait-elle parlé, déjà ? Sa sœur ? Sa cousine ? Enfin... une meuf de sa famille qui allait se marier bientôt. Le mariage ! Manquait plus que ça pour compléter le portrait de la bourgeoise coincée. Il s'était demandé si elle n'avait pas fait le vœu de rester vierge jusqu'à sa nuit de noces. D'ailleurs, comme il était joueur, il avait parié : il avait envoyé un SMS à Franck. La réponse avait été directe :

> *Vierge à 25 ans, c'est pas possible, mon pote. T'as qu'à lui demander. Ou à vérifier par toi-même !*

Après, ça avait été beaucoup plus simple qu'il ne le pensait. Pendant la soirée, il avait joué les cœurs amoureux comme il savait si bien le faire. *Chut, ne dis rien !* Et vas-y que je t'embrasse tendrement. Pas trop vite, pas trop fort, sinon elles prennent peur. Elle avait plutôt bien réagi, acceptant qu'il lui roule une pelle comme lui seul savait le faire. Il commençait à se demander si elle était pucelle, finalement. Il lui semblait bien pourtant qu'elle le lui avait dit quelques minutes plus tôt en rigolant, que jamais elle n'avait osé se mettre nue devant un mec, ou un truc comme ça. Ah ! L'alcool... Ça plombe les neurones. Tout s'embrouillait dans sa tête.

À sa grande surprise, elle avait accepté de le suivre chez lui. Elle ne devait pas bien comprendre ce qu'elle faisait. Peut-être qu'elle était persuadée qu'il était vraiment amoureux d'elle. Ou alors, elle voulait juste se faire dépuceler. Elle l'avait dit à demi-mot, il s'en souvenait maintenant : *David, je n'ai jamais...*

Ça devait bien être ça, son trip. Parce qu'il n'avait pas eu trop de mal à la désaper. Il y était allé doucement quand même. Fallait pas la brusquer. Il lui avait servi un verre. *Viens, on va trinquer sur le lit.* Puis il l'avait laissé parler de cette complicité qu'elle sentait entre eux depuis quelques semaines, de cette chance qu'ils avaient eue de travailler ensemble. Et tout son baratin de nana.

T'as pas un peu chaud, là ? Elle avait retiré son gilet. Elle portait un truc sans manches plutôt moulant, qui laissait voir la rondeur de ses épaules et de sa poitrine. Elle n'était pas trop mal fichue, en fait. Des seins qui ressemblaient à deux petites pommes qu'il avait hâte de pouvoir palper. Ils avaient repris leur verre et leur discussion. Il était entré dans son jeu. *Tu sais, je t'ai remarquée dès le début de l'année, Lisa, mais j'ai jamais osé t'aborder. Je me disais que tu étais trop bien pour moi.* Faut toujours flatter leur orgueil, elles adorent ça.

Puis, ils avaient posé les verres pour passer aux choses sérieuses. Il s'était placé derrière elle et avait dénoué ses cheveux. Il avait commencé à l'embrasser dans le cou. Elle souriait en prononçant son prénom : *David...* Il sentait sa peau frémir sous ses lèvres. Elle s'était retournée d'un coup et l'avait embrassé à pleine bouche. Sans hésitation. Elle semblait affamée. C'était comme si elle bouffait un gros gâteau après des mois de régime. Il s'était laissé faire, bien sûr. À vrai dire, ça ne lui déplaisait pas qu'elle prenne un peu l'initiative. Même s'il n'y comprenait plus rien. C'était l'alcool qui la mettait dans un état pareil ? Ou l'envie dévorante de découvrir enfin ce qu'était un sexe d'homme ?

Il n'avait pas imaginé qu'elle serait si vorace. Elle l'embrassait encore et encore. *David... David !* Il en avait profité pour remonter son T-shirt et il tentait déjà de dégrafer son soutif. Il lui avait proposé de se mettre torse nu. Elle avait hésité, une microseconde peut-être ; et rabattu ses fringues, brusquement. C'était comme si sa pudeur se réveillait d'un coup et lui criait de s'enfuir.

Mais non, ça ne pouvait pas s'arrêter là ! Il était chaud, il n'allait pas la laisser se défiler. Alors il s'était déshabillé en premier pour qu'elle voie ses muscles. Il savait qu'elles craquaient toutes devant ses pectoraux et ses larges épaules. Il l'avait caressée doucement en faisant glisser une bretelle avec son doigt. Elle avait succombé et avait enlevé le haut. Il pouvait enfin voir ses nichons. Tout petits, tout mignons. Bien formés. Pile à la bonne taille. Il sentait qu'il allait l'adorer, celle-là. Son désir était monté d'un coup.

Surtout, ne pas l'effrayer. Il ne fallait pas qu'elle lui échappe. D'un geste sûr, il l'avait plaquée contre lui. Pour qu'elle sente son odeur et s'imprègne de ses hormones. Elle vibrait de plaisir contre son torse pendant qu'il continuait à l'embrasser dans le cou. Peu à peu, sa bouche était descendue vers ses seins. Elle s'était laissé faire. Elle était prête maintenant. Prête à se donner à lui. Prête à le laisser faire tout ce qu'il voudrait. Il sentait qu'elle avait envie de le perdre, son putain de pucelage.

La suite s'était déroulée comme il l'avait prévu. Leurs deux corps nus sur le lit. Lui sur elle, avec son désir effréné qu'elle avait tenté de repousser, dans un dernier sursaut. Elle avait peur, c'était normal. Mais il l'avait rassurée en lui parlant de sa voix de play-boy. *Ne t'inquiète pas, on va y aller doucement. Je ne veux pas te faire de mal.*

Il y avait eu cette résistance, qu'il ne soupçonnait pas si forte. Il lui avait fallu insister un peu. *Détends-toi, Lisa. Tu vas adorer me sentir en toi.* D'un violent coup de reins, il était entré. Elle avait crié, de douleur ou de plaisir, il ne savait pas. Mais pour lui, pas de doute, l'extase était là. Il n'avait pas fallu longtemps pour qu'il jouisse. Quel pied ! Cette situation inédite, cette difficulté à la pénétrer n'avaient fait qu'augmenter l'intensité de son orgasme.

Elle était encore frémissante quand il avait basculé sur le côté. *Ça va ? Je ne t'ai pas fait mal ?* Elle n'avait pas répondu. Elle lui tournait le dos. Il l'avait embrassée sur l'épaule. Elle s'était dégagée et lui avait demandé où étaient les toilettes. D'un bond, elle était partie s'y enfermer.

Après, il ne savait plus. Il s'était endormi. Au réveil, elle était toujours là. Ses cheveux étaient étalés sur l'oreiller. Elle était nue, et vachement jolie. Elle avait la peau blanche, le visage lisse comme celui d'une gamine. Une vraie princesse de conte de fées.

Il avait été surpris de la voir dormir là, dans son lit. Il pensait qu'elle allait se barrer pendant la nuit. Mais non. Elle devait déjà être accro à lui. Comme toutes les autres. Aucune ne lui résistait. Finalement, c'était plutôt mignon ce genre de filles. Il n'en avait pas rencontré beaucoup et n'en avait encore défloré aucune.

Il avait contemplé ses longs cheveux, ses seins aux aréoles dorées, qu'il trouvait parfaits, ses hanches un peu étroites avec une belle touffe claire au milieu, ses jambes pas très longues, mais fines quand même. Puis, il s'était levé pour aller prendre une douche. Avant de se glisser sous l'eau chaude, il avait contacté Franck pour lui annoncer sa victoire :

Salut Poteau.
T'as perdu ton pari.
Je te raconte tout ce soir.

Dans le bar, David boit les deux cafés, puis il se dit qu'une fille comme Lisa, il ne faut pas la laisser filer trop vite. Elle a tout à apprendre. Ça pourrait être marrant de devenir son prof. Il sent qu'elle a envie de lui. Elle sera bonne élève, c'est sûr. Prof de sexe... Il n'a jamais fait ça. Mais l'idée est excitante.

Une heure plus tard, il frappe à la porte de la chambre 232, cité U Chopin, bâtiment B, deuxième étage. Il y est déjà allé une fois quand ils travaillaient sur leur projet.

— Lisa, c'est David. Ouvre-moi, s'te plaît.

Aucune réponse. Il pose son oreille contre le battant de la porte et entend un léger bruit dans la pièce. Bon, il va falloir jouer les Roméo. Pas grave, il a l'habitude.

— Lisa, je... je voudrais m'excuser pour tout à l'heure. Je sais que tu es là, lui dit-il d'une voix feutrée. Laisse-moi entrer. Ça peut pas se terminer comme ça entre nous.

Une clé tourne dans la serrure et la porte s'ouvre.

Deuxième partie :
Expresso

Lundi 2 mai

Antoine agita la touillette pour dissoudre le sucre qui se trouvait au fond du gobelet. Il rejoignit Lisa, qui sirotait déjà sa boisson chaude dans un angle isolé de la salle de pause.

Devant sa mine sombre, elle l'encouragea à parler. Après quelques secondes d'hésitation, il lui confia ses inquiétudes pour sa compagne, Jennifer, qui ne répondait plus à ses messages. Ils s'étaient promis de rester en contact pendant cette période de pause conjugale, mais elle ne respectait pas leur accord. Il la savait instable : dynamique et enjouée par moments, elle pouvait vite sombrer dans la déprime. Elle était retournée vivre chez sa mère, mais il ne doutait pas qu'elle voyait ses amies, des célibataires un brin féministes et très mauvaises conseillères. Quand elles étaient ensemble, elles refaisaient le monde, sortaient, dansaient toute la nuit, consommaient alcool et stupéfiants. Plus casanier, il respectait cependant sa personnalité exubérante et l'accompagnait parfois dans ses virées nocturnes.

Quand d'autres collègues arrivèrent, la discussion s'orienta vers l'événement exceptionnel du jour : l'absence de Clémentine. Que lui était-il arrivé ? Était-elle malade ? Blessée ? Touchée par une difficulté familiale ? Les hypothèses allaient bon train. Personne ne savait ce qui se passait. Aucun ne la fréquentait en dehors du bureau. Elle avait bâti un mur solide entre le monde professionnel et sa vie privée.

En fin de matinée, Gustave Karsen convoqua Lisa pour un entretien. Elle s'y rendit seule, dossier et stylo dans les mains, se tordit la cheville sur la moquette épaisse, rétablit son équilibre et resta plantée devant le responsable du projet Lambert.

Occupé à pianoter sur son ordinateur, celui-ci mit quelques instants à lui accorder son attention. Il leva le nez, la détailla des pieds à la tête, et lui proposa enfin de s'asseoir.

Intimidée par la situation, Lisa n'osa pas poser son dossier sur le bureau noir et le garda sur ses genoux. Elle réalisa qu'elle ne s'était jamais retrouvée seule avec son supérieur hiérarchique : le jour de son embauche, des membres des ressources humaines étaient présents et ensuite, tous les entretiens avaient eu lieu avec Clémentine.

— Madame Ferrier, je vous ai convoquée en raison de l'absence de votre collègue, madame Duval.

Gustave Karsen parlait fort, de la voix ferme et autoritaire qu'il employait en réunion. La taille exiguë de la pièce et l'absence de témoins ne changeaient rien à sa façon de s'exprimer. Assise au bord de la chaise, les doigts crispés sur son stylo, Lisa courba les épaules sous cette puissante onde sonore, mais ne répondit pas.

— Je viens d'apprendre qu'elle ne reviendra pas avant deux semaines. Je dois donc réorganiser le service. Vous savez bien que le projet Lambert ne peut prendre aucun retard.

— Oui, Monsieur, assura Lisa après s'être raclé la gorge pour que sa voix ne tremble pas.

Elle sentit son cœur s'emballer et ses aisselles s'échauffer. Qu'allait-il lui annoncer ?

— J'ai décidé de vous confier le suivi technique du dossier Lambert. Vous reprendrez les documents de madame Duval et vous me présenterez un bilan complet du dossier ici même à quinze heures.

Il baissa les yeux vers son clavier et se remit à taper en martelant les lettres de ses index nerveux.

— Merci de votre confiance, Monsieur, conclut Lisa avant de quitter la pièce.

Antoine l'attendait dans le couloir. Elle l'informa de cette charge nouvelle de travail : elle n'aurait pas le temps de déjeuner aujourd'hui.

— Ce n'est pas grave, lui assura-t-il avec un sourire, on ira manger des croissants chez Célestin en sortant.

Les joues de Lisa se colorèrent au souvenir de sa goinfrerie passée.

— Promis, je ne les dévorerai pas aussi vite que l'autre jour. Bon, je te laisse, j'ai du boulot.

— Bon courage. À tout à l'heure, lui dit-il en posant la main sur son épaule d'un geste fraternel.

Lisa alla s'emparer des documents empilés sur le plan de travail de Clémentine, s'installa à son bureau et se mit immédiatement à les étudier. Elle ne chercha pas à spéculer sur ce qui avait pu arriver à sa collègue.

Elle n'eut même pas le temps de s'en réjouir ni de culpabiliser de lui avoir souhaité du mal. Elle n'avait qu'un objectif en tête : être au point pour la rencontre de quinze heures.

Au café, Célestin les accueillit avec son habituel sourire :
— Bonjour, Antoine, bonjour, Mademoiselle.
— Vous pouvez m'appeler Lisa.
— Très bien, Lisa. Bienvenue. Installez-vous.
— Je mangerais bien deux croissants au beurre, dit Lisa, accompagnés d'un café.
— Je n'en ai plus, mais je vais vous en trouver bien vite, assura Célestin.

À peine avait-il prononcé ces paroles qu'il longeait la vitrine en direction de la boulangerie. Deux minutes plus tard, il posait sur la table un sachet en papier bien gonflé.
— Merci beaucoup, Célestin, lui dit Lisa.
— C'est ma collègue boulangère qui vous remercie. J'apporte votre café tout de suite. Antoine, un café, comme d'habitude ?

Le jeune homme confirma d'un hochement de tête et le serveur s'éloigna.
— Dis-moi, Lisa, tu sembles très à l'aise aujourd'hui, s'étonna Antoine.
— Oui, je crois que j'ai bien mérité mon petit goûter, s'exclama Lisa. Les dossiers de Clémentine étaient en bazar, tu aurais vu ça ! J'ai mis au moins une heure à tout trier avant de pouvoir me pencher

vraiment sur le contenu des documents et finaliser mon analyse.

— Et tu as su présenter tout ça de façon concise ?

Célestin revint avec les tasses. Il ne s'attarda pas, car les clients étaient nombreux. Son café et sa bonne humeur commençaient à être connus dans le quartier.

— Je n'ai pas eu le temps de faire une présentation soignée, mais j'ai su retranscrire l'essentiel et surtout me projeter dans l'avancée du dossier. Les objectifs sont maintenant clairement définis pour les deux semaines à venir. Le boss semblait satisfait.

— C'est chouette, Lisa. Félicitations ! la complimenta Antoine.

Elle ouvrit le sachet, prit un croissant et le grignota tout doucement, comme un écureuil qui ronge une noisette.

— Je vois que tu te hâtes lentement, ironisa Antoine.

— Oui, ce sera le goûter le plus lent de ma vie, s'amusa Lisa, en mâchant au ralenti de façon exagérée.

Antoine l'observait. Ses iris bleus pétillaient. Il but une gorgée de café, puis ils échangèrent leurs avis sur le sujet du jour : l'absence de Clémentine.

Les rumeurs disaient qu'elle avait eu un accident, qu'elle était hospitalisée, qu'elle allait être opérée, que la convalescence risquait d'être longue... Démêler les fils pour distinguer le vrai du faux s'avérait difficile.

— L'important, conclut Lisa, est qu'elle revienne en bonne santé.

Une journée sans Clémentine était une journée particulière. Lisa avait envie de courir, de danser, de s'amuser... mais savait qu'elle n'en ferait rien. Elle devait saisir l'opportunité qui se présentait. La qualité de son travail pouvait enfin être reconnue si elle réussissait à prouver sa valeur. C'était un immense défi à relever, un challenge intimidant, mais elle sentait vibrer en elle une volonté nouvelle.

— Tu vas poursuivre le tri chez toi ? lui demanda Antoine.

— Oui, je pense. Mais je vais calmer le rythme. Je dois de toute façon attendre que ma bibliothèque soit vendue pour poursuivre le rangement du salon. J'aimerais acheter un nouveau meuble pour la salle de bains et m'intéresser au minimalisme dans cette pièce trop souvent encombrée.

— Si tu as besoin d'aide, je suis là, proposa Antoine.

Et, se penchant vers elle, il ajouta sur le ton de la confidence :

— J'aime me battre avec les tournevis.

Lisa rigola.

— Tu es nul en bricolage, c'est ça ?

— Non, je te fais marcher. Je suis plutôt doué, je crois. Tu n'as qu'à tester mes compétences et tu me diras ce qu'elles valent.

— Très bien, m'sieur. Rendez-vous vendredi soir pour l'achat et le montage du meuble. Et si tu te débrouilles bien, je te ferai à manger.

— Ça veut dire que, dans le cas contraire, tu me

mets à la porte le ventre vide ?

— Exactement ! clama Lisa d'une voix guillerette.

De retour dans son appartement, elle alluma son ordinateur. Sa mère lui avait écrit.

Ma chérie,
Ton père n'est pas très en forme ces jours-ci. Il va chez le cardiologue jeudi pour son bilan annuel.
J'espère que tout va bien de ton côté. Pense à nous donner des nouvelles de temps en temps.
Bises,
Maman

Martine n'avait jamais été à l'aise avec le téléphone, lui préférant mails et textos. Lisa lut entre les lignes : sa mère souhaitait la rencontrer pour lui exprimer son inquiétude. Elle lui proposa donc de passer la voir le samedi suivant et termina par ces mots :

J'apporterai un petit goûter.

Son père serait-il présent ? Rien n'était moins sûr. Représentant pour une firme pharmaceutique, il avait toujours beaucoup voyagé : démarchage sur une région commerciale qui couvrait un tiers du pays, conférences, formations, liaisons avec la maison-mère située en Suisse...

Quand elle était petite, Pierre rapportait à sa fille des souvenirs de ses déplacements et s'arrangeait pour être là dans les moments importants : anniversaires, fêtes d'école, spectacles de danse ou rencontres sportives. Les copines de Lisa l'enviaient : son père ne la disputait jamais et il était toujours là, assis au milieu des autres parents. Paradoxe douloureux. Comment leur faire comprendre que cette présence attentive n'était qu'une façade ?

La petite fille vivait donc seule avec sa mère. À cette époque, Martine ne travaillait pas. Elle avait repris un emploi plus tard, quand Lisa était entrée au lycée. Que faisait-elle de ses journées ? L'enfant ne se posait pas la question. Maman était là, Maman venait la chercher à l'école, Maman préparait les repas et Maman attendait avec elle le retour de Papa.

Absence et attente avaient été les deux compagnes de son enfance.

Pour s'occuper, Lisa créait des mondes imaginaires. Elle vivait dans un univers de figurines en plastique et de décors en carton. Elle inventait des histoires sans fin.

La princesse enfermée dans son château attend qu'on vienne la délivrer. Mais le chevalier, confronté à de multiples dangers, dragons, sorcières, pièges, arbres ensorcelés, forêts de ronces infranchissables, ne réussit jamais à la rejoindre. Elle pleure sans fin, l'appelle, le supplie.

L'ogre arrive. L'ogre crie. La princesse est terrorisée. Elle doit se taire si elle ne veut pas que le méchant la tue, car il ne supporte pas de l'entendre se lamenter. Elle cherche un moyen pour s'enfuir : elle va utiliser son épingle à cheveux pour crocheter la grille qui ferme la tour, après avoir descendu l'escalier en colimaçon, dont le nombre de marches est infini...

La princesse descend, descend, descend... Où est cette grille ? Elle entend l'ogre qui hurle en haut. Il veut la rattraper. Vite !

Jamais le chevalier n'avait réussi à arriver à temps. Jamais il n'avait pris dans ses bras la princesse malheureuse. Elle était seule. Ou presque. Elle avait pour unique compagne une petite souris invisible qui se cachait dans sa poche, une souris avec qui elle parlait et qui lui répondait.

Lisa termina son mail par un simple « Bisous », cliqua sur *Envoyer* et décida de consulter quelques sites et blogs sur le désencombrement pour se changer les idées.

Vendredi 6 mai

Elle glissa dans son sac une partie du dossier Lambert pour préparer la réunion du lundi matin et quitta le bureau avec soulagement. Jamais une semaine ne lui avait paru aussi longue. L'absence de Clémentine la déstabilisait. Le calme ambiant lui permettait de travailler sans contraintes, ce qui la rendait bien plus efficace et lui laissait des instants de liberté. Le revers de la médaille est qu'elle avait le temps de regarder la pendule. Les minutes semblaient élastiques, plus longues, plus molles. C'était une sensation diffuse, étrange. Un engourdissement de tout son être.

Après un bref passage au supermarché, Lisa gravit le perron de l'immeuble avec deux gros sacs au bout des bras. Devant les boîtes aux lettres, elle croisa sa voisine de palier. Elles échangèrent un bonjour poli. En deux ans, elles n'avaient pas pris le temps de faire connaissance. Lisa savait juste que la jeune femme vivait en couple. Son ami sortait souvent en tenue de sport, baskets aux pieds, pour aller courir.

Elle avait donné rendez-vous à Antoine à dix-neuf heures pour aller acheter le meuble de salle de bains. Il ne lui restait plus que quelques minutes pour ranger ses achats et se rafraîchir. Essoufflée par la montée de l'escalier, elle pénétra dans l'appartement et se dirigea vers la cuisine. Douglas n'était pas dans son panier. Elle plaça les produits frais dans le réfrigérateur en appelant son chat :

— Doudou ?

Un miaulement plaintif lui répondit. Elle se dépêcha de ranger l'épicerie dans les placards avant de rejoindre le félin dans le salon. Allongé sur le canapé, il leva lentement la tête en la voyant arriver.

— Oh ! Toi, ça ne va pas mieux, on dirait, constata Lisa. C'est décidé, j'appelle le véto.

Sur la commode de Mina, dans l'entrée, elle attrapa le combiné du téléphone fixe. Elle s'apprêtait à composer le numéro quand la sonnette de la porte retentit. Elle alla ouvrir à Antoine et s'excusa :

— Désolée, je ne suis pas prête. C'est mon chat...

— Que se passe-t-il ?

— Il perd ses poils depuis plusieurs semaines. Ne reste pas là, entre. Là, on dirait que son état de santé a empiré d'un coup. Viens voir.

Elle entraîna son visiteur dans le salon. Il s'assit près de l'animal et le caressa doucement, soulevant un nuage de poils clairs.

— Ah ! Oui, en effet, il n'a pas l'air bien, compatit Antoine. Tu vas chez quel véto ?

— Le docteur Perrot. Tu connais ?

— C'est celui qui est à l'entrée de la ville, boulevard Guillot ?

— Oui, c'est ça.

— Il n'a pas bonne réputation. Tu ferais mieux de changer de crémerie, comme on dit. Pour mon chat, je vais à la clinique vétérinaire, rue Ampère. Tu vois où c'est ?

— Oui, je crois. Tu as un chat, toi ? lui demanda Lisa, surprise.

— Ça t'étonne ?

— Oui, je ne t'imaginais pas avec un animal.

— On se fait souvent de fausses idées sur les gens, quand on ne les connaît pas vraiment. Moi aussi, je pensais que tu n'avais pas d'animal.

— Pourquoi ça ?

— Je crois que c'est parce que tu es célibataire.

— Je ne comprends pas.

Antoine s'expliqua d'un trait, sans reprendre son souffle :

— Dans mon long inventaire d'idées préconçues et de clichés totalement idiots, il y a une ligne qui dit en substance que les célibataires aiment rester libres, sortir le soir et partir en week-end, ce qui est incompatible avec la possession d'un animal de compagnie.

La jeune femme s'amusa de son air de clown essoufflé et exposa sa propre vérité :

— Alors qu'en réalité, les célibataires adoptent souvent un animal pour ne pas rester seuls.

— Ah ? Ce n'est pas juste pour les vieilles filles, ça ? s'étonna son interlocuteur.

Elle éclata de rire.

— Arrête de te moquer de moi, tu veux !

Antoine lui donna le numéro de la clinique enregistré dans son portable. Elle appela pour prendre rendez-vous et nota la date sur un bout de papier.

Le pelage clairsemé de l'animal faisait peine à

voir. Qu'allait-on lui annoncer ? Une maladie incurable ? Un cancer ? Elle balaya ces pensées négatives et revint à la réalité. Douglas se reposait et Antoine l'attendait.

— Tu as raison, cette clinique a l'air mieux que mon vieux véto, constata-t-elle en allant reposer le combiné sur son socle. Viens, je vais te montrer la salle de bains.

Après quelques explications sur l'aménagement envisagé, ils filèrent au magasin. Douglas ferma les yeux et s'endormit.

Les emballages avaient envahi le salon. Au centre de ce vaste bazar, Lisa et Antoine montaient le meuble en suivant la notice. Le chat, dérangé par toute cette agitation, avait fui les cartons nauséabonds pour rejoindre son panier dans la cuisine.

— Tu es sûr que c'est dans ce sens que ça se met ? Regarde, les trous sont de ce côté-là, affirma Lisa en désignant la longue planche que son collègue tentait de fixer sur ce qui semblait être le socle.

— Ah ! Oui, tiens. On dirait que tu as raison, admit-il en posant sur la jeune femme un regard calme.

Lisa admira sa patience. Elle n'était pas aussi posée : elle bougeait beaucoup, tournait autour du meuble, cherchait les pièces partout et avait l'impression de brasser de l'air.

Il leur fallut une bonne heure pour réussir à

construire ce puzzle géant. Une fois le caisson prêt à être posé, ils l'emportèrent dans la salle de bains, l'installèrent dans l'angle et y fixèrent la porte couleur wengé agrémentée d'une poignée en acier brossé. Il ne restait plus qu'à placer les étagères à l'intérieur. Lisa indiqua les hauteurs souhaitées et Antoine posa les taquets et les planches.

— C'est parfait, s'exclama-t-elle, ravie.

Elle eut envie de l'embrasser sur la joue pour le remercier. Heureusement, elle prit conscience à temps de la puérilité de ce geste et retint son élan.

— Si Madame est satisfaite, c'est l'essentiel, lui répondit-il d'un air pincé de majordome en s'inclinant dans une gracieuse révérence.

Lisa sourit et se recula pour juger l'effet produit par le nouveau meuble.

— Il s'intègre vraiment bien à la déco, je trouve.

— Oui, tu as bien choisi, reconnut Antoine.

— J'ai hésité à le prendre en blanc, car c'est ce qu'on voit le plus dans les salles de bains. Mais cette couleur sombre m'avait l'air plus chaleureuse.

— Je pense que le blanc aurait fait trop... comment dire... médical, peut-être.

— Tu as remarqué comme la décoration minimaliste est claire ? C'est comme s'il fallait retirer les couleurs, comme si elles étaient de trop, analysa la jeune femme. Je n'aime pas ces pièces où tout est blanc, gris clair, crème.

— Je t'avoue que je n'ai jamais regardé de magazines de déco. Je n'ai aucune idée des modes actuelles. C'est vraiment si terne que ça ?

— Oui, c'est triste, froid. La seule chose qui réchauffe un peu l'atmosphère des pièces, dans ce cas, c'est quand on ajoute une ou plusieurs plantes. Ça me fait penser au café de Célestin. J'adore ses grandes plantes. Ça donne un côté sympa, naturel.

— C'est vrai, confirma Antoine en suivant Lisa dans la cuisine. Je n'avais jamais fait attention à ces détails.

— Tu sais, c'est nouveau pour moi aussi. Je ne m'intéressais pas du tout à la déco avant. Mais depuis que j'ai commencé mon désencombrement, je découvre l'influence que peuvent avoir le rangement, la disposition des meubles, les couleurs... Ça agit beaucoup sur notre sentiment de bien-être, mine de rien.

— Oui, peut-être. Je ne sais pas. Chez moi, c'est le bazar. Et je n'ai pas du tout envie de passer du temps à ranger.

— C'est normal. Il faut être bien dans sa tête pour se préoccuper de tout ça, affirma Lisa sans réfléchir.

Devant le silence de son interlocuteur, la jeune femme prit conscience de la portée de ses mots.

— Oh ! Pardon, Antoine. Je t'ai blessé. Je suis désolée. Quelle andouille je fais !

— Ce n'est rien. Tu as raison : je ne suis pas très disponible, ces jours-ci.

Il baissa la tête et commença à se balancer d'un pied sur l'autre, d'un mouvement pendulaire compulsif. Lisa en déduisit que sa femme n'était pas revenue et chercha un moyen de détendre l'atmosphère. Elle alluma un poste de radio sur lequel était branchée une clé USB. Un air familier envahit la cuisine, puis elle sortit les ingrédients pour préparer le repas : pizzas faites maison, salade et dessert glacé.

Après quelques minutes, Antoine lui proposa son aide. Elle accepta de partager ce moment convivial : cuisiner à deux serait plus agréable et cela éviterait à son collègue de sombrer à nouveau dans la mélancolie. Ils garnirent les deux pizzas et les mirent au four avant de déboucher une bouteille de rosé. Quelques biscuits salés accompagnèrent cet apéritif improvisé.

La soirée se déroula dans une ambiance chaleureuse. Lisa parla beaucoup de son projet, magazines et sites Internet à l'appui pour illustrer ses choix de décoration et d'ameublement. Antoine lui confia son goût pour la plongée : il s'entraînait en piscine chaque semaine et participait à des stages en mer certains week-ends, quand son budget le lui permettait. Ce loisir avait fait naître une vraie passion pour le monde sous-marin. Il lui proposa de l'emmener visiter un aquarium pour lui montrer quelques spécimens de poissons fascinants qu'il n'avait malheureusement jamais observés à l'état sauvage.

— Mon rêve serait de partir aux Maldives pour plonger dans les eaux turquoise avec les raies manta, les tortues géantes et les requins-baleines, avoua-t-il.

Sa voix tremblait quand il ajouta :

— Je ne sais pas pourquoi je te dis tout ça.

Lisa perçut son trouble et laissa le silence s'installer. Le regard de velours bleu s'attardait sur elle et semblait la détailler, comme s'il la découvrait pour la première fois. Elle eut un vertige, mal à l'aise devant cet homme qu'elle connaissait si peu, gênée par ce qu'elle lisait dans ses yeux.

— Je ne me sens pas très bien. Ce doit être le rosé. Nous avons trop bu, non ?

— Oui, sûrement, acquiesça son collègue. Tu veux t'allonger ?

— Non, ça va passer. Ne t'inquiète pas.

Il posa son bras sur la table et lui prit la main. Sentir la chaleur de cette paume large sur ses doigts fins la réconforta. Son visage reprit doucement des couleurs. Antoine souriait.

— Lisa, je... je crois que...

Elle leva l'index de sa main restée libre et alla le déposer doucement sur les lèvres qui lui faisaient face, tel un papillon qui butine une fleur fragile.

— Chut ! Ne dis rien.

Elle plongea son regard dans les yeux clairs d'Antoine avant de murmurer :

— Je pense qu'il vaut mieux que tu partes.

Ce fut comme un déclic. Il secoua la tête et s'écarta.

— Oui, tu as raison. Qu'est-ce que j'étais en train de faire ? Pardon, pardon...

— Ce n'est rien, lui assura-t-elle. Je suppose que

tu dois souffrir de ta solitude actuelle et que tu...

Il ne la laissa pas achever sa phrase :

— Je m'en vais et on oublie tout ça, d'accord ?

Il s'éloigna précipitamment vers le salon pour y reprendre sa veste.

Dans l'entrée, elle le remercia de son aide pour le montage du meuble. Ils restaient à bonne distance l'un de l'autre. Elle aurait voulu être naturelle, détendue, lui faire la bise comme d'habitude, mais ses gestes maladroits trahissaient son émoi.

Lorsqu'il commença à descendre les marches, Lisa entendit sa voix qui se perdait dans la cage d'escalier :

— À lundi, bon week-end !

Elle referma la porte, s'y adossa et leva ses deux mains devant son visage. Les battements de son cœur pulsaient dans ses oreilles. Elle sentait encore la pression des doigts d'Antoine sur sa main droite. Et la douceur de ses lèvres au bout de son index gauche.

Samedi 7 mai

Des bruits sourds l'ont réveillée. Elle sent son cœur battre dans sa poitrine, si vite, si fort. Étalée comme une crêpe sous le drap fin, gelée malgré la chaleur de ce soir d'été, elle n'ose plus bouger.

98, 99, 100. Elle pose un pied sur le parquet. Elle sait quelle latte suivre pour rejoindre la porte de la chambre sans faire grincer les planches de chêne sombre.

Sur le palier, elle perçoit la lumière qui filtre de la porte de la cuisine. Elle n'entend que le silence. Puis une rumeur, des voix éloignées, une conversation étouffée. Son regard se pose sur les chaises en bas de l'escalier. Elle voit un chat, noir, immobile, tapi dans l'ombre de l'entrée. La nuit est tombée. Il fait sombre. Elle tremble en fixant l'animal. Que fait-il ici ?

À côté, un petit point lumineux attire son attention. Un objet brille dans l'obscurité. Est-ce une pièce de monnaie ? Une bague ? Elle pense à l'histoire des chats pirates qu'elle a vue à la télévision. Elle veut avoir un trésor, elle aussi. Elle le cachera dans un petit coffre et ira l'enterrer dans le jardin, derrière la grande maison. Elle dessinera une carte qu'elle roulera et fixera avec son ruban rouge, celui qu'elle aime mettre dans ses longs cheveux le dimanche.

Fermement accrochée à la rampe, elle débute sa quête. Elle pose un pied sur la première marche et sent la moquette poussiéreuse sous ses orteils. Ses jambes lui semblent molles comme du coton. Elle inspire une grande goulée d'air frais et se redresse. Il faut être forte, courageuse. Deuxième marche. Le chat n'a pas bougé. Elle descend encore trois marches. Sur sa gauche, elle voit maintenant la porte blanche de la cuisine avec sa grande fenêtre vitrée. La lumière est allumée. Des ombres bougent. Les voix se sont tues.

Pied gauche. Pied droit. Pied gauche... Elle atteint enfin le bas de l'escalier. Elle joint ses deux pieds sur la dernière marche et regarde devant elle. Le point brillant est là, juste devant. Il va lui falloir marcher sur le carrelage froid pour découvrir le trésor. Le chat ! Elle l'avait oublié. Elle tourne doucement la tête. Où est-il ? Elle ne le voit plus.

Soudain, un cri retentit dans la cuisine.

Lisa se réveilla en sursaut, haletante, le dos inondé de sueur glacée. Assise dans son lit, elle inspira puis souffla lentement avant de se tourner vers le radio-réveil : six heures. Elle mit quelques minutes à reprendre ses esprits. Antoine, la soirée, le vin...

Se lever lui fut pénible. La tête lourde et les jambes flageolantes, elle rejoignit la salle de bains. En entrant dans la pièce, une masse sombre la fit sursauter. Le meuble ! Elle pesta contre sa propre bêtise et se jura de ne plus se laisser si facilement surprendre.

S'asperger le visage d'eau fraîche ne résolut rien. La fatigue, tenace, lui collait au corps. Elle décida de se recoucher et de régler la sonnerie sur huit heures, ce qui lui laisserait le temps de se préparer avant l'arrivée de ses visiteurs.

Sur la table de la cuisine, un clignotement vert attira son attention. Un message était arrivé. David ? Non, c'était Antoine, qui l'avait contactée à minuit douze.

> *Encore toutes mes excuses.*
> *J'ai passé une belle soirée.*
> *Merci.*

Lisa hésita à répondre. Que pouvait-elle lui dire ? L'esprit floconneux, elle risquait d'écrire des bêtises et préféra donc s'abstenir. Laissant l'objet dans la cuisine, elle regagna son lit, où elle sombra rapidement dans un sommeil sans rêves.

Quand l'interphone sonna en fin de matinée, la jeune femme avait retrouvé son dynamisme : elle avait rangé ses produits d'hygiène dans le nouveau meuble et avait passé l'aspirateur dans tout l'appartement.

Monsieur Guillemin entra et lui serra la main. Elle aimait décidément l'allure honnête et débonnaire de cet antiquaire. Théo prit l'initiative de lui faire la bise. Cette familiarité la gêna. Sans y prendre garde, elle se hissa sur la pointe des pieds pour atteindre ses joues, puis se reprocha ce geste ridicule. Heureusement, l'homme ne lui fit aucune remarque.

Elle perçut une agréable odeur d'herbe fraîche et de sous-bois qui ne lui était pas inconnue. Était-ce l'eau de toilette qu'utilisait David ?

Souriant à ses invités, elle leur indiqua le salon et inspira profondément avant de leur emboîter le pas.

Monsieur Guillemin détaillait d'un œil d'enquêteur la commode en bois verni de Mina.
— Vous permettez que je l'ouvre ?
— Bien sûr, allez-y ! Je vous laisse regarder.

L'antiquaire actionna les tiroirs, vérifia toutes les surfaces à la recherche du moindre accroc ou de la plus petite imperfection et s'arrêta sur un éclat du bois au dos du meuble. Son air soucieux inquiéta Lisa. Sans faire de commentaire, il lui demanda ce qu'elle avait d'autre à lui proposer. Elle l'orienta vers les objets qu'elle avait regroupés près de la bibliothèque : un cadre ancien, un guéridon, un vase couvert de mosaïque, une pendule et une petite malle.

Théo, appuyé contre le chambranle de la porte, détaillait la jeune femme. Lisa portait ce jour-là une jupe courte et un chemisier souple qui mettaient en valeur sa silhouette élancée. Ses cheveux, qu'elle avait laissés libres, descendaient en cascade dans son dos. Elle sentit bientôt le poids de ces regards et se retourna. Théo la fixait de ses yeux noisette et lui décocha un sourire enjôleur. Elle décida de ne pas se laisser impressionner.

— Vous voulez boire quelque chose ? Un café ?

Les deux hommes acceptèrent. La jeune femme se réfugia dans la cuisine, heureuse de quitter ces deux intrus qui prenaient beaucoup de place dans son salon. Quelle idée idiote de les avoir invités ici ! Pourquoi n'avait-elle pas envoyé des photos des objets pour une estimation sur *Objetsanciens.com*, le site dont lui avait parlé l'une de ses collègues ? Elle préparait machinalement le café, perdue dans ses réflexions, quand la voix lointaine de Théo lui demanda :

— Est-ce que je peux utiliser vos toilettes ?

— Oui, à gauche dans le couloir, lui répondit-elle.

Quand elle apporta les trois tasses sur la table basse, il n'était pas revenu.

— Théodore, viens boire ton café, il va être froid.

Assis sur le canapé, une tasse à la main, Monsieur Guillemin discutait amicalement avec Lisa, quand Théo les rejoignit.

— Nous avons fait affaire. Tu vas pouvoir charger les objets dans la camionnette.

— Je peux vous aider, proposa la jeune femme.

— Non, laissez, Mademoiselle. Un grand garçon comme lui peut bien se débrouiller tout seul, assura l'antiquaire d'un air malicieux.

Théo jeta un regard glacé sur l'homme aux cheveux gris. Il avala d'un trait le liquide tiède, puis emporta le cadre et le vase que son père lui désignait. Il revint ensuite chercher la pendule et les meubles, au moment où Lisa mettait des billets dans sa poche. Les deux hommes descendirent ensemble ces objets volumineux et les stockèrent dans la camionnette blanche ornée de lettres brunes.

Lisa sortit précipitamment sur le palier, une veste

noire à la main. Dans son élan, elle percuta Théo, qui avait grimpé les marches quatre à quatre. Elle serait tombée dans l'escalier s'il ne l'avait pas rattrapée et serrée dans ses bras, le temps qu'elle retrouve son équilibre.

— Eh ! Restez avec moi ! lui lança-t-il, visiblement amusé par cette collision qui aurait pu mal tourner.

Elle s'excusa en rougissant jusqu'aux oreilles.

Le jeune homme retrouva son calme, prit un air très sérieux et lui déclara :

— Lisa, je veux vous revoir.

— Eh bien, on peut dire que vous êtes direct, vous ! s'exclama-t-elle, étonnée de son audace.

— Je vous invite à dîner. Mercredi soir, c'est possible ?

Prise au dépourvu, Lisa ne put refuser. Elle bafouilla :

— Euh... oui. Je...

— Magnifique ! Je vous rappelle demain pour vous indiquer l'heure du rendez-vous. J'ai gardé votre numéro, bien sûr, lui annonça-t-il avec un clin d'œil.

Il lui fit la bise, attrapa sa veste et dévala les marches en courant. Lisa, éberluée, rentra dans l'appartement, marcha en titubant jusqu'au salon et s'affaissa sur le canapé. Douglas s'approcha en se dandinant et sauta sur ses genoux.

— Tu as vu, Doudou ? Il est étrange, non ?

Elle sonda son cœur et ne put nier que Théo lui plaisait. Elle aimait son physique, sa grande taille, ses larges épaules, qui lui rappelaient David. Mais il était vraiment déroutant et agissait de manière impulsive. Il semblait jaloux, le genre d'homme à vouloir garder le contrôle sur tout ce qui l'entourait. Elle l'imaginait assez solitaire, ayant eu peu de relations amoureuses. Exclusif, dévoué à cent pour cent à la femme qu'il aimait. Ce qui n'était pas pour lui déplaire.

Et puis, elle se rassura. Ce n'était qu'un dîner au restaurant. Que risquait-elle ?

Elle s'enfonça dans des réflexions sans fin sur sa vie sentimentale. Avait-elle été heureuse avec David ? Elle avait aimé leurs moments de complicité, les sorties, les rires, la vie à deux. Elle avait aimé ses regards, ses baisers, sa tendresse. Elle l'avait aimé et l'aimait peut-être encore.

Une bouffée de nostalgie l'envahit et son cœur se mit à vibrer. Le manque de lui, le manque d'amour lui firent monter les larmes aux yeux.

Puis elle revint sur la rupture. Pourquoi l'avait-il quittée ? Elle posa les mains sur son ventre, tendu dans un spasme douloureux. Les sanglots apparurent, l'entraînant dans une tempête d'émotions. La blessure saignait toujours, deux ans après.

David... Chaque jour, elle pensait à lui. Chaque jour, elle cherchait à comprendre. Qu'avait-elle fait pour mériter ça ? Ils étaient heureux. Il l'aimait. Elle savait qu'il avait été amoureux d'elle. Son cœur n'avait pas pu la tromper sur ses sentiments. Alors, pourquoi ?

Sur son téléphone, elle relut le message qu'elle

avait envoyé, comme on jette une bouteille à la mer. Et soupira.

Si seulement il pouvait lui répondre. Si seulement il pouvait lui expliquer. Il l'avait abandonnée, impuissante face aux doutes qui la taraudaient, dévorée par ces questions dont elle ne pouvait trouver seule les réponses. Il n'avait jamais répondu à ses messages, mais une petite flamme brûlait toujours en elle, un infime espoir.

Les cloches de l'église sonnèrent quatre fois. Lisa était en retard. En sortant de la boulangerie, elle jeta un œil dans la vitrine du café. Les tables du *Cappuccino* étaient presque toutes occupées. D'un grand signe de la main, elle salua Célestin, qui servait des clients en terrasse. Il lui offrit en retour un visage radieux.

Elle marchait d'un pas rapide vers sa voiture quand elle s'arrêta brusquement, intriguée. Antoine était là, dans l'angle de la salle, assis face à une femme, dont elle ne distingua que les cheveux bruns et raides, parsemés de mèches blondes et coupés au carré.

Lisa fit taire sa curiosité et monta dans son véhicule. Elle aurait aimé être une petite souris pour écouter leur conversation.

Le pavillon n'avait pas changé : caché derrière un haut portail vert, il était entouré d'un vaste jardin engazonné. Plusieurs rosiers bien entretenus accueillaient le visiteur. Leurs fleurs roses et blanches parfumaient l'air et se laissaient admirer le long du sentier bitumé qui serpentait vers la porte en chêne.

Une femme d'une cinquantaine d'années, vêtue d'un chemisier à motifs fuchsia et d'une jupe droite, ouvrit la porte. Ses cheveux mi-longs au brushing parfait dégageaient une forte odeur de laque. Quand Lisa fit la bise à sa mère, elle la trouva fatiguée. Les rides au coin de ses yeux s'étaient développées. L'épaisse couche de fond de teint et le maquillage excessif ne pouvaient masquer les traces de l'âge.

Martine invita sa fille à entrer.

— Ton père est dans son bureau. Il va arriver.

Elle s'éclipsa vers la cuisine avec le carton de pâtisseries.

Avant de s'installer dans le canapé, Lisa prit le temps d'inspecter le salon d'un regard circulaire. Les meubles en merisier étaient toujours là, avec leur odeur de cire. Elle s'approcha pour caresser le bois lisse et doux.

Martine aimait faire son ménage selon une routine bien établie : chaque jour de la semaine avait ses tâches associées. Un concept américain qu'elle avait découvert quelques années plus tôt, quand Lisa était étudiante. S'inspirant du nom de cette méthode, la jeune fille comparait alors sa mère à une mouche qui voletait partout dans la maison pour la nettoyer. De mémoire, le dépoussiérage avait lieu le vendredi. On était samedi : la surface des meubles était donc impeccable, et les bibelots aussi.

— Bonjour, Lisa, comment vas-tu ? lui demanda une voix grave.

La jeune femme se retourna. Son père se dirigeait vers elle à grandes enjambées. Bras ouverts, sourire charmeur, il semblait heureux de la revoir et l'embrassa affectueusement. Cette attitude accueillante et joviale n'était pas naturelle, mais Lisa entra dans le jeu. Il était inutile de remuer la vase qui avait eu le temps de décanter depuis le mariage de Clothilde.

— Je vais très bien, Papa. Et toi ?

Martine, qui revenait à ce moment-là avec un plateau bien garni, prit la parole :

— Il est retourné voir le cardiologue, tout va bien.

— Voyons, Martine, je peux répondre tout seul, grogna Pierre en jetant à sa femme un regard courroucé. C'est toujours comme ça, avec ta mère, elle aime diriger la conversation, précisa-t-il en se tournant à nouveau vers sa fille. Ma santé est stationnaire. J'essaie d'avoir un rythme de vie régulier, avec des repas équilibrés et des nuits suffisamment longues. Mais ce n'est pas toujours facile avec mon boulot.

— Tu es souvent en déplacement ?

— Oui, ça n'a pas changé. Tu sais comme j'aime avoir l'œil sur tout. Une présence active sur le terrain est essentielle pour garantir une bonne distribution et un renouvellement permanent des produits.

Sa femme leva les yeux au ciel, les invita à s'asseoir et embraya sur un autre sujet. Ils discutèrent de tout et de rien autour d'un café, en dégustant les tartelettes que Lisa avait apportées. Lorsque la conversation menaçait de s'éteindre, il suffisait d'évoquer le jardin ou un membre de la famille pour que Martine, intarissable, relance le flot de ses paroles.

Soudain, Pierre tapa sur ses genoux, se leva et déclara, en frottant ses mains l'une contre l'autre :

— Bon, je dois vous laisser. Tu m'excuseras, Lisa, mon partenaire de tennis m'attend pour notre partie hebdomadaire.

Surprise, la jeune femme vit son père s'approcher pour lui faire la bise. Il lui promit de la recontacter très vite et lui assura qu'il s'arrangerait pour être présent si elle les invitait, sa mère et lui, dans son appartement.

Il monta se changer, redescendit avec son sac sur l'épaule et sauta dans sa voiture. Le bruit du moteur fut bientôt remplacé par le pépiement des oiseaux, qui entrait par la porte-fenêtre ouverte.

Martine vint s'asseoir près de sa fille. Elle lui prit le bras et s'y accrocha comme à une bouée.

— Le voilà parti, une fois de plus. Ah ! Sa partie de tennis ! Quand il est là le samedi, ce qui est rare, il n'oublie jamais d'aller jouer avec Yves. Il aurait quand même pu faire un effort, pour une fois !

Lisa, gênée, hésita à poursuivre sur ce sujet délicat. Mais c'était peut-être l'occasion de comprendre, enfin, ce qui liait ses parents.

— Il a toujours autant de déplacements professionnels ? demanda-t-elle.

— Oui, ça n'a pas changé, lui répondit sa mère

dans un soupir. Ça ne changera jamais. Ça ne peut pas changer, de toute façon.

— Que veux-tu dire, Maman ? À l'âge qu'il a maintenant, il pourrait obtenir un autre poste avec des missions plus... comment dire... sédentaires.

— Oui, il pourrait. Quand le responsable des achats a pris sa retraite il y a six mois, j'espérais qu'il demanderait à le remplacer. Mais il ne l'a pas fait. Monsieur a d'autres priorités...

Monsieur... Ce mot était sorti de la bouche de sa mère avec un tel dédain que Lisa sentit sa gorge se serrer. Le salon lui sembla plus sombre et elle n'entendit plus les oiseaux chanter. Les sourcils froncés, elle demanda du bout des lèvres :

— D'autres priorités ? Quelles autres priorités ?

— Euh... rien. Je... j'ai parfois du mal à comprendre ce qui se passe dans sa tête, c'est tout.

Martine avait parlé vite, trop vite. Lisa sentait grandir son malaise intérieur. Une ombre planait. Une ombre qu'elle ne savait pas identifier.

Sa mère lui proposa un autre café en lui demandant comment se passait son travail. Lisa expliqua brièvement l'absence de sa collègue et les nouvelles responsabilités que cela lui avait apportées. Elle dévia ensuite la conversation vers le désencombrement, un sujet qui l'intéressait bien davantage.

— Il faudrait que vous veniez voir mon appartement, Maman. Je suis en train de tout réorganiser.

Le visage radieux, les yeux pétillants, elle expliqua l'origine de son projet et en détailla les étapes.

— Il me reste la cuisine à trier. C'est fou le nombre d'ustensiles, de plats, d'assiettes... que j'ai pu accumuler. D'ailleurs, tu te souviens des assiettes de Mina qu'on utilisait pour le dessert, celles qui avaient des gravures avec les mois de l'année au centre ?

— Oui, bien sûr. Nous nous amusions à prendre chacun l'assiette de notre mois de naissance. Tu les as toujours ?

— Non, je les ai vendues en passant une petite annonce. Et figure-toi que c'est un antiquaire qui les a achetées. Il est venu chez moi pour estimer et acquérir d'autres objets de Mina.

— Tous ces objets anciens devaient être beaux et avoir une certaine valeur. C'est dommage de les avoir vendus, se lamenta Martine.

— Il faut voir le bon côté des choses : ils feront le bonheur de leur nouveau propriétaire. Chez moi, ils dormaient et prenaient la poussière.

— Ne va pas raconter tout ça à ton père, il serait déçu d'apprendre que tu ne veux pas garder les souvenirs de ta grand-mère.

Lisa ne se laissa pas impressionner par l'air grave et les mouvements de tête négatifs de sa mère. Elle connaissait la position de son père au sujet de son héritage. Si les éclats de voix et les menaces de Pierre l'avaient intimidée au début, elle était bien décidée désormais à faire ses propres choix, sans se laisser influencer. Elle n'éprouvait aucun attachement pour ces objets et ne comprenait pas le besoin qu'avait son père de tout garder, ce sentimentalisme qu'elle considérait comme une source d'encombrement inutile.

— Et puis, franchement, Papa est mal placé pour me faire des remarques, osa-t-elle avancer.

— Ne dis pas cela, ma puce. Vous êtes en froid depuis le mariage, mais ce n'est pas irréversible. Il était heureux de te voir, aujourd'hui, tu sais.

C'était la première fois que Martine osait reparler du mariage de Clothilde devant sa fille. Celle-ci prit une grande inspiration et laissa sortir sa colère :

— Papa aurait pu éviter de piquer sa crise devant David ! Ça lui aurait coûté quoi, de venir voir la maison avec nous ?

— Hum... c'est compliqué. Cette maison...

Martine baissa la tête et contempla la cafetière, comme pour évaluer le volume de liquide qu'elle contenait. La tension devint palpable. Le souffle court, le corps tendu, Lisa ne bougeait plus et attendait la suite. Elle voulait savoir.

Sa mère se lança enfin :

— Disons que ton père n'appréciait pas trop David. Il a été... soulagé d'apprendre que c'était fini entre vous. Moi, je trouvais que vous alliez bien ensemble. J'étais heureuse que tu puisses enfin vivre une vraie relation de couple. C'est important, le couple, ma chérie. C'est le pilier central de la vie.

Lisa l'écoutait, silencieuse. Son unique relation de

couple n'avait duré que dix mois et s'était soldée par un échec. Être célibataire lui semblait plus simple : en jouant seul, on ne risquait pas de perdre la partie.

Sa mère se trémoussa sur elle-même, s'éclaircit la voix et ajouta :

— Je... J'ai... Je n'ai jamais osé te poser la question, mais... que s'est-il passé avec David ? Comment votre histoire s'est-elle terminée ?

Lisa sentit son sang quitter ses joues et frissonna. Elle respira lentement. Personne ne l'avait jamais interrogée sur les circonstances de la rupture. Elle n'avait pas eu à expliquer, à évoquer, à mettre en mots l'inconcevable. Elle avait gardé pour elle ces images, ces émotions, cette détresse. Et la honte qu'elle avait ressentie.

— Il m'a plaquée pour reprendre sa vie d'avant. Il s'ennuyait avec moi, paraît-il. Je ne sais pas ce qui s'est passé. Tout allait bien entre nous. Un soir, je suis rentrée à l'appartement. Il m'attendait, avec mes affaires. Il avait tout préparé. Sans me laisser le temps d'ouvrir la bouche, il m'a hurlé dessus. Il m'a traitée de tous les noms, comme si je l'avais trahi. Je n'ai pas compris ce que je lui avais fait. Il hurlait, il était comme fou. J'ai cru qu'il allait me frapper. Il m'a poussée sur le palier et il a jeté tous mes sacs dans l'escalier. C'était horrible !

Dans les yeux exorbités de la jeune femme, la terreur brillait encore. Elle revivait la scène. Le film de ces minutes d'angoisse se déroulait à nouveau. Martine lui prit les mains et l'écouta raconter, en boucle, cet instant où tout avait basculé. Elle parla longtemps et termina par ces mots :

— Pourquoi a-t-il fait ça ? Je l'aimais, Maman. Je l'aimais.

Son corps se détendit subitement. Dans les bras de sa mère, l'étau qui lui comprimait la poitrine depuis près de deux ans se desserra enfin. Et Lisa se libéra de son chagrin.

Martine lui caressait les cheveux en lui murmurant à l'oreille :

— Pleure, ma princesse. Ça fait du bien.

Après des mois de séparation, elles retrouvaient leur relation passée, cette tendresse filiale cimentée par une seule et même douleur : l'absence.

Lundi 9 mai

À la sortie de l'ascenseur, les employés se dispersèrent vers les bureaux disséminés le long du couloir. Les discussions allaient bon train. Juliette racontait à Lisa sa sortie vélo en famille, quand elles croisèrent Antoine.

— Prêtes pour la présentation officielle ?

Cette question fit aux jeunes femmes l'effet d'une douche froide. Lisa serra plus fort son sac, qui contenait une épaisse pochette en carton vert. Après avoir travaillé tout le dimanche après-midi, elle avait peu et mal dormi : les chiffres et les modalités d'évaluation tournaient en boucle dans sa tête.

L'enjeu de cette journée était énorme : cette réunion représentait son unique chance de prouver sa valeur.

Elle échangea quelques mots avec Antoine, rejoignit son bureau et s'écroula sur son siège. Il lui restait une heure pour organiser l'ensemble des données en joignant à son travail de la veille les documents de l'analyse complète. Les mains moites, le souffle court, elle sortit le dossier de son sac, le posa sur le bureau et l'ouvrit pour relire son plan. Tout semblait clair sur le papier, mais elle ne parvenait pas à organiser sa prise de parole. Ses pensées s'embrouillaient. Les données chiffrées dansaient devant ses yeux.

Elle alluma l'ordinateur et y inséra la clé USB sur

laquelle elle avait copié la présentation. Les diapositives et tableaux défilèrent. Tout était en ordre. Elle souffla bruyamment. Pour tenter de relâcher son corps, tendu à l'extrême, elle s'enfonça dans le siège, cala son dos pour trouver une position confortable, posa ses mains à plat sur la table et respira profondément. Mina lui avait enseigné quelques techniques de relaxation. Elle imagina une bougie posée devant elle et tenta d'en faire vaciller la flamme sans l'éteindre.

Petit à petit, les battements de son cœur ralentirent et le nœud dans son ventre se desserra. Pour se détendre, elle fit quelques pas sur la moquette beige qu'elle trouvait si laide et se concentra sur ce qui l'entourait : les deux tableaux sur les murs, le bureau inoccupé de Clémentine, la pendule.

Il ne restait qu'un quart d'heure avant la réunion. Elle décida de regrouper ses affaires pour être fin prête, sans oublier le dossier qui serait remis au client à l'issue de la présentation. L'ensemble des pièces avait été préparé la semaine précédente : elle avait trié, imprimé, classé et organisé les documents collectés au fil des mois, puis rangé la volumineuse pochette dans l'armoire.

Quand elle tenta d'ouvrir le meuble, la porte lui résista. La serrure semblait grippée.

C'est à ce moment qu'un coup bref se fit entendre. Gustave Karsen n'attendit pas de réponse et pénétra dans le bureau. Il avait mis sa cravate rouge, celle des rendez-vous importants.

— Mademoiselle Ferrier, bonjour. Tout est prêt ?

— Bonjour, Monsieur. Oui, tout est prêt.

— Vous avez élaboré une présentation complète ?

— Bien sûr.

— À la fin de la réunion, l'ensemble du dossier sera remis au client. Vous le savez ?

Lisa sentit l'irritation la gagner. Pour qui la prenait-il ?

— Oui, Monsieur. J'ai tout préparé, lui assura-t-elle d'une voix aussi calme que le permettaient les circonstances.

Il quitta enfin la pièce, non sans lui avoir rappelé les enjeux de cette rencontre. Une précaution bien inutile, qui ne fit qu'ajouter du stress à la pression que se mettait déjà la jeune femme.

Après un ultime effort, dans un léger grincement, les portes de l'armoire s'ouvrirent. Les deux battants s'écartèrent pour laisser apparaître un emplacement vide. Les bras ballants, les joues pâles, Lisa sentit une onde glacée lui parcourir la moelle épinière.

— Non !

En titubant, elle recula, heurta le bureau et s'affala sur son siège, sans quitter l'étagère des yeux.

Le dossier avait disparu !

Choquée, incrédule, elle se précipita à nouveau vers l'armoire béante, écarta les dossiers suspendus, souleva les formulaires, déplaça les boîtes de matériel, remua les piles de feuilles accumulées là, chercha partout.

En vain.

— Mais c'est impossible !

Le bureau ! Elle tira fébrilement sur la poignée du tiroir où elle rangeait les dossiers en cours.

La pochette n'y était pas.

Les coudes posés sur la table, la tête dans les mains, elle ferma les yeux et laissa sa fréquence cardiaque s'apaiser. Elle tenta de se remémorer son départ le vendredi. Elle était certaine d'avoir déposé les documents dans l'armoire. Elle s'en souvenait parfaitement. Elle se revoyait fermer les portes, tourner la clé, prendre son sac et y glisser la pochette verte qu'elle avait utilisée pour travailler à domicile. Le dossier client était énorme et elle n'en avait pas besoin. Elle l'avait donc mis sous clé, dans l'armoire.

Comment avait-il pu disparaître ?

Le téléphona sonna : appel interne.

— Mademoiselle Ferrier, le client est arrivé. Veuillez préparer votre présentation dans la salle de conférence. Nous vous y rejoindrons dans quelques minutes.

— Bien, Monsieur.

Avec des gestes mécaniques, la jeune femme s'empara de la pochette verte et de la clé USB, puis se dirigea vers la porte d'une démarche lente, les mains et les genoux tremblants. Elle passa devant plusieurs bureaux, entendit des rires étouffés, imagina qu'on se moquait d'elle. Son incompétence allait être mise en lumière et son responsable ne manquerait pas cette occasion de la rabaisser. Elle finirait aux archives.

Ou pire : à la rue.

Deux heures plus tard, la salle de réunion se vida calmement. Chacun retournait à son travail en silence, telle une fourmi affairée. Lisa resta assise, incapable de trouver la force de se lever et d'affronter les jugements de ses collègues. Elle vit Antoine se retourner en quittant la pièce et lui offrir un regard. Ses lèvres pincées et les plis sur son menton disaient l'embarras qu'il ressentait pour elle, mais il n'avait d'autre choix que de la laisser seule face à son responsable, qui s'attardait avec les clients de l'autre côté de la pièce.

— Je suis désolé de cet incident. Je vous transmets le dossier complet dès que possible.

— Ne tardez pas. Nous avons déjà pris assez de retard dans ce projet.

Sans s'occuper de la jeune femme, ils se levèrent et quittèrent la salle pour rejoindre le bureau de Karsen. Fidèle à sa réputation, celui-ci allait leur proposer de boire un café dans son bureau. Il aimait entretenir de bonnes relations avec ses clients. Ses soirées privées étaient réputées et la rumeur les disait sulfureuses.

Restée seule, Lisa s'effondra sur la table. Elle avait la vue brouillée, mais retenait ses larmes. Ils n'auraient pas le plaisir de la voir pleurer. Jamais elle n'avait subi une telle humiliation. Karsen l'avait rabaissée au rôle de simple stagiaire, qui assurait maladroitement l'intérim en l'absence de Clémentine. Ses paroles lui revenaient en mémoire et tournaient sans fin dans son cerveau surchauffé. Il ricanait. C'était un vrai cauchemar. Elle avait tout raté. Comme toujours.

Elle aurait juste aimé un peu de reconnaissance pour le travail effectué. Si le dossier était absent, les documents numériques étaient là et sa présentation faisait un bilan complet des éléments du dossier. Elle avait bredouillé un peu au début, mais elle était parvenue au bout de son diaporama et avait pris le temps de répondre aux questions. Malheureusement, tout s'était corsé quand le directeur de la société Lambert avait laissé la parole à son chef de cabinet. Un bureaucrate, celui-là, qui savait où chercher la petite bête. Il avait demandé des précisions, des chiffres, des tableaux. Ceux qu'elle n'avait pas, qu'elle n'avait plus. Karsen s'était énervé, bien sûr, et aucun de ses collègues du service commercial n'avait pu lui venir en aide.

C'était une catastrophe. Flancher devant toute cette assemblée. Être ainsi jetée en pâture. Elle avait l'impression d'être une machine, un robot désarticulé. Mais un robot n'a pas d'émotions. Un robot ne réagit pas aux sarcasmes. Un robot n'est pas touché par les critiques comme elle l'avait été. Elle s'était concentrée sur sa respiration, avait veillé à se tenir droite, digne.

Que s'était-elle imaginé ? Que les responsables allaient s'incliner devant elle ? Qu'elle était une perle rare dont la valeur allait enfin être révélée ? Qu'elle était plus brillante que Clémentine ? La séance qui venait de se dérouler avait prouvé qu'il n'en était rien.

Ç'avait été une formidable démonstration, sans appel. Elle s'était ridiculisée devant toute l'assemblée. Pour un dossier absent. Un faux pas après des heures de boulot. Pourquoi ne parvenait-elle pas à maîtriser ses émotions ? Le seul à l'avoir un peu soutenue était le directeur, qui avait proposé une remise ultérieure du dossier complet. Il n'y avait pas d'autre solution, de toute façon.

Le dossier... Où était-il passé ? Comment allait-elle pouvoir le retrouver ? Et si jamais il avait été volé et détruit ? Quelqu'un avait-il intentionnellement fait disparaître ces pièces essentielles ? Qui tirait ainsi les ficelles ? Lisa prit conscience de son impuissance. Elle n'était qu'un pantin désarticulé qui subissait la volonté de son marionnettiste. Jamais elle ne parviendrait à trouver une liberté dans la boîte. Qu'il était bien choisi, ce mot ! Oui, elle était enfermée dans une boîte. Et condamnée à rester sous-fifre.

— Lisa ?

Elle se frotta les yeux sur sa manche avant de se redresser. Elle avait reconnu la voix d'Antoine.

— Lisa, ne reste pas là. Retourne dans ton bureau. Karsen risque de t'appeler.

— Oui, tu as raison. Merci, Antoine.

Il ne répondit pas. Son regard parlait pour lui. Elle y lut de la compassion, et cela lui mit du baume au cœur. À petits pas menus, elle regagna son antre, où l'armoire aux portes béantes l'accueillit. Toujours pas de dossier client sur l'étagère.

Les miracles n'arrivent qu'au cinéma.

Les arbres du parc étalaient leurs jeunes feuilles d'un vert tendre que le vent faisait bruire doucement. Au loin, dans le bac à sable, les enfants criaient, jouaient, rigolaient. Des oiseaux invisibles chantaient. L'air était encore frais, mais le printemps s'installait, laissant le soleil prendre le pas sur la grisaille hivernale.

Des jeunes se faisaient des passes sur la pelouse avec un frisbee. Lisa passa près d'eux sans leur accorder la moindre attention. Perdue dans de noires pensées, elle ne parvenait pas à se détendre. Elle marchait d'un pas vif et régulier. Son corps déambulait. Son esprit vagabondait et repassait sans fin les images de cette journée difficile. L'armoire béante. La présentation qu'elle avait si bien préparée. Le dossier manquant. La convocation dans le bureau du responsable. Les mots qui ne venaient pas. Comment expliquer cette disparition ?

— Je veux ce dossier sur mon bureau demain matin sans faute. Débrouillez-vous pour le retrouver !

C'était un couperet. Le début de sa mise à mort.

À moins que...

Saisie d'une intuition, Lisa sortit son téléphone et fit défiler ses contacts. La sonnerie retentit dans son oreille.

« Vous êtes bien sur le répondeur de Clémentine. Un petit message et je vous rappelle. À bientôt ! »

Non, pas de petit message.

Lisa raccrocha. Elle ne lui ferait pas le plaisir de

laisser sa voix sur sa boîte vocale. Elle avait peur de ce qu'elle pourrait dire, tant sa colère était vive. Et c'était comme dans les séries américaines : « Tout ce que vous direz pourra être retenu contre vous ». Connaissant Clémentine, elle n'avait aucun doute là-dessus.

Comment un dossier de sept ou huit centimètres d'épaisseur pouvait-il disparaître d'une armoire métallique fermée à clé ? Elle décida d'appeler la seule personne qu'elle jugeait apte à l'aider dans ce moment difficile.

— Antoine, on peut se voir ? J'ai vraiment besoin de parler, là.

— Ah ? Oui. Je... J'ai une course à faire, mais je peux venir dans une heure, si tu veux.

— Tu me rejoins chez Célestin ?

— D'accord. Je fais au mieux.

Elle allait raccrocher quand il reprit la parole.

— Lisa ?

— Oui ?

— Ne fais pas de bêtise, surtout.

— Non, rassure-toi, je vais bien. À tout à l'heure.

Ensuite, elle téléphona à Marie pour lui raconter sa réunion calamiteuse. Son amie ne put retenir un juron quand elle apprit la disparition du dossier.

— Il faut que je trouve une solution pour le récupérer, lui confia Lisa.

— Comment ça, le récupérer ? Tu sais où il est ?

— J'ai ma petite idée, oui. J'ai rendez-vous avec Antoine pour organiser l'opération. Tu veux venir ?

— Quelle heure est-il ?

— Dix-neuf heures. Viens, on ne sera pas trop de trois. Antoine n'y verra aucun inconvénient, j'en suis sûre.

— Bon, si tu y tiens, j'arrive. Donne-moi l'adresse de ce café.

Il ne fallut pas plus de dix minutes à Lisa pour s'y rendre. Célestin l'accueillit avec un sourire radieux, un vrai rayon de soleil dans cette journée brumeuse.

— Là ! Je l'ai trouvée ! Enfin... je crois, lança Antoine.

— Fais voir.

Lisa et Marie se penchèrent sur le téléphone pour regarder la photo satellite. Antoine avait zoomé sur une maison volumineuse au centre d'un grand terrain.

— Passe en vue piétonne, pour voir.

Le bonhomme jaune se balança quelques secondes au-dessus de l'écran avant d'atterrir dans la rue des Oliviers, face au numéro 16. La maison vue de face était impressionnante : de larges baies vitrées triangulaires lui donnaient l'allure d'un bateau. Les murs en bois sombre et la terrasse en teck lui conféraient un aspect résolument moderne.

— Belle baraque ! admit Marie après un petit sifflement admiratif.

— Oui, bof, concéda Lisa, guère convaincue.

Antoine se moqua de sa mine boudeuse :

— Dis donc, toi. Tu serais pas un peu jalouse, par hasard ?

— Oh ! Ça va. Depuis le temps que Clémentine nous saoule avec sa maison, je m'attendais à mieux, c'est tout.

— Mouais, c'est ça. T'as raison. Sans compter que la fibre écolo-chic, ça colle pas trop avec le personnage.

Silencieuse, Marie sirotait son café en les écoutant.

— Bon, on y va ! Tu nous accompagnes ?

Elle prétexta une visite à sa sœur et déclina l'invitation avant d'ajouter :

— Vous vous débrouillerez très bien sans moi, j'en suis sûre. Filez, je vais payer. Bonne chance !

Au bar, Célestin essuyait des verres en chantonnant. Elle le rejoignit pour régler les consommations.

— Merci ! lui répondit Lisa en suivant Antoine vers sa voiture.

Le jeune homme éteignit le moteur après s'être garé en aval, de l'autre côté de la rue des Oliviers, pour avoir une vue dégagée sur le numéro 16.

— Tu es sûre que c'est bien ici ? Qu'est-ce qu'elle a comme voiture ?

— Une minivoiture de filles. Noire. Le genre pot à yaourt laqué.

Il rit.

— Je ne la vois pas. Il n'y a qu'un SUV devant la maison.

— Tu sais quoi ? Je vais aller vérifier le nom sur

la boîte aux lettres, ce sera plus simple.

Lisa sortit du véhicule et traversa la chaussée. L'étiquette adhésive gravée indiquait bien le patronyme de Clémentine : Duval. Elle leva le pouce en direction de la voiture. Antoine vint la rejoindre et lui rappela sa mission :

— Bon, tu te souviens des différents scénarios qu'on a élaborés ? Quoiqu'il arrive, n'oublie pas le but de cette mission : repartir avec le dossier.

— Je veux qu'elle m'explique pourquoi elle a fait ça, grogna la jeune femme.

— D'abord, tu n'es pas sûre qu'elle a volé ce dossier. Et ensuite, savoir pourquoi elle l'a fait n'est pas important. Ton seul objectif pour l'instant est de regagner la confiance de Karsen. Les documents doivent être sur son bureau demain matin.

— Oui, tu as raison, mais quand même ! Je voudrais bien savoir quelle mouche l'a piquée. Oser venir dans l'entreprise en pleine nuit pour voler un dossier alors qu'elle est en arrêt de travail. C'est n'importe quoi !

Lisa bouillonnait. Cette fois-ci, elle ne se laisserait pas faire. Et elle agirait seule. Antoine l'attendrait dans la voiture.

Trois minutes plus tard, elle retraversait la rue.

— Je suis dégoûtée ! explosa-t-elle une fois assise sur le siège passager.

— Que se passe-t-il ?

— Le dossier est là, dans l'entrée. Je l'ai vu ! Mais

impossible de le récupérer.

— Elle n'a pas voulu te le rendre ?

— Non, c'est pas ça. C'est son mari... ou son ami... Enfin, son mec, quoi. Il m'a ouvert la porte, m'a regardée d'un air supérieur et m'a presque ri au nez quand je le lui ai demandé.

Ils optèrent alors pour le plan B. Il fallait agir vite, avant que Clémentine ne rentre.

Piètre comédien, Antoine allait devoir jouer sur l'effet de surprise. Il arrêta la voiture juste devant le portail de la maison en bois, fit clignoter les feux de détresse et ouvrit le capot. Lisa, cachée derrière le mur près de la porte, observait la scène de loin.

Après un bref coup de sonnette, un homme grand et maigre apparut. Un peu voûté dans son costume sombre, il avait la chevelure grisonnante et de petits yeux noirs cachés sous d'épais sourcils. Son nez lui donnait l'allure d'un rapace prêt à fondre sur sa proie.

— C'est encore v... ?

— Excusez-moi, Monsieur. J'ai besoin d'aide. Ma voiture vient de tomber en panne. Je pense que c'est le carburateur. Auriez-vous une lampe de poche pour que je regarde dans le moteur ? Il ne fait pas encore bien nuit, mais je n'y vois rien sous ce capot.

— Je vais vous chercher ça.

L'homme disparut dans la maison. Antoine se pencha pour jeter un coup d'œil dans l'entrée et fit un signe dans son dos. Lisa respira : le dossier était toujours là. Inquiète à l'idée que l'homme ait pu ranger les documents entre-temps, elle était restée en apnée depuis le coup de sonnette.

Elle n'eut que quelques secondes pour agir. Quand les deux hommes se dirigèrent vers la voiture, elle pénétra dans la maison et s'empara du volumineux dossier. Elle avait oublié à quel point il était lourd.

Son ombre se fondit ensuite dans les buissons et elle pensa en souriant aux dessins animés de son enfance. Si on lui avait dit qu'elle se faufilerait un jour comme Fantômette pour jouer les vengeurs masqués, elle ne l'aurait jamais cru.

Elle rejoignit le point de rendez-vous pour attendre son collègue. Lorsque la voiture arriva, elle s'y engouffra et félicita Antoine d'une bise amicale sur la joue.

Au coin de la rue, ils croisèrent un petit véhicule noir, conduit par une femme à la flamboyante chevelure rousse.

Mardi 10 mai

Le claquement violent de la porte l'a réveillée. Maintenant, elle est aux aguets, le cœur palpitant, comme s'il voulait s'échapper de sa poitrine. Elle se terre sous le drap de coton rose, s'étale comme une crêpe pour que la sorcière ne la trouve pas.

Des éclats de voix. Elle sursaute et recule instinctivement vers le pied du lit. Elle ne veut plus les entendre. Alors, elle compte, pour meubler le silence et penser à autre chose.

100. C'est le signal. Elle se glisse hors de son lit et avance prudemment sur le parquet. Elle ne doit pas crier. Ce serait inutile : Maman n'est pas là ce soir. Elle doit devenir invisible et rester silencieuse. Aller voir ce qui se passe pour s'enfuir si la sorcière vient la chercher.

Elle voit le chat noir. Il est immobile, comme s'il dormait, alors elle ose descendre l'escalier. Marche après marche. La lumière filtre par la porte vitrée de la cuisine, qu'elle aperçoit sur sa gauche. Des éclats de voix. Des bruits. Quelqu'un crie. Une femme. Est-ce Cruella ? Qu'est-elle venue faire ici ?

Devant elle, un éclat déchire l'obscurité dans l'entrée. C'est un objet brillant, comme un morceau de verre. Elle veut aller le chercher. Sur la dernière marche, elle hésite. Elle distingue maintenant un reflet rouge sur le métal qui donne une belle couleur à l'objet et attise sa convoitise.

Elle pose son pied droit sur le carrelage glacé. Mue par une impulsion soudaine, elle se précipite, attrape l'objet et court se cacher près de la porte de la cuisine. Loin du chat. Elle jette un œil vers les chaises sur lesquelles il est tapi. Il n'a pas bougé. Elle pousse un soupir de soulagement.

La porte de la cuisine est juste à côté d'elle, à sa droite. Elle reconnaît la voix de son père. Il crie fort, il est en colère. Comme cet après-midi quand il l'a disputée parce qu'elle avait renversé son goûter. C'était juste un peu de lait sur la table. Le verre avait roulé au sol. Il ne s'était pas cassé. Mais Papa avait hurlé sur elle comme il ne l'avait jamais fait. Elle s'était enfuie dans sa chambre. Jamais elle ne l'avait vu si méchant, si énervé. C'était comme si Papa la détestait.

Les cris se calment. Tout devient silencieux. Elle perçoit des bruits réguliers, comme des coups contre le mur. Son père ne crie plus, mais la dame est toujours là, elle l'entend glapir comme un petit chien.

Pâle comme un fantôme, poussée par une curiosité qu'elle ne parvient pas à contrôler, elle se lève lentement et amène son visage face aux carreaux du bas. Elle reste bien cachée dans le coin de la vitre, pour qu'ils ne la voient pas. Les yeux écarquillés, elle assiste au spectacle.

Elle retient un cri, recule, effrayée, vers l'escalier, remonte les marches jusqu'à sa chambre et file se cacher dans l'armoire. Elle veut disparaître. Jamais ils ne la trouveront. Les genoux serrés dans ses bras, ses longs cheveux glissant vers le sol, elle se balance frénétiquement pour étouffer la terreur au fond de son cœur. Elle prie pour que tout s'arrête, pour que les vacances se terminent. Elle veut quitter Saint-Lantier et rentrer à la maison. Entre deux sanglots, elle appelle à voix basse :

— Maman !

Et le téléphone sonne.

L'inquiétude ne la quittait pas. Une sensation de danger imminent. Un malaise diffus.

Tout avait commencé par la sonnerie de son portable, qui l'avait sortie brutalement du sommeil, en plein cauchemar. Assise sur son lit, désorientée, elle avait mis quelques secondes pour comprendre où elle se trouvait. Il lui avait fallu assembler les pièces du puzzle : la grande maison, les vacances, les bruits en bas de l'escalier, la nuit noire, l'objet brillant… Tout lui était revenu en mémoire dans un horrible désordre. Un kaléidoscope d'images sorties de son enfance.

Elle avait chassé ces visions de son esprit et avait attrapé son téléphone posé sur la table de la cuisine. Appel anonyme, bien sûr. Elle était allée aux toilettes et s'était recouchée, après avoir avalé un demi-comprimé de somnifère.

Depuis son réveil, elle se sentait mal. Une menace planait. Qui savait ce que Clémentine pouvait imaginer ? Peut-être avait-elle perdu la tête ? Son arrêt de travail était-il lié à des troubles psy ?

Elle appela Antoine pour qu'il vienne la chercher

en voiture à huit heures. C'était un réflexe idiot : être accompagnée par un homme pour assurer sa sécurité. Elle chassa cette pensée féministe. Antoine était son complice dans cette histoire de vol. Ils allaient affronter ensemble les conséquences de leur geste.

Sur le parking de l'entreprise, un petit véhicule noir les attendait. Au volant était assis un homme grisonnant, qui les fixa d'un regard sombre plein de défi. Il semblait vouloir ainsi s'assurer que le message était clair et avait été bien reçu.

Ils se garèrent suffisamment loin, sortirent de la voiture en veillant à avoir l'attitude la plus naturelle possible et se dirigèrent vers la porte d'entrée. Lisa était sur le qui-vive, s'attendant à ce que l'homme coure les rejoindre, qu'il les hèle ou les agresse pour récupérer le dossier qu'elle avait confié à Antoine. Les documents étaient là, dans une sacoche brune. Encore quelques pas et ils seraient à l'intérieur.

Un coup de klaxon. Lisa sursauta et se retourna : le conducteur n'avait pas quitté son véhicule. Il avait la tête baissée et semblait pianoter sur son téléphone. Si ce son n'était pas intentionnel, il avait malgré tout réussi à effrayer la jeune femme, qui ne contrôlait plus les tensions accumulées dans son corps.

— Entrons, vite !

Les nerfs à vif, elle se mit à trottiner vers l'ascenseur, comme si son assaillant la poursuivait.

Une fois dans la cabine, elle souffla bruyamment. Son regard croisa celui d'Antoine. Ils étaient seuls. Les émotions vives qui s'étaient succédé depuis vingt-quatre heures l'avaient épuisée. Sa fatigue devait se lire sur son visage, car son collègue s'approcha d'elle pour la serrer fermement dans ses bras. Ce simple geste transmit à la jeune femme la chaleur et la confiance qui lui faisaient défaut.

Quand les portes s'ouvrirent, ils s'écartèrent vivement l'un de l'autre. Elle ne prononça pas une parole, mais ses iris gris remercièrent Antoine en silence.

— Entrez, Mademoiselle Ferrier.

Elle avait guetté l'arrivée de Gustave Karsen depuis son bureau. Il lui était impossible de travailler tant que le dossier ne lui aurait pas été remis en mains propres. Elle en avait vérifié le contenu la veille : tout était en ordre. Si Clémentine avait eu l'idée perverse de venir voler les documents dans l'armoire verrouillée, elle n'avait pas eu l'audace de toucher au contenu de la pochette. Cette crainte écartée, Lisa avait cherché la meilleure solution pour rebondir suite à ce malencontreux incident. Que devait-elle dire à Karsen ?

Elle ouvrit la porte et pénétra dans la pièce. Elle tenait contre sa poitrine la pochette qui lui brûlait les bras. Elle avait hâte de s'en débarrasser.

— Bonjour, je vois que vous avez retrouvé les documents.

— Bonjour, Monsieur.

— Où étaient-ils ?

— ...

Il leva les yeux vers elle et la dévisagea avec une telle intensité qu'elle se sentit mise à nue.

— Répondez ! Où étaient ces documents ? Pourquoi n'avez-vous pas pu les apporter à la réunion hier matin ?

Elle cherchait ses mots, hésitant entre deux explications possibles : le mensonge ou la vérité. Elle s'était promis de ne pas se laisser impressionner, ni par les menaces de Clémentine, ni par l'autorité de Karsen. C'était assez simple de prendre de grandes résolutions quand on était seule chez soi, après avoir réussi à récupérer le bien volé. Elle se sentait forte la veille. Mais là, c'était autre chose.

— Je... Je l'avais oublié chez moi.

C'est là qu'il explosa :

— Vous mentez !

— P... Pardon ?

Il laissa s'écouler quelques secondes et afficha sur son visage un sourire sardonique. La lueur qui brillait dans ses iris noirs n'annonçait rien de bon. Lisa prit peur et sentit ses jambes trembler. Elle serra les poings pour ne pas céder à la panique.

— Vous mentez, Mademoiselle Ferrier. Ce dossier n'était pas chez vous hier matin.

— Si, je vous assure.

— Cessez ce petit jeu, Mademoiselle. Assumez vos erreurs et dites-moi la vérité.

— Mais je n'ai fait aucune erreur, Monsieur. J'ai placé ce dossier dans le placard vendredi soir, j'ai tourné la clé, et hier matin, le dossier avait disparu.

Voilà la vérité.

Il se frottait les mains l'une contre l'autre, attendant la suite. Lisa ajouta :

— Voici le dossier complet. J'ai vérifié son contenu : tout y est. Vous pourrez le transmettre au client aujourd'hui comme convenu.

Elle posa la lourde pochette sur le bureau. Il lui demanda de s'asseoir, libéra la sangle et ouvrit le dossier. Il prit le temps de le consulter. Lentement, trop lentement. Lisa, les fesses posées au bord de la chaise, regardait le sol. Son genou tressautait dans un mouvement continu, qu'elle ne parvenait pas à arrêter.

Après un temps qui lui parut interminable, son responsable ferma le dossier d'un geste vif.

— C'est parfait ! Vous avez fait du bon travail.

Lisa sentit ses épaules se relâcher. Elle s'apprêtait à se lever pour quitter la pièce, tant elle avait hâte de souffler, enfin. Mais ce n'était pas terminé. Gustave Karsen reprit la parole :

— Je n'apprécie pas que l'on me mente, Mademoiselle Ferrier. J'attends des aveux.

— Des aveux ? répéta-t-elle, surprise.

— Vous savez très bien où était ce dossier, puisque vous l'avez récupéré là où il se trouvait.

Lisa leva lentement son visage et osa plonger ses yeux dans les deux billes noires qui lui faisaient face. Un dilemme interne la rongeait. Devait-elle trahir Clémentine ? Que risquait-elle si elle balançait sa collègue ?

Et soudain, elle comprit. Il savait tout. Peut-être

même était-ce lui qui avait organisé la disparition des documents. Pour la mettre à l'épreuve. Elle prit le temps de réfléchir à la stratégie à adopter. Puis elle déclara :

— Vous m'avez demandé de vous remettre ce dossier ce matin. Il est là. Puis-je retourner à mon travail ?

Et là, elle découvrit Karsen comme elle ne l'avait jamais vu. Il se leva, fit le tour du bureau et s'approcha d'elle, la main tendue.

— Je vous félicite, Mademoiselle Ferrier.

Incrédule, elle se leva à son tour et accepta la poignée de main qu'il lui proposait. Le contact de sa paume chaude et moite la mit mal à l'aise. Elle se sentait soudain petite et fragile face à cet homme de pouvoir qui pouvait faire d'elle ce qu'il voulait. Il la manipulait comme un pantin et elle n'avait pas la force de riposter. Il jouait avec elle à un jeu dont elle ne maîtrisait pas les codes.

— Oui, je vous félicite. Vous n'avez pas dénoncé votre collègue. Et vous êtes allée récupérer ce dossier là où il se trouvait, c'est-à-dire, je pense, à son domicile. C'est bien cela ?

Lisa se mordit la lèvre pour ne pas répondre. Elle sentit la lourde poigne faire pression. Il était prêt à lui broyer la main pour qu'elle avoue.

— C'est bien cela ? répéta-t-il.

La pression augmenta et elle ne put retenir un cri, qu'il assimila à un aveu. Enfin, il la libéra et la congédia.

— C'est parfait. Reprenez votre poste et consacrez-vous aux affaires courantes. Un nouveau projet devrait vous être confié très prochainement. Je sais maintenant que je peux vous faire confiance et que vous avez à cœur la réussite de l'entreprise.

Sonnée par cet entretien, elle éprouva le besoin de boire un café. La salle était vide. Seule devant le distributeur, elle se remémora les paroles de son responsable et s'étonna à nouveau de son changement d'attitude.

Elle espérait que l'épreuve qu'elle venait, semble-t-il, de remporter lui permettrait d'arriver au même statut que Clémentine. Mais sa collègue ne chercherait-elle pas à se venger dès son retour ? Lisa tenta de se rassurer : elle n'avait pas avoué la trahison. Et Karsen était déjà au courant, de toute façon. Comment l'avait-il su ? La réponse était là, devant elle : dans l'angle de la pièce, niché près du plafond, brillait un globe noir qui la surveillait. Elle s'empressa de regagner son bureau et se remit au travail.

Mercredi 11 mai

La journée se déroula sans encombre. Lisa s'appliqua à faire avancer les affaires courantes, qu'elle avait un peu délaissées depuis le départ de Clémentine.

Malgré toute sa bonne volonté, elle ne pouvait empêcher son esprit de vagabonder. Les images de son cauchemar lui revenaient en mémoire. Le geste de son père, son attitude vis-à-vis de cette femme, cette violence qui avait explosé... tout cela avait-il vraiment eu lieu dans la grande maison ? Elle se souvenait de cet été-là, le deuxième qu'ils avaient passé là-bas. Elle était partie seule avec son père. Où était sa mère ? Pourquoi n'étaient-ils pas arrivés tous ensemble pour les vacances ?

De retour chez elle, Lisa se sentit à l'étroit dans son appartement. Il y avait comme un courant d'eau vive qui bouillonnait en elle, une agitation incessante. Sur une impulsion inexplicable, elle enfila ses baskets pour aller courir. Elle croisa son voisin dans l'escalier. Il revenait de son footing et ne cacha pas son étonnement de la voir en tenue de sport. Une remarque désagréable faillit franchir les lèvres de Lisa, mais elle retint ses mots. Pourquoi s'énerver contre cet homme qui n'avait rien à voir avec tout ça ?

Quarante minutes plus tard, elle était de retour, les joues rouge écrevisse, le corps fourbu par l'effort.

Elle effectua un dernier sprint pour grimper en flèche les volées de marches jusqu'à la porte de son appartement, où elle s'écroula, épuisée. Après quelques étirements, l'eau chaude de la douche lui apporta une détente bienvenue. Enveloppée dans un peignoir, elle s'allongea sur son lit pour profiter de quelques minutes de répit. Elle ferma les yeux, laissant les images de ces deux derniers jours défiler.

Ce fut la sonnerie de son portable qui la sortit de ses pensées. Huit lettres brillaient sur l'écran : Théodore.

— Lisa, vous êtes prête ?

— Hum, oui, presque.

— J'ai eu un petit contretemps. Je serai chez vous dans dix minutes.

— Théodore, pouvez-vous me donner un indice sur le restaurant, pour que je sache comment m'habiller ?

— Rassurez-vous, ce n'est pas un lieu hyperchic, mais vous devez être habillée correctement bien sûr, pas en jean-baskets.

— Très bien. À tout de suite.

Dès qu'il eut raccroché, la jeune femme se précipita vers son armoire. Robe, veste, collants, chaussures, accessoires, elle trouva rapidement ce qu'elle cherchait. C'était bien plus simple depuis qu'elle avait tout réorganisé. Elle remercia le dieu du désencombrement.

Elle passa dans la salle de bains pour se maquiller et enfiler une paire de boucles d'oreilles. Elle détestait ces artifices, mais elle devait faire un effort pour cet homme, le premier à s'intéresser à elle depuis David.

Le restaurant se prêtait tout à fait à un dîner en tête à tête. Lumières tamisées, musique actuelle discrète, nappe blanche et décoration soignée. Pas le genre d'endroit que Lisa fréquentait d'habitude. Elle avait eu peur en entrant, doutant de se sentir bien dans ce lieu, mais Théodore avait réussi à la mettre à l'aise. Il parlait beaucoup, mais savait aussi écouter. Il ne laissait aucun temps mort dans la conversation, comme s'il craignait que le silence s'installe entre eux.

Lisa apprit qu'il était gérant d'un hôtel deux étoiles, un établissement modeste, qu'il comptait développer. Il aimait entreprendre, bouger, évoluer. Il l'interrogea sur son travail, mais elle éluda la question.

— Mon poste n'a pas grand intérêt, vous savez.

— Appréciez-vous au moins d'aller travailler quand vous partez le matin ?

— Oui... Non... Je ne sais pas. Disons que ça dépend des jours.

— Je suis certain que vous êtes douée, Lisa. On voit que vous êtes une femme sérieuse et vous semblez très organisée.

— Pourquoi dites-vous cela ?

Il évoqua leur première rencontre. Sa volonté de vendre des objets anciens. Il trouvait cela positif. Et puis, il avait vu son appartement, où tout était rangé et propre.

— Il est vrai que vous avez un avantage sur moi :

je n'ai pas eu le privilège de voir votre intérieur, admit Lisa.

— Je peux vous inviter chez moi, si vous le souhaitez, proposa-t-il sans hésiter.

Gênée par cette allusion trop directe, la jeune femme baissa les yeux et sentit ses joues s'empourprer.

Théodore ajouta :

— Vous êtes très belle quand vous rougissez.

Lisa saisit son verre d'eau et en avala une longue gorgée, dans l'espoir de se rafraîchir. Il fallait changer de sujet, revenir sur une discussion anodine.

Le serveur apporta deux assiettes bien garnies. Il en posa une devant chaque convive et leur souhaita bon appétit. Ils commencèrent à parler cuisine et gourmandises. Lisa avoua sa préférence pour le sucré.

— C'est parfait, s'exclama Théo. J'adore jouer les pâtissiers ! Je vous inviterai à venir goûter mon tiramisu. C'est une recette familiale. Un vrai régal.

— Vous avez de la famille en Italie ?

— Oui, ma mère est d'origine italienne.

Il lui raconta les séjours à Trévise, qui avaient rythmé son enfance.

— Mes parents se sont séparés quand j'avais huit ans. J'allais en Italie voir ma mère, deux fois par an. Elle me manquait terriblement.

Lisa se mordit la lèvre. C'était un point commun entre eux, ces familles déchirées. Martine et Pierre étaient toujours mariés, mais formaient-ils un vrai couple ? Son père fuyant, toujours en déplacement, lui semblait n'être qu'un inconnu. Elle avait passé des années à l'attendre. Et il venait désormais hanter ses nuits.

Elle frissonna.

— Ça va, Lisa ? Vous avez froid ?

Debout près d'elle, il retira sa veste d'un geste vif.

— Non, Théo, laissez. Je vais bien.

Quand il posa le vêtement sur ses épaules, l'odeur boisée de son eau de toilette la ramena plusieurs mois en arrière.

L'espace d'un instant, elle crut que c'était David qui était à ses côtés dans cette salle de restaurant. Des souvenirs l'assaillirent : le mariage de Clothilde, cette chemise blanche immaculée, ce costume gris qui lui allait si bien… Après le repas, David avait bu et dansé avec les plus belles femmes, en draguant comme un don Juan. Délaissée, Lisa avait passé la soirée à l'observer, sans comprendre ce changement soudain d'attitude. Savait-il déjà qu'il allait la quitter quelques jours plus tard ? À une heure avancée de la nuit, saoul et excité, il était venu la trouver pour aller se coucher. Elle n'oublierait jamais ce qu'il avait exigé d'elle, dans cette chambre d'hôtel. Cette nuit-là, il était devenu un autre. Un satyre.

Elle se frotta les yeux pour chasser ces images, puis s'aperçut que Théodore la fixait d'un air inquiet.

— Lisa ? Vous ne semblez vraiment pas en forme ce soir.

Elle prétexta des difficultés au boulot, un début de semaine difficile. Compréhensif, il ne lui fit aucun reproche.

En fin de repas, elle évoqua son désencombrement. La vente de la bibliothèque libérerait de l'espace dans le séjour et redonnerait de l'élan à son projet, qui était en dormance.

Théodore lui parla de ses loisirs. Il aimait le sport : natation, squash et musculation.

— Quelle coïncidence ! Je retourne justement à la piscine le dimanche, s'étonna-t-elle.

— Nous pourrions y aller ensemble, proposa-t-il.

Elle le regarda d'un air paniqué et s'écria :

— Non, non, surtout pas !

Il rit.

— Pourquoi dites-vous ça, Lisa ? On dirait que je vous fais peur.

Ces mots la troublèrent. Elle se sentait maladroite, ridicule devant cet homme dont le charme ne la laissait pas insensible. Impossible de lui avouer qu'elle nageait comme un bout de bois, un objet flottant non identifié. Sans parler de son maillot râpé, dont elle avait honte. Ni de son corps, qu'elle voulait cacher.

Elle refusa poliment, en prétextant qu'elle aimait ce moment entre filles, avec sa meilleure amie.

— Vous êtes insaisissable, vous savez.

Elle tressaillit et resserra ses mains autour de sa tasse de café, comme pour les réchauffer. Les iris bruns l'encouragèrent à parler.

— Théodore, je... je suis touchée par l'attention

que vous me portez. Ce restaurant, cette soirée... C'est trop pour moi. Je crois que je ne suis pas prête.
 — Prête à quoi ? Je ne vous demande rien.
 Lisa ne répondit pas. Qu'avait-elle imaginé ?

Le coupé blanc s'arrêta devant le numéro 11 et la jeune femme disparut dans l'immeuble. Théo n'avait pas tenté de l'embrasser. Elle ne lui avait pas proposé de monter boire un dernier verre.

Vendredi 13 mai

Clémentine avait disparu : plus de menaces, plus de voiture noire. Les inquiétudes de Lisa se dissipèrent peu à peu et la semaine se termina. Si son arrêt de travail n'était pas prolongé, sa collègue reviendrait lundi. La jeune femme ne savait pas si elle devait s'en attrister ou s'en réjouir. Elle appréhendait ce retour qui risquait d'être source de conflits, mais elle devinait que les responsables ne lui confieraient pas de nouveau projet tant que la situation ne serait pas éclaircie. Il fallait attendre. Et attendre n'était pas ce qu'elle préférait.

Elle avait décidé de se concentrer sur son travail quotidien, de considérer chaque journée comme une entité nouvelle, une occasion de repartir à zéro et d'oublier ses angoisses. La fin du dossier Lambert avait atténué les tensions dans l'entreprise. Il y régnait une ambiance plus calme, feutrée, similaire à celle d'un mois d'août, quand l'effectif réduit donne aux bureaux désertés un air de vacances.

Pour renforcer cette impression, le soleil brillait. Les températures plus douces incitaient les gens à se balader ou à faire du sport en extérieur. Ce vendredi soir, Lisa décida de chausser à nouveau ses baskets et de rejoindre le parc.

En courant, elle croisa son voisin, qui lui fit un grand sourire. Au tour suivant, il ajouta un « bonjour » enjoué, auquel elle répondit d'une voix discrète, étouffée par la surprise.

Elle termina sa sortie en marchant. Avant de quitter le parc, elle prit le temps de regarder les gens qui l'entouraient. Les rires et les blagues foisonnaient. Le printemps apportait à chacun une énergie nouvelle. La jeune femme sentit au fond de son cœur une caresse douce et chaude qu'elle ne s'expliqua pas.

Sur la pelouse, un enfant jouait avec un camion en plastique. Un gyrophare rouge lança des éclairs. Lisa s'arrêta, hypnotisée par cette lumière écarlate et explora sa mémoire. Son cerveau lui bloquait l'accès à un souvenir. Il y avait une porte devant elle. Elle devait l'ouvrir, comprendre ce qui se cachait derrière.

Le visage soucieux, elle reprit sa marche et rentra chez elle.

Ce n'est qu'une heure plus tard, après une longue séance d'étirements et une douche tiède, qu'une image lui revint. En se tenant les tempes, elle se concentra pour visualiser la scène. L'escalier sombre, le carrelage froid, l'obscurité, et là, sur le sol, un objet brillant auréolé d'une lueur rouge. Elle se projeta dans son cauchemar, s'incarna dans l'enfant qu'elle était alors. La petite fille avança vers l'objet et le ramassa, puis elle courut vers le mur du couloir pour s'asseoir en boule près de la porte blanche de la cuisine.

De retour au présent, Lisa se précipita dans le séjour, s'empara de la boîte à musique et l'ouvrit. Elle effleura le tissu pourpre et perçut la douceur du velours sous ses doigts. Avec précaution, elle écarta les deux pans pour révéler le bijou niché en dessous : une broche en or, représentant un renard aux yeux de rubis.

Elle savait désormais d'où venait cette broche.

L'animal la regardait comme s'il voulait la mordre. Elle n'osait pas le toucher. Elle tourna doucement la boîte vers la fenêtre. Les deux petites pierres étincelèrent dans la lumière du soleil.

En aspirant pour se donner du courage, elle saisit l'objet et le déposa au creux de sa paume, puis elle ferma le poing pour l'emprisonner, revivant le geste d'une petite fille de huit ans, une nuit d'été. C'était un trésor bien menu pour une main d'adulte.

Pieds nus sur le sol frais, elle marcha calmement vers le couloir. Près de la porte de la cuisine, elle s'assit dos au mur, serra ses genoux dans ses bras et laissa ses longs cheveux la recouvrir. L'esprit ouvert, les sens en éveil, elle attendit. Le renard caché dans sa main détenait toute l'histoire. Il lui suffisait de l'écouter.

À la troisième sonnerie, Pierre décrocha.

— Papa ? C'est Lisa.

— Lisa ? Je suis heureux de t'entendre. C'est si rare que tu m'appelles. Tout va bien ?

La jeune femme prit une grande inspiration.

— Papa, il faut que je te parle. Est-ce qu'on peut se rencontrer demain après-midi ?

— Demain, je... j'ai mon tennis, tu sais.

Elle soupira. Il allait se défiler, encore une fois.

Un courant d'air, voilà ce qu'il était. Pas une minute pour sa fille, qu'il ne voyait quasiment jamais. Elle s'apprêtait à lui répondre vertement, quand il ajouta :

— Veux-tu venir manger ici ? Nous serons heureux de t'accueillir pour le repas.

— Papa, il faut que je te parle seule à seul. C'est important.

— Tu m'inquiètes, Lisa. De quoi s'agit-il ?

— Je ne veux pas parler de ça au téléphone. On peut se voir demain matin à onze heures ?

Dans un soupir, son père finit par accepter. Elle lui indiqua l'adresse du *Cappuccino* et raccrocha, en priant pour qu'il vienne au rendez-vous. Lui seul pouvait lui fournir les pièces manquantes du puzzle.

La cuisine était un vrai capharnaüm. Après le tri rapide effectué avec Marie pour le vide-grenier, Lisa avait tout laissé en plan. Elle allait remettre le pied à l'étrier, cela lui changerait les idées.

Elle décida de procéder par ordre, placard par placard, tiroir après tiroir. Ce serait l'occasion de faire un grand nettoyage de printemps. En fredonnant la chanson de Boris Vian, elle choisit de débuter par le plus simple : les poêles et casseroles.

Elles étaient rangées dans le bas du buffet, ce qui obligeait la jeune femme à se plier en deux à chaque fois qu'elle voulait cuisiner. Quand elle commença à vider ce placard, une pile de couvercles tomba au sol dans un grand fracas métallique. Elle se mordit la lèvre en entendant ce vacarme. Les voisins du dessous allaient la maudire.

Elle empila le tout sur la table et fit le compte : sept casseroles, quatre poêles, une crêpière, trois couvercles et deux passoires. Une bonne partie de ces ustensiles venaient de Mina. Certains étaient usés, voire rouillés. Pourquoi les avait-elle gardés ?

Elle ouvrit ensuite le placard du haut : assiettes plates, assiettes creuses, assiettes à dessert, bols, ramequins, saladiers, verres de formes et de tailles variées... Il ne restait plus un centimètre carré de libre sur les étagères.

S'interrogeant sur ce qu'elle devait conserver, Lisa repensa à ces mots : supprimer le superflu. Que fallait-il considérer comme superflu ? Quels étaient les accessoires essentiels dans une cuisine bien équipée ?

Éprouvant le besoin de prendre un peu de recul, elle se prépara un café et migra vers le salon, où elle alluma l'ordinateur. Il y avait bien longtemps qu'elle n'avait plus consulté les sites sur le désencombrement, inépuisables sources d'inspiration. Avoir des avis extérieurs et contempler des photos lui apporterait certainement de bonnes idées.

Elle fit plusieurs recherches en variant les mots-clés : *désencombrement cuisine*, *le minimalisme en cuisine*, *déco cuisine zen*. De liens en sites, elle découvrit la tendance du « zéro déchet ». Le principe ? Jeter le moins possible. Tout un mode de consommation en découlait : acheter en vrac, refuser les accessoires jetables, privilégier les contenants en verre réutilisables, préférer les produits bruts aux aliments transformés...

Lisa sentit poindre en elle des envies nouvelles : cuisiner, manger des produits frais, prendre soin de son alimentation. Mais ce n'était pas le sujet du jour.

Elle revint vers la cuisine.

Pour ranger, il faut vider, étaler, envahir l'espace, sortir les objets de leur contexte habituel pour mieux les observer, apprécier leur valeur et leur utilité. Vient ensuite le délicat moment du choix : garder ou écarter ? Conserver ou mettre de côté ? Vendre, donner ou jeter ? Lisa commençait à être rodée et hésitait beaucoup moins qu'au début.

Elle fit donc un tri drastique parmi les ustensiles, la vaisselle et les couverts. Puis, elle nettoya, récura et lustra pour que tout soit impeccable. Elle prit quelques photos du meuble vide, en prévision de sa future vente, avant de le remplir à nouveau.

Le formica, c'était solide et sympa, mais elle rêvait de meubles plus modernes et surtout plus fonctionnels : des caissons spacieux, des tiroirs avec amortisseurs, des bacs de rangement, un plan de travail solide, et puis des bocaux en verre, une barre en inox pour y accrocher les ustensiles, une planche à découper en bois où elle éplucherait et émincerait les légumes... La cuisine idéale prenait forme dans sa tête.

Le soir, Lisa reçut un mail d'une femme intéressée par sa bibliothèque. Elles convinrent d'un rendez-vous pour le dimanche suivant.

Samedi 14 mai

Lorsque Lisa franchit le seuil du *Cappuccino*, Pierre était déjà attablé devant un café. Il lui en commanda un et ils parlèrent de la météo en attendant l'arrivée de Célestin. Lorsque celui-ci fit la bise à Lisa, elle n'osa pas lui présenter son père.

Les clients étaient peu nombreux, ce qui ne fit qu'accentuer le malaise de la jeune femme. Elle aurait aimé être noyée dans le brouhaha de la foule pour rendre cette discussion moins formelle. Intimidée, elle ne savait comment aborder le sujet qui l'avait amenée là. Pierre, toujours direct, lui facilita la tâche :

— Qu'as-tu de si important à me dire ? Rien de grave, au moins ?

Lisa prit sa petite cuillère et la trempa dans son café. La mousse enveloppa le métal. La jeune femme observa les nuances de l'écume, en cherchant ses mots. Elle avait visualisé cette scène toute la soirée, s'était répété en boucle les phrases qu'elle devait dire, avait imaginé mille scénarios possibles. Enfin, elle lâcha simplement :

— Je voulais te parler du passé.

Les sourcils poivre et sel de Pierre se froncèrent.

— Si c'est pour me reprocher mes absences, je préfère que nous en restions là, répondit-il d'un ton sec.

La jeune femme avait anticipé cette réaction. Fuir était la spécialité de son père. Mais elle ne le laisserait pas se défiler. Pas cette fois. Elle voulait comprendre.

— Papa ! Écoute-moi. Je fais des cauchemars. Ou plutôt, un cauchemar, toujours le même. Un cauchemar qui se passe dans la grande maison.

À ces mots, l'homme blêmit et se redressa sur sa chaise. Lisa comprit qu'elle avait marqué un point. Elle poursuivit :

— Dans ce cauchemar, il y a une scène où tu apparais.

Il ne posa aucune question. Assis là, fier et droit, il attendait la suite. Les doigts crispés sur la cuillère qu'elle n'avait pas lâchée, Lisa soupira et se jeta à l'eau.

— Papa, j'ai besoin de savoir. S'est-il passé quelque chose dans cette maison ?

Comme il ne répondait pas, elle précisa :

— C'était une nuit, au début des vacances. Maman n'était pas là. Quelqu'un est venu te voir.

Sans se départir de son aplomb naturel, il lui répondit simplement d'une voix ferme :

— Non, je ne me souviens de rien.

Lisa savait qu'il mentait. Il avait les traits lisses, comme s'il portait un masque. Aucune émotion visible. Aucun émoi. Il se pencha en avant, prêt à se lever pour quitter la salle.

Les traits tendus, Lisa s'écria :

— Attends !

Elle plongea vivement son bras sous la table et sortit de sa poche un petit paquet rouge, qu'elle ouvrit sur la paume de sa main. Pierre regarda le renard et vacilla :

— Où as-tu trouvé ça ?

Lisa ne put réprimer un petit rictus. C'était la première fois qu'elle voyait son père troublé. Elle avait les atouts en main et comptait bien ne pas le laisser se défausser.

— J'ai ramassé cette broche par terre, cette nuit-là. Elle était tombée dans l'entrée.

Elle rangea l'objet dont la lueur écarlate la gênait.

Son père se racla la gorge et avoua :

— Cette broche était sur son manteau noir.

— Quel manteau noir ? De quoi parles-tu ?

— Écoute, Lisa. Je... je pense qu'il vaut mieux que tu oublies tout ça. C'est du passé, esquiva Pierre.

— Ah non ! Tu ne t'en tireras pas comme ça. Ce n'est pas du passé, Papa. C'est une scène que je revis presque chaque nuit. J'ai besoin de comprendre.

Elle parlait fort, ayant oublié où elle se trouvait. Quand Célestin passa derrière son père, elle baissa la voix et poursuivit :

— Si tu ne me dis pas ce que tu sais, j'irai voir Maman.

Pierre posa ses mains à plat sur la table, pinça les lèvres et hocha la tête.

— Bon, comme tu veux. Je vais te dire ce que tu veux savoir. Tu regretteras certainement ensuite de t'être montrée si curieuse, commença-t-il. Cette broche était sur le manteau d'une femme. Et cette nuit-là, cette femme est venue dans la grande maison. Nous nous sommes disputés. Ta mère devait arriver le lendemain. Je... je pensais que tu dormais.

— Non, je ne dormais pas. Qui était cette femme ? demanda Lisa.

Son pouce frottait la cuillère de manière compulsive.

— Je pensais que tu dormais, répéta son père sans répondre à sa question.

— Vos cris m'ont réveillée. Je suis descendue et je vous ai vus. Vous étiez dans la cuisine. Qui était cette femme, Papa ?

Les traits de Pierre se durcirent. Reprenant son masque, drapé dans son flegme habituel, il dit d'une voix posée :

— Je suis désolé, mais tout cela ne te regarde pas.

L'estomac de Lisa se contracta. Elle sentit la nausée la gagner et explosa :

— Tu vas fuir, encore une fois ? Hop, une pirouette et tu disparais ! C'est trop facile ! Ne te donne pas cette peine. Cette fois-ci, c'est moi qui pars !

La lèvre inférieure tremblante, le regard brillant, la jeune femme se leva et fixa son père droit dans les yeux avant d'ajouter :

— Tu as raison, ta vie ne me regarde pas. Tu n'as jamais été là pour moi de toute façon. Au moins, maintenant, les choses seront claires entre nous. Adieu !

Elle passa au bar pour régler les consommations, apprécia le sourire de Célestin dans lequel elle lut une compassion sincère et sortit sans se préoccuper davantage de l'homme assis là, seul devant une tasse de café froid.

Lisa marchait dans le parc, sous le ciel gris et menaçant. Le rythme de ses pas berçait les ruminations de son cerveau. Son père ne lui avait pas tout dit, mais sa tentative de fuite et son silence sonnaient comme des aveux.

Cette femme... Pourquoi était-elle venue dans la maison cette nuit-là ? Comment avait-il pu faire ça ? Sa femme absente, sa fille endormie et lui qui...

Prise de vertige, Lisa s'appuya contre un arbre. Quand le malaise se dissipa, elle se frotta les mains. L'écorce rugueuse y avait déposé une fine couche de poussière verte.

Elle reprit sa marche, insensible au crachin, à contresens des gens qui quittaient le parc pour aller se mettre à l'abri. Qu'allait-elle faire maintenant ? Devait-elle appeler sa mère ? Pourquoi ce secret était-il en sa possession ? Elle aurait tant aimé ne pas savoir.

De retour chez elle, Lisa se préparait une tasse de thé pour se réchauffer quand son téléphone sonna. Elle fronça les sourcils en lisant le nom du contact : Maman. Sa mère ne l'appelait jamais.

— Lisa, ton père m'a tout raconté. Pourquoi es-tu partie comme ça ? Il est très inquiet.

— Que t'a-t-il dit exactement ?

— Il m'a parlé de ton cauchemar, de ces visions

qui te hantent.

Les jambes coupées par cette révélation, la jeune femme tomba assise sur une chaise. Était-il possible que sa mère soit au courant ? Elle n'eut pas à lui poser la question.

— Écoute, Lisa. Je... je sais que ton père a déjà... enfin... je sais qu'il est infidèle.

Lisa faillit lâcher son téléphone.

— Ma chérie ? Ma chérie, tu es toujours là ?

— Oui.

— Je crois qu'il vaudrait mieux qu'on se voit pour en parler. C'est une histoire un peu compliquée. Il y a eu David, le mariage de ta cousine...

— David ? s'étonna Lisa. Qu'est-ce que David a à voir là-dedans ?

— Eh bien... c'est délicat. Je ne peux pas t'en parler maintenant. Tu sais que je n'aime pas le téléphone.

Martine fit une courte pause avant d'ajouter d'une voix blanche :

— Et puis, je crois que tu auras besoin de réconfort quand tu apprendras la vérité.

Lisa pâlit et frissonna. Quelle vérité ?

Incapable de poursuivre cette conversation, la jeune femme y mit un terme en bredouillant :

— Je... je te rappelle la semaine prochaine, Maman. J'ai besoin de... de prendre un peu de recul après toutes ces... révélations.

Dimanche 15 mai

Les ronronnements de Douglas, allongé sur la couette, s'insinuèrent dans son sommeil, un sommeil irrégulier, agité et ponctué de phases de réveils.

Un moteur de voiture ancienne approche. L'enfant, assis sur le trottoir devant l'église du village, porte sa main en visière pour voir apparaître le véhicule noir à traction avant qui se dessine au bout de la rue. Il tient un cerceau et une baguette de bois. Il se lève pour mieux distinguer l'engin et met quelques secondes à réaliser que l'ombre fonce vers lui. Le bruit de moteur devient de plus en plus fort et se transforme en martèlement. Un rhinocéros le percute de plein fouet, l'envoyant valser dans les airs d'un violent coup de corne. L'enfant pousse un cri déchirant avant de retomber mollement sur le sol.

Lisa se réveilla en sursaut. Le chat éjecté de la couette retomba sur ses pattes et détala dans la cuisine.

— Quel cauchemar ! Doudou ? Douglas, excuse-moi. Reviens, minet !

La lecture de l'heure lui confirma ce que lui avait appris la lumière grise aperçue à travers le store : il était tôt.

— Pfff... Se lever aux aurores le dimanche ! C'est n'importe quoi. Doudou ?

L'animal finit par revenir dans la chambre, mais il mit du temps à remonter sur le lit. Le réveil en fanfare de sa maîtresse lui avait causé une frayeur terrible et son état de santé défaillant ne lui permettait plus de bondir comme un chaton.

Les souvenirs commençaient déjà à s'estomper dans l'esprit de Lisa. Elle mémorisa cependant les grandes lignes de ce cauchemar inédit : voiture noire, village, cerceau, rhinocéros, coup de corne. Ces éléments avaient-ils une signification particulière ? Les rêves sont parsemés d'objets symboliques, qui mettent en lumière ce que l'inconscient veut rendre visible. Encore fallait-il réussir à les décoder. Lisa avait entendu parler de l'interprétation des rêves, mais n'avait jamais pris la peine de noter ce que contenaient ses errances nocturnes. Le plus souvent, les images s'évaporaient dès qu'elle ouvrait les yeux et elle n'en gardait aucune trace. Elle détestait cette sensation d'oubli, ce blocage de la mémoire. Ces instants où elle tentait d'évoquer un souvenir et ne trouvait dans son cerveau qu'une porte close impossible à ouvrir. Comment notre propre esprit pouvait-il ainsi dresser des barrières infranchissables ?

Il n'était que six heures trente.

Elle se leva et s'habilla. Elle avait du temps et se sentait courageuse : elle allait faire des cookies pour son petit déjeuner. Cette gourmandise la consolerait de sa nuit en dents de scie. Les réveils nocturnes et les cauchemars devenaient monnaie courante ces derniers temps. Lisa sentait bien qu'elle était au creux de la vague. Son projet de désencombrement pataugeait, les relations avec ses parents se dégradaient, David n'avait pas répondu à son message, Clémentine allait revenir au bureau pour lui pourrir la vie, son chat continuait à perdre ses poils...

Y avait-il une seule bonne nouvelle dans ce marasme ? Oui, une seule : sa rencontre avec Théo. Elle n'avait pas su apprécier le repas mercredi soir, tant ses soucis professionnels la minaient. Avec du recul, elle reconnut que le fils de l'antiquaire avait été charmeur, agréable, attentif. Elle avait apprécié leur discussion et l'intérêt qu'il lui portait. Et puis, il avait des atouts dans son jeu : du style, beaucoup de charisme, une voix envoûtante, sans oublier un don de pâtissier qu'elle avait hâte de mettre à l'épreuve.

Elle trouva une recette de cookies sur internet, sortit les ustensiles, regroupa les ingrédients sur la table de la cuisine et se mit au travail. Beurre fondu, sucre, deux œufs. Elle mélangea activement et ajouta la farine avec une pincée de levure. La sagesse populaire dit qu'il faut toujours garder le meilleur pour la fin. Le mélange se termina donc par l'ajout de noix de coco et de pépites de chocolat. Elle en chipa quelques grains pour les laisser fondre sur sa langue. À l'aide de deux cuillères, elle déposa dix petits tas de pâte sur une plaque couverte de papier sulfurisé et glissa le tout dans le four pour douze minutes de cuisson.

Elle s'aperçut que son téléphone clignotait. Deux textos étaient arrivés. Son cœur bondit dans sa poitrine quand elle lut les deux prénoms : David et Théodore.

David ! En tremblant, elle cliqua sur le message et lut :

Fous-moi la paix !

Au moins, ça avait le mérite d'être clair. Elle ferma les yeux pour ne pas laisser ses émotions l'emporter. Cette fois-ci, c'était bel et bien terminé.

Heureusement, Théo était là. Théo, que le hasard avait mis sur son chemin ; Théo, qui était venu chez elle ; Théo, qui l'invitait au restaurant. Elle sourit en découvrant ses mots :

Quand pourrai-je vous revoir, Lisa ?

Laissant son esprit divaguer, elle entendit à nouveau les mots de monsieur Guillemin, cette expression qui l'avait surprise : « ce grand garçon ». Le ton de sa voix reflétait toute l'affection d'un père pour son fils. Un fils qu'il avait élevé seul, loin de sa mère. L'absence rapproche ceux qui restent. L'antiquaire avait-il refait sa vie après son divorce ? Théo n'en avait pas parlé.

Sa mère aussi l'avait élevée seule. Ou presque. Comment Martine pouvait-elle accepter ainsi l'adultère ? Que s'était-il passé lors du mariage de Clothilde ?

La sonnerie du four retentit. Quand elle ouvrit la porte, une odeur de biscuits chauds envahit la cuisine.

Après avoir dégusté ses cookies accompagnés d'un café au lait, Lisa se recoucha. Allongée dans son lit, avec Douglas à ses côtés, elle rédigea une réponse pour Théo. Connecté, il lui répondit instantanément en lui promettant d'organiser très vite une nouvelle rencontre. Il conclut par cette phrase énigmatique :

> *J'espère que vous accepterez de vous laisser surprendre.*

Dans l'après-midi, la femme qui l'avait contactée pour l'achat de la bibliothèque lui rendit visite. La quarantaine, bien habillée, elle était accompagnée d'un homme du même âge. Après une rapide évaluation de l'état du meuble, elle proposa à Lisa de baisser le prix de dix euros. La jeune femme fit la moue, mais accepta. Elle n'avait pas trouvé d'autre acheteur potentiel. Ce couple était son unique chance de voir partir le meuble.

L'homme avait apporté des outils pour démonter la grande bibliothèque. Lisa l'aida dans cette tâche, en constatant que sa femme ne faisait pas preuve du même zèle. Quand vint le moment de descendre les différentes pièces jusqu'au véhicule stationné devant l'immeuble, Lisa se mit en retrait. La livraison ne faisait pas partie de la vente.

L'homme sollicita son aide quelques minutes plus tard... et elle n'eut pas le courage de refuser. Elle porta avec lui les planches les plus longues. Sa femme descendit deux petits éléments légers, en grommelant qu'elle risquait de se casser un ongle.

Une fois ce premier chargement effectué, Lisa grimpa rapidement l'escalier, bien décidée à ne plus intervenir. C'était sans compter sur l'inertie de la dame, qui refusait de remonter jusqu'à l'appartement. Du palier du troisième étage, Lisa entendit le couple se disputer dans le hall.

— J'y crois pas ! Madame ne va même pas bouger le petit doigt.

— Oh ! Ça va. Je t'ai aidé, là. Je vais pas me bloquer le dos, non plus ! Il reste plus grand-chose. Vas-y tout seul, je garde la voiture.

Lisa sourit, amusée, et regroupa les dernières planches sur le palier. L'homme aurait au moins deux voyages à faire pour tout descendre seul, mais ça ne la concernait plus. Il la remercia pour son aide, en s'excusant pour cette scène de ménage imprévue.

Quand Lisa rentra chez elle avec cent quarante euros en poche, elle s'assit dans le canapé pour admirer le mur du salon. Jamais elle n'aurait pensé qu'un espace vide puisse être si agréable à contempler.

Lundi 16 mai

Il était déjà neuf heures et Clémentine n'était pas encore arrivée. Lisa contemplait la chaise inoccupée de l'autre côté de la pièce. Sa collègue avait-elle été convoquée par Karsen dès son retour ? Si ç'avait été le cas, elle serait passée par son bureau pour déposer son sac et sa veste sur le portemanteau derrière la porte.

Lisa se leva et se dirigea vers la fenêtre, d'où on avait une vue plongeante sur le parking. Elle regarda chaque véhicule, mais n'aperçut aucune miniberline noire. Elle revint vers sa chaise, s'assit, et se releva aussitôt pour prendre un dossier dans l'armoire. De retour à son bureau, elle se mit au clavier, ouvrit le navigateur. Que voulait-elle chercher, déjà ?

Quand vint le moment de la pause-café, elle n'avait pas encore réussi à se mettre au travail. L'appréhension et l'incertitude lui ôtaient toute volonté. Elle avait échangé discrètement quelques textos avec Antoine, mais il n'avait aucune information sur ce retour différé.

Devant le distributeur, ils allaient aborder le sujet, quand le chef du service de comptabilité arriva. Lisa ne le fréquentait pas, puisqu'elle travaillait dans le secteur études, mais elle avait entendu dire qu'il était totalement dévoué à Karsen. La rumeur prétendait même qu'il faisait partie des VIP invités aux soirées privées de son supérieur hiérarchique.

Lisa n'avait jamais vu l'intérêt de divulguer des commentaires sur chacun, mais elle les écoutait attentivement pour ne pas commettre d'impair dans ses relations professionnelles. Lors d'un stage, elle avait critiqué un responsable devant l'un de ses collègues. Elle ignorait qu'ils étaient amis. L'intéressé avait eu vent de ses médisances et le lui avait avoué, le dernier jour de son stage, en la mettant en garde :

— Où que vous travailliez plus tard, Mademoiselle Ferrier, veillez à ne jamais porter un avis personnel sur les agissements de vos collègues, surtout si cet avis est négatif. Les murs ont des oreilles et toute critique vous reviendra en pleine face comme un boomerang.

Elle n'avait pas oublié la leçon.

La journée s'étira en longueur. Lisa avait commencé par se réjouir de l'absence de Clémentine, avant de comprendre que ce nouveau délai était une source d'inquiétude supplémentaire.

Les questions fusaient dans son crâne : Clémentine reviendrait-elle le lendemain ? Que lui arrivait-il ? Son arrêt de travail était-il prolongé ? Faudrait-il attendre son retour pour que les responsables se décident enfin à lui confier un nouveau projet ?

Pour tenter d'apaiser sa nervosité, elle enroulait de manière compulsive une mèche de cheveux autour de son index. Elle la tortilla tant et tant qu'elle finit par avoir une belle anglaise le long de l'oreille gauche.

Dans le courant de l'après-midi, Antoine mit fin à ses cogitations en lui confiant des dossiers urgents. La tâche, répétitive et simple, lui occupa l'esprit et les mains en attendant la sortie.

Quand Lisa passa devant le bureau de Karsen pour quitter l'entreprise, elle constata que la pièce était vide. Son responsable était-il parti en déplacement ? C'était étrange qu'il n'ait pas prévenu ses collaborateurs comme il le faisait d'habitude en de telles circonstances.

Au moment où les portes de l'ascenseur se refermaient, Antoine se faufila dans la cabine.

— Quelle journée bizarre ! dit-il.

— Oui, ça me fait le même effet qu'un jour gris, quand les nuages sont bas, juste avant l'orage.

— Oh ! Mademoiselle Lisa est poète, ce soir.

— Arrête de te moquer de moi, lui répondit-elle.

Elle accompagna ces paroles d'une poussée sur son bras, pour l'éloigner d'elle en rigolant. Il se cogna la tête contre le miroir de l'ascenseur, glissa vers le sol et ne bougea plus.

— Antoine ! Antoine, ça va ? s'inquiéta la jeune femme.

Elle se pencha vers lui et lui tapota la joue droite.

— Antoine ! cria-t-elle, paniquée.

Il ouvrit enfin les yeux.

— Bouh !

— T'es con, tu m'as fait peur !

— Oui, j'ai bien vu. Ou plutôt... j'ai entendu.

Il se releva en se frottant l'arrière du crâne :

— Et ça me fait plaisir de voir que tu t'inquiètes pour moi.

L'ascenseur arriva au rez-de-chaussée. Ils en franchirent le seuil et s'engagèrent dans le hall. Un homme les attendait. La jeune femme fit les présentations :

— Antoine, tu te souviens de Théo ? Vous vous êtes croisés au vide-grenier.

— Ah, euh... oui, en effet. Bonjour.

Théo serra brièvement la main du jeune homme, qui s'éclipsa en marmonnant :

— Bon... je vous laisse.

Lisa ne s'aperçut pas de son départ.

— Quelle surprise de vous voir ici, Théo ! Il me semble pourtant ne pas vous avoir dit où je travaillais.

— J'ai fait ma petite enquête. Et je vous ai trouvée.

— Bravo !

— Je vous emmène boire un verre ?

— Avec plaisir ! Mais je choisis l'endroit.

— Je serais ravi d'être votre chauffeur, Mademoiselle. Mon modeste véhicule vous attend.

Ils prirent la direction du *Cappuccino*.

Si Célestin fut surpris de la voir arriver avec un inconnu, il n'en montra rien. Il regarda Lisa s'installer face à ce brun aux yeux sombres, dont les genoux touchaient presque la table. Elle souriait.

— Bonjour, Lisa, j'espère que tu vas mieux depuis samedi, lui demanda-t-il en essuyant rapidement la table.

— Oui, merci, Célestin. Je suis désolée d'avoir fait autant de bazar. J'étais vraiment en colère.

— Ce n'est rien. Ça fait du bien, parfois, de mettre les points sur les « i », lui répondit-il, philosophe.

— C'est tout à fait ça, approuva Lisa.

Il prit la commande et s'éloigna vers le bar, où un panier de viennoiseries dorées faisait désormais le bonheur de ses clients. Théo, sourcils froncés, regardait la jeune femme sans chercher à dissimuler la jalousie qui le taraudait.

Quand Lisa se tourna vers lui, elle perçut cette tension et se sentit obligée de se justifier :

— Excusez-moi, Théodore. Je suis venue ici samedi avec mon père et nous avons eu un échange un peu... houleux.

L'homme se détendit et s'informa :

— Vous avez des soucis familiaux ?

— Oui. Rien de bien grave, je pense. Je ne sais pas. Mais j'avais besoin de parler franchement à mon père, de lui dire tout ce que je lui reprochais. Nous nous sommes quittés fâchés.

— J'espère que vous réussirez à vous réconcilier.

— J'en doute, avoua la jeune femme.

En la regardant droit dans les yeux, Théo lui demanda :

— Vous avez l'air très proche d'Antoine. C'est... juste un collègue ?

Lisa rigola.

— Antoine ? Oui, on s'entend bien. Il est venu m'aider au vide-grenier. Mais c'est « juste un collègue », comme vous dites.

Elle l'interrogea à son tour.

— Et vous, Théo ? Vous avez des amis proches ?

— Oui, j'ai encore quelques potes de lycée avec qui j'aimais faire les quatre cents coups.

— Hum... quel genre de bêtises avez-vous faites avec eux ?

— Eh bien, ce n'était pas vraiment des bêtises. Tout dépend de la façon dont vous envisagez le mot « coup » !

Encore un double sens... Lisa comprit qu'elle allait devoir s'habituer à ces perpétuels sous-entendus si elle ne voulait pas paraître trop naïve.

— Vous avez donc eu de nombreuses conquêtes, si je comprends bien.

— Oui. Enfin... quelques-unes. Mais je n'en suis pas fier, vous savez.

Il but une gorgée de café avant d'ajouter :

— Et vous, Lisa ? Vous devez plaire aux hommes. Avez-vous fait de belles rencontres ?

Lisa sentit le sang affluer dans ses joues. Elle croqua dans son croissant, mais eut du mal à avaler cette bouchée au goût amer.

— C'est une question qui ne se pose pas. Joker !

Elle réussit à paraître détendue et enchaîna, pour

masquer son trouble.

— Vous... vous partez en week-end, parfois ?

— Cela m'arrive rarement, car ce n'est pas facile à planifier avec mon travail. Pourquoi cette question ?

— C'est un de mes projets. Dans un avenir proche, j'aimerais retourner dans le village où je passais l'été quand j'étais enfant.

Elle lui parla de Mina et de la grande maison dans ce petit bourg à la campagne, berceau de sa famille paternelle.

— Où se trouve ce fabuleux village ?

— En Bretagne. Le trajet est assez long, car les routes sont difficiles. Je prendrai une journée de congé le vendredi, si je peux.

— Voulez-vous que je vous accompagne ?

— Non, merci. C'est gentil de me le proposer, mais je crois que c'est une sorte de pèlerinage que je dois accomplir seule. J'espère que cela m'aidera à retrouver la paix intérieure.

Ils décidèrent d'aller au cinéma. Le réalisateur franco-argentin Luis Benvenito venait de sortir un film environnemental d'anticipation. C'était un genre nouveau, que Théo voulait découvrir. La jeune femme s'intéressait peu au septième art, mais ses pérégrinations sur internet l'avaient sensibilisée aux menaces qui pesaient sur la planète. Le synopsis indiquait qu'une histoire d'amour passionnelle était au centre du récit.

À la sortie de la salle obscure, ils échangèrent

leurs points de vue en se dirigeant vers la voiture.

— Ce film est vraiment glauque, affirma Lisa. Quel pessimisme ! Comment peut-on imaginer un avenir aussi sombre pour la planète ?

— C'est le principe des films d'anticipation, non ? Prévoir le scénario le plus noir pour plonger le spectateur dans l'angoisse du futur.

— Oui, c'est sûr. Mais il faut aussi qu'il y ait une note d'espoir, vous ne croyez pas ?

— L'espoir, ici, c'est l'amour. Les deux personnages sont ensemble jusqu'à la fin et ils s'aiment.

Surprise, Lisa s'arrêta et se tourna vers lui.

— Je ne vous imaginais pas si romantique.

— C'est que vous ne me connaissez pas encore bien, lui répondit-il avec un franc sourire.

Elle n'ajouta rien.

Arrivé devant son véhicule, Théo proposa :

— Je vous invite à dîner ?

La jeune femme avait pensé rentrer chez elle et s'interrogeait déjà sur le contenu de son réfrigérateur. Elle bafouilla :

— C'est gentil, Théo, mais...

— Tatata, pas de discussion. J'ai tout prévu.

— Où m'emmenez-vous ? Vous savez bien que je n'aime pas trop les surprises.

— C'est un lieu exceptionnel et unique. La cuisine y est fine et de bon goût, très raffinée.

— Mais, je ne suis pas habillée pour aller dans un restaurant chic ! s'inquiéta Lisa.

Il rit et ajouta d'une voix calme :

— Vous êtes parfaite. Et ce n'est pas un restaurant chic.

Prenant un air mystérieux, il poursuivit :

— C'est une petite salle intime, où nous ne serons que tous les deux, rassurez-vous.

Si elle avait pu, Lisa aurait décliné l'invitation et serait repartie à pied. Mais ils se trouvaient dans une zone commerciale en périphérie de la ville, il lui était donc impossible de refuser le covoiturage de Théo.

— Théo, vous m'intriguez et vous me faites peur. Je préfère rentrer chez moi.

— Bon, j'arrête de jouer avec vous. Je vous invite à dîner... dans mon appartement. Le repas est prêt, vous ne pouvez pas me refuser ça.

— Je...

— Détendez-vous, Lisa. Vous m'avez dit la dernière fois que vous n'aviez pas eu la chance de voir mon intérieur. Je veux donc vous y inviter. Comme ça, nous serons quittes.

Touchée par les efforts qu'il faisait pour lui plaire, Lisa se laissa convaincre. Elle monta dans le véhicule et respira profondément pour tenter de desserrer le nœud qui s'était formé dans son ventre. N'était-elle pas en train de se jeter dans la gueule du loup ?

Une heure plus tard, ils terminaient de prendre l'apéritif dans le salon. Confortablement installée dans le canapé en cuir, la jeune femme profita d'une courte absence de Théo, parti mettre un plat au four, pour détailler la pièce qui l'entourait. Les meubles en bois sombre semblaient anciens. Ils détonnaient sur les murs tapissés de couleur pastel. Le buffet comportait des portes vitrées, qui laissaient voir une large collection de vaisselle. Des niches contenaient des bibelots qui prenaient la poussière.

Elle aurait pu croire que l'appartement appartenait à une vieille dame, s'il n'y avait eu une série de coupes argentées en haut du meuble. Des récompenses sportives. Lisa avait toujours détesté ces objets. Qu'on les brandisse pour prendre une photo le jour de la remise des prix, passe encore, mais quel intérêt y avait-il à étaler ainsi ces horreurs chez soi ? Ce n'était que des « ramasse-poussière », comme disait Mina.

Sa grand-mère... Qu'aurait-elle pensé de Théo ? Elle n'avait pas du tout apprécié David, lors de leur première et unique rencontre, le soir du mariage. Elle avait tenté de mettre Lisa en garde contre lui, mais il était déjà trop tard. Théo semblait différent, plus... comment dire ? Plus beau ? Non, pas vraiment. Plus sage. Plus correct.

Le dîner se déroula dans une ambiance feutrée et s'acheva par le dessert promis : tiramisu alla Volpelli.

— C'est le nom de famille de ma mère, précisa Théo.

— Elle vous en préparait quand vous alliez la voir en Italie ?

— Par tradition, c'est ma grand-mère qui s'en occupait. Ma mère savait le faire, bien sûr, mais elle laissait ce petit plaisir à la nonna.

L'assiette était belle, bien dressée, digne d'un restaurant gastronomique. Lisa n'osait y toucher et demanda :

— C'est vraiment très bien présenté. Je peux faire une photo de cette merveille ?

— Euh... oui, pourquoi pas ? Vous me flattez, Lisa.

Avec son téléphone, elle s'apprêtait à prendre le cliché quand Théo s'inquiéta :

— Vous n'allez pas mettre ça sur les réseaux sociaux, quand même ?

— Non, juste sur *Restoconseil*, vous savez, cette application qui permet aux clients de noter les restaurants, lui répondit Lisa d'un air taquin.

Il entra dans son jeu :

— Ah ! Vous me rassurez. Et quelle note allez-vous décerner à mon humble établissement ?

— Hum... je ne sais pas. J'hésite, dit-elle, songeuse, en tapotant sa lèvre de son index droit. Pour le service, je pense que quatre étoiles seraient une note correcte. Je mettrais également quatre pour l'ambiance. Et j'irais jusqu'à cinq étoiles pour la cuisine.

— Oh ! vous êtes très généreuse, Mademoiselle. Merci ! Toutefois... j'aimerais améliorer mon score pour l'ambiance. Vous permettez ?

Il se leva, s'approcha d'elle et lui prit la main. La portant à sa bouche, il déposa un léger baiser sur ses doigts pliés.

— Mais que faites-vous, Théo ?

Lorsqu'il l'attira à lui, elle se leva en riant.

— M'accorderez-vous cette valse ?

D'un pas souple, il la quitta pour aller changer la plage musicale. Les notes de jazz qui avaient empli la pièce jusqu'ici laissèrent la place à un rythme ternaire. Il augmenta le volume. Lisa reconnut sans peine les premières mesures du *Beau Danube bleu*.

Il prit position devant elle, plaça ses mains dans celles de sa partenaire et ils commencèrent à danser. Elle se laissa entraîner dans ce tourbillon de musique. Tout se mêlait : la chaleur des mains de Théo, son corps devant elle, la pièce qui tournait, l'alcool dans ses veines, le glissement des archets sur les cordes, les percussions qui marquaient les temps, son souffle court sur l'épaule de son cavalier, leurs cœurs qui battaient à l'unisson...

Quand la valse se termina, Théo se pencha vers elle et l'embrassa tendrement. D'abord surprise, grisée par la danse, elle accueillit ce premier baiser comme une promesse, en tremblant. Ils allaient se séparer, maladroits et gênés, quand Lisa revint vers lui. Elle ferma les yeux et goûta à ses lèvres, à sa bouche. C'était une gourmandise délicieuse.

De retour à table, ils burent un café en se regardant. Elle crut discerner dans les yeux bruns de Théo un élan de tendresse, qui laissa bientôt place à un éclat plus brillant.

Avec un bruit sec, il posa sa tasse sur la soucoupe. Ils furent à nouveau réunis, l'un contre l'autre, au centre du salon. Mais ce n'était plus une valse que l'on entendait. Les notes du piano les enveloppèrent et l'homme discerna une goutte qui s'arrondissait près de l'iris gris de sa partenaire.

— Que se passe-t-il, Lisa ?

Elle posa sa tête sur son torse. Il la serra dans ses bras, sans comprendre ce besoin soudain de protection.

— C'est cette musique. Elle me bouleverse.

— Vous voulez que je change de piste ?

— Non, restons comme ça.

La mélodie de Beethoven envahit la pièce. Lisa sentit son cœur se serrer. La boîte. *La Lettre à Lisa*. Mina. C'était un message, un signe.

À la fin du morceau, elle releva la tête, les yeux humides. Elle embrassa Théo avec une audace nouvelle, cherchant par ce baiser à se donner du courage. Son désir était marbré d'appréhension. Saurait-elle se montrer à la hauteur de ses attentes ?

Il lui prit la main et la guida vers sa chambre.

Quelques minutes plus tard, Lisa s'enfuit dans l'escalier en laissant la porte de l'appartement ouverte. Elle s'était rhabillée en balbutiant des excuses, l'avait abandonné sur le lit, avait attrapé son sac et sa veste dans la salle, avant de se précipiter vers l'extérieur.

Dans la rue, la jeune femme, hagarde, apeurée, fut saisie par la fraîcheur de l'air. Paniquée, elle tournait la tête en tous sens, cherchant la meilleure issue. Elle devait fuir, vite, avant qu'il ne parvienne à la rattraper. D'une main tremblante, elle fouilla dans son sac, à la recherche de son... Son téléphone était resté sur la table ! Elle s'effondra sur un banc, s'appuya sur le dossier froid et se mit à pleurer.

— C'est ça que tu cherchais ?

Elle sursauta, surprise par ce tutoiement inattendu. La voix était grave, comme sortie d'outre-tombe. La silhouette qui se tenait devant elle lui parut gigantesque. D'un geste brusque, elle attrapa le téléphone que l'homme lui tendait. L'objet tomba sur le sol.

Théo se penchait pour le ramasser quand elle lui cria :

— Laissez-moi ! Barrez-vous !

Il explosa :

— Tu crois que c'est si facile ? Tu m'allumes et tu te casses ? Tu ne vas pas t'en tirer comme ça. Viens !

Elle se recroquevilla sur elle-même en tremblant.

Quand il la toucha, elle hurla. C'était un cri animal, une plainte hystérique. D'un mouvement brusque, elle dégagea son bras en criant :

— Laissez-moi !

Il empoigna violemment son menton et lui releva la tête.

— Regarde-moi !

La main lui broyait la mâchoire. Elle leva le visage vers lui et croisa son regard fou, ses yeux rouges de colère. La bouche de l'homme se déforma en un rictus haineux. Et il la gifla.

Mardi 17 mai

Bip, bip, bip...

Lisa émergea de son sommeil et ouvrit les yeux avec peine. Elle avait l'impression d'être sur un nuage.

— Bonjour, miss. Tu es à l'hôpital.

Elle reconnut la voix chaleureuse de Marie et découvrit son amie qui lui souriait, semblable à un ange tombé du ciel. La bouche sèche, elle articula d'une voix pâteuse :

— Que s'est-il passé ?

— Ça, c'est à toi de me le dire. Les pompiers ont reçu un appel anonyme. Ils t'ont trouvée dans la rue, sur un banc, avec des traces d'agression sur le visage.

Lisa se mit à pleurer.

Son amie s'assit sur le lit et la prit dans ses bras. Il fallut de longues minutes pour que les spasmes s'épuisent et que les sanglots diminuent. Lisa s'essuya les yeux et osa enfin affronter le regard interrogateur de Marie. Elle ne parvint pas à donner d'explication et put juste dire :

— J'ai passé la soirée avec Théo.

Marie préféra parler d'autre chose : de sa sœur qui allait mieux, de son neveu qui avait appris à nager, des travaux dans son immeuble, de son stage qui lui avait donné confiance en elle. Lisa se détendit peu à peu.

On frappa à la porte.

Antoine entra, un gros bouquet de fleurs à la main.

— Oh ! Elles sont belles. C'est pour moi ? demanda Lisa.

L'homme se retourna, regarda à droite, à gauche, sous le lit.

— Eh bien, je ne vois pas d'autre jolie femme hospitalisée par ici, répondit-il en rigolant. Bonjour, Lisa.

— Bonjour, Antoine. Et merci.

Il lui fit la bise du bout des lèvres, en veillant à ne pas appuyer sur sa joue droite meurtrie. Elle avait des hématomes sur le menton et une belle balafre sous l'œil gauche. La pommette était rouge, gonflée, et le tour de l'œil commençait à prendre une teinte violacée.

— Comment vas-tu ?

— Je... je ne sais pas. J'ai du mal à réaliser ce qui se passe.

Marie proposa d'aller chercher un vase et sortit de la chambre.

À son retour, le jeune homme était parti.

— Il t'a abandonnée ?

— Il va revenir. Je l'ai envoyé faire une course urgente.

Marie alla remplir d'eau le vase qu'elle avait emprunté aux aides-soignantes, déballa les fleurs et les y plaça, en veillant au bon équilibre de la composition.

— C'est un bouquet magnifique. Il ne s'est pas moqué de toi, dis donc !

Préoccupée, Lisa y jeta un bref coup d'œil. Elle finit par poser les questions qui la minaient :

— Marinette, je ne comprends pas : comment se fait-il que tu étais là quand je me suis réveillée ? Qui t'a prévenue ?

— C'est ta mère qui m'a envoyé un message. Je suis venue dès que j'ai su que tu étais à l'hôpital.

— Et elle, elle ne vient pas, constata Lisa, déçue.

Marie s'empressa de la rassurer :

— Si, elle est venue. Je l'ai croisée quand je suis arrivée ce matin. Elle devait partir travailler, mais elle m'a demandé de la prévenir à ton réveil. Je viens de lui envoyer un texto. Elle passera te voir à la fin de son service, vers dix-neuf heures.

Lisa ne répondit pas. Elle s'était évadée, songeuse.

— Que se passe-t-il, Lili ?

— Dix-neuf heures... Hier, à cette heure-là, j'étais au cinéma avec... lui.

Marie s'assit sur le bord du lit et prit la main de son amie entre ses paumes douces et tièdes. Cette chaleur réconforta Lisa. D'une voix grave, dans un murmure, elle commença son récit. Chaque mot prononcé allégeait le fardeau qui écrasait son cœur.

Elle regrettait amèrement de s'être laissé séduire par cet homme rencontré au hasard. Elle aurait dû suivre son instinct, se méfier de lui, de son empressement à la retrouver, où qu'elle soit. Il était beau. Ses yeux, sa taille et sa carrure lui avaient rappelé David. Allait-elle toujours se laisser piéger par des séducteurs qui ne cherchaient qu'une chose : abuser d'elle ? Une larme coula sur sa joue. En l'essuyant, elle poussa un petit cri : l'hématome était douloureux.

Marie lui demanda :

— Je sais que tu n'aimes pas en parler, mais... ça se passait comment, entre David et toi ? Je veux dire...

— T'inquiète, va, j'ai compris.

— Je croyais que tu étais heureuse avec lui. Pourtant, quand tu en parles, on dirait que... enfin...

Lisa hésita et déglutit avec peine. Sa gorge formait comme un goulot d'étranglement. Elle ferma les yeux et se concentra sur sa respiration, pour relâcher les tensions. Elle se sentait accablée par une immense fatigue, mais ne voulait pas repousser ces aveux. Marie lui tenait toujours la main et se mit à la masser avec des petits mouvements circulaires.

— Il était gentil, oui. Devant les autres, avec mes parents, en public, il s'occupait de moi, il jouait les Roméo. Toujours aux petits soins, tout dans l'apparence. Mais dans l'intimité, c'était différent. Il...

Lisa ne put aller plus loin. Elle éclata en sanglots et laissa couler un flot de larmes avant de reprendre :

— J'ai tout raté avec lui. J'étais nulle. Je l'aimais si fort ! Pourquoi est-ce que ça n'a pas marché ? Qu'est-ce qu'il aurait fallu que je fasse ? Il m'a jetée comme une merde, il m'a foutue à la porte. Et moi, pauvre pomme, je l'ai recontacté. J'en ai marre, marre, marre de tout ça ! Je suis incapable de rendre un homme heureux. Je vais rester toute seule, avec mon chat. C'est le seul individu masculin qui me comprenne.

Marie lui offrit un regard empli de compassion.

— Tu as souffert, Lili. Il faut que tu prennes soin de toi.

— Oui, je... je suis perdue. Tu penses qu'il faut que j'aille voir un psy ?

Marie se mordit la lèvre et hocha la tête.

— J'ai parlé avec l'infirmière et l'interne, tout à l'heure. Tes plaies au visage ne sont pas profondes. Tu as eu un violent choc derrière la tête, certainement dû à une chute. Il n'y a pas trace de... de violences sexuelles, mais tu as subi un traumatisme et ça peut entraîner des séquelles psychologiques.

— Hum...

— Ils pensent te garder quelques jours. Ils vont essayer de te trouver un créneau de consultation avec une psychologue dès cet après-midi, d'après ce qu'ils m'ont dit.

Lisa sourit.

— J'adore te voir faire l'aide-soignante avec moi. On peut dire que tu sais parler à tes patients. Tu es vraiment faite pour ce métier.

Marie allait répondre à ce compliment quand Antoine poussa la porte.

— Me voici de retour !

— Tu as trouvé ce que je t'ai demandé ?

— Non, j'ai mieux ! Un modèle encore plus perfectionné qui vient tout juste de sortir.

Il tendit à Lisa un sac en papier d'où elle sortit

une boîte en carton. Le logo d'une grande marque de téléphonie ornait le couvercle.

— Mais tu es fou ! Je n'ai pas les moyens de me payer une Rolls pareille !

— Je te l'offre.

— Non, Antoine. Je ne peux pas accepter. Je te rembourserai.

— Bon... comme tu veux. Ça m'aurait fait plaisir, tu sais.

Il l'aida à transférer sa carte SIM dans ce nouveau smartphone et brancha la prise pour le mettre en charge. L'ancien avait l'écran brisé et ne fonctionnait plus.

Après cela, Marie et Antoine quittèrent la chambre pour laisser Lisa se reposer.

Deux heures plus tard, après une longue sieste, elle alluma l'appareil et configura son compte. Une sonnerie lui indiqua qu'elle avait reçu un message. Elle cliqua sur l'icône pour ouvrir l'application. Quand elle lut le prénom sur l'écran, elle lâcha le téléphone et plia les jambes pour s'en éloigner, comme s'il était venimeux.

C'était lui ! Oui, c'était bien son prénom qui était écrit là : Théodore. Poussée par la curiosité, elle se pencha pour repérer l'heure indiquée : il avait envoyé son texto à deux heures trente-quatre. Était-elle déjà arrivée à l'hôpital à cette heure-là ? Comment osait-il la recontacter après ce qui s'était passé ?

D'un doigt tremblant, elle appuya sur la

notification. Le message s'ouvrit et elle lut ce simple mot : « Pardon ».

C'était une blague ? Il l'avait agressée, envoyée à l'hôpital et il voulait qu'elle lui accorde son pardon ? C'était impossible. Elle ne voulait plus entendre parler de lui. Jamais ! Elle supprima le message.

Quand son téléphone sonna à nouveau, Lisa sursauta. Un autre texto venait d'arriver. Elle eut peur et n'osa pas regarder l'écran. Théo allait-il chercher à la revoir ? Il avait trouvé l'adresse de son bureau et était venu l'attendre dans le hall. Il savait où elle habitait. Que ferait-il, la prochaine fois ? Essaierait-il de la faire taire, pour qu'elle ne révèle pas qu'il avait été violent avec elle ? Avait-il fait du mal à d'autres femmes avant elle ? Devait-elle porter plainte ?

L'angoisse lui dévora les entrailles. Recroquevillée sur elle-même, les bras pressés contre son ventre, elle fut soudain prise de panique. Elle se leva, courut jusqu'à la petite salle d'eau et se laissa glisser par terre, le long du mur. Elle enserra ses genoux et laissa ses longs cheveux la recouvrir. Son corps se balançait d'avant en arrière, mais elle veillait à ne pas faire de bruit. Il ne fallait pas qu'il la trouve.

Sa mère la découvrit prostrée, apeurée comme une enfant qui vient de faire un cauchemar. Elle appela immédiatement le médecin, qui prescrivit un anxiolytique. Lisa l'avala sans broncher et se réfugia sous les draps blancs.

Quand elles furent seules, Martine lissa les

cheveux de sa fille pour dégager son visage tuméfié. Elle s'excusa pour leur discussion téléphonique.

— J'aurais mieux fait de venir te voir directement. Je suis si maladroite avec ces appareils.

Avisant le téléphone de Lisa sur la table de chevet, elle se permit de le consulter.

— Ah ! Tu as bien reçu mon texto tout à l'heure ! Comme tu ne m'as pas répondu, je me disais qu'il n'était peut-être pas passé.

Lisa la regarda, incrédule, et bredouilla d'une voix si faible que Martine ne l'entendit pas :

— C'était toi ?

D'un geste lent, qui nécessita effort et concentration, elle tendit la main vers sa mère, penchée sur l'écran.

— Maman ? Où est Papa ?

Martine sourit.

— Il est en déplacement. Il va rentrer ce soir, mais sûrement très tard. Il m'a promis de venir te voir bientôt.

— Merci, Maman.

Sous l'effet du médicament, Lisa s'assoupit.

Deux ans plus tôt, avril 2014

David a pas mal bu ce soir. Faut dire que le champagne n'était pas dégueu. Il a dansé, bien sûr. Mais il a surtout dragué. C'est la première fois qu'il participe à un mariage de bobos. Les jeunes filles de bonne famille, c'est pas trop son style. Mais il a pécho quand même, faut bien s'amuser un peu.

C'était juste quelques patins un peu collés-serrés, rien de bien méchant. Il n'a pas osé en baiser une dans les buissons derrière la salle des fêtes, quand même. La blonde canon était bien excitée, mais il s'est dit que ça risquait de mal finir. Les bourgeoises ont vite fait de crier au viol, dès qu'on leur chatouille un peu trop l'entrejambe. Et puis, vaut mieux pas prendre de risques. Ce serait dommage de tout gâcher avec les Ferrier.

Côté sexe, de toute façon, il a ce qu'il faut à la maison. C'est géant d'être en couple, pour ça : tu t'amuses, tu butines, mais tu reviens toujours à la ruche pour sauter la reine et elle, au moins, elle va pas te coller un procès.

Il trouve Lisa dans un fauteuil. Elle parle de sa cousine, qui doit venir causer avec elle, mais ça sert à rien d'attendre : la mariée a disparu. Elle est sûrement en train de profiter de sa nuit de noces. Et ils feraient bien d'en faire autant.

— Allez, viens. On rentre à l'hôtel.
— Mais David, je...

— Viens ! On va finir la soirée tous les deux.

Suffit d'élever un peu la voix et elle obéit, comme un bon petit toutou. Et quand elle fait trop la tête, il lui sort le grand jeu, les « je t'aime, mon amour », et ça marche. Elle lui résiste pas. Elle a trop peur de le perdre. Elle sait bien que c'est lui qui décide, lui qui l'héberge, lui qui a fait d'elle ce qu'elle est : une femme.

Dans la chambre, David voit bien que Lisa fait tout pour l'éviter. Elle enlève ses chaussures, sa robe, et se couche à moitié habillée. Lui, il prend son temps. Il traîne dans la salle de bains pour laisser monter le désir. Il repense à toutes les meufs qu'il a croisées pendant la soirée, surtout celle aux cheveux noirs, avec son piercing sur la langue.

Quand il revient vers le lit, Lisa dort déjà. Il la secoue, mais elle grogne. Bon, il va la laisser pioncer cinq minutes. Il lui fera sa fête après.

De toute façon, il a un truc urgent à vérifier. Il allume son ordi et fait une recherche sur le web. Il faut qu'il soit prêt pour demain matin, pour le bouquet final. Y'a un sacré paquet de tunes à se faire, sur ce coup-là. Il va enfin pouvoir prendre sa revanche sur le destin.

Ils vont morfler, les Ferrier. La mère est cool, dommage. Mais le père... il a des tunes, alors il se croit supérieur à tout le monde. Monsieur se balade sur les routes pour vendre des médocs, y'a vraiment pas de quoi être fier. Seulement, pour Pierre Ferrier, y'a les torchons et les serviettes. Et faut surtout pas les mélanger ! David déteste qu'on lui rappelle sans cesse d'où il vient.

Sa mère l'a élevé seule. Il y a sûrement un mec quelque part qui lui a refilé des gênes, mais il s'est barré vite fait aux premiers signes de grossesse. Crétin ! Alors lui, l'accident de parcours, il a grandi dans la cité, comme une mauvaise herbe, profitant du moindre rayon de soleil pour envahir l'espace laissé libre par les plantes nobles.

Franchement, il sait pas ce qu'il fait avec une fille comme Lisa. Elle est trop lisse, trop sage. Il aime les rebelles un peu rockeuses, perfecto et vernis rouge désir. Et le voilà avec une poupée en porcelaine couleur vieux rose. Ça fait déjà plusieurs mois que ça dure. Faut croire qu'il s'est habitué à son petit confort. En même temps, c'est vrai que c'est pratique d'avoir une nana à la maison. Elle range, elle fait le ménage, elle cuisine, elle te lave ton linge. Avec Lisa, pour ça, il est bien tombé.

Cet après-midi, y'avait une nouvelle carte dans le jeu. Dans la famille Ferrier, je demande la grand-mère. Ils sont allés se balader dans son village, Saint-machin-truc. Mais il a pas voulu aller la voir chez elle. La croiser le soir au mariage, ça lui suffisait bien.

Et puis y'a leur satanée baraque.

— Vous allez voir, David, elle est belle, cette maison.

Elle est soûlante, la belle-mère, avec ça. Enfin, la

belle-mère, c'est façon de parler, hein. Il se mariera jamais, lui. Il se fera un plaisir de plaquer Lisa avant qu'elle se fasse trop d'illusions, la Martine. Bon, il l'aime bien, malgré tout. Elle lui fait penser à une instit qu'il a eue en CE2. Elle est toujours à moitié triste. Maintenant qu'il connaît son secret, il comprend mieux. Quelle idée aussi, de s'être mariée avec un connard pareil !

Ils ont traversé tout le village pour la retrouver, la bicoque. Lisa s'est accrochée au portail et a regardé à travers. Ils ont dû se marrer, les gens là-dedans, en voyant cette fille derrière les barreaux. Comme si elle était en taule. Lui, ça lui a fait penser à Joe Dalton. Wanted. Il a quand même jeté un œil pour voir. Elle était vraiment pas top, la baraque. Trop vieille, trop classique. Juste moche, quoi. Il l'a dit à Lisa :

— C'est ça, votre grande maison ? Elle n'est pas terrible, je m'attendais à mieux.

Ça lui a pas plu, mais tant pis.

Ils font tous chier, avec leur confort de riches. C'est pas lui, David, qui pourrait se payer une résidence secondaire à la campagne. La seule fois où il est parti en vacances avec sa mère, c'est dans un camping à la ferme, à vingt bornes de chez eux. Gamin, il ne sortait de la banlieue nord que pour la journée d'été du Secours populaire. C'est grâce à eux qu'il a pu aller voir la mer. La première fois, il avait neuf ans.

Après avoir zieuté la maison, Lisa est allée rendre visite à sa grand-mère, comme dans *Le Petit*

Chaperon rouge. Lui, il s'est baladé dans le village en attendant, pressé de reprendre la bagnole pour rentrer à l'hôtel. Et c'est là qu'il a eu le coup de bol de sa vie. Quand il est passé devant les trois ou quatre magasins du bled, il a vu Pierre. Le déclic ! Maintenant, il sait ce qu'il a à faire. Si ça marche, c'est le pactole. Bingo !

Il ira voir le vieux après le p'tit déj. En attendant, il va fêter ça. C'est pas tous les jours qu'on peut niquer le destin.

Lisa bouge en dormant et se retourne dans le lit. David se penche vers elle et lui murmure à l'oreille :

— Réveille-toi, mon amour... on va s'amuser un peu.

Troisième partie :
Lungo

Vendredi 20 mai

L'agent de police sortit de la chambre d'hôpital au moment où Martine y entrait.

— Bonjour, ma puce, tu es prête ?

Lisa ne répondit pas. Elle avait les larmes aux yeux.

— Que se passe-t-il ? Ce policier t'a interrogée sur... l'agression, c'est ça ?

La jeune femme acquiesça d'un hochement de tête, incapable d'articuler le moindre mot.

— Tu as porté plainte ?

— Non.

Dans un sac posé sur le lit, Lisa finissait de ranger vêtements, magazines et trousse de toilette, en tournant le dos à sa mère.

— Tu ne vas rien faire contre cet homme ? Il t'a agressée et abandonnée inconsciente en pleine rue, quand même.

— Oui, je sais, Maman. Mais... je ne veux plus avoir affaire à lui. Porter plainte, ça signifie qu'il y aura une confrontation. Et je n'en ai pas la force. Je veux juste tourner la page.

Martine soupira.

— Lisa, regarde-moi.

La jeune femme se redressa et s'assit sur le lit, les bras ballants.

— Qu'est-ce qu'il y a, Maman ?

— Tu es sûre de ton choix ? Réfléchis bien, tu

risques de le regretter plus tard. Ton agresseur doit payer pour ce qu'il a fait.

— Je comprends, mais... non, je ne peux pas. Pas maintenant. On verra dans quelques jours. Ils gardent le dossier avec toutes les pièces, au cas où je changerais d'avis.

— Bon, comme tu veux.

Martine prit le sac de sa fille et elles quittèrent l'hôpital en direction de la rue des Glycines.

Douglas les accueillit avec un miaulement plaintif. Marie était passée chaque jour pour lui donner à manger, mais la solitude n'avait pas amélioré son état de santé.

— Mon pauvre Doudou, tu fais pitié à voir, se lamenta Lisa. Courage, minet. Nous avons rendez-vous chez le vétérinaire la semaine prochaine.

Martine fit la bise à sa fille.

— Je dois te laisser, ma chérie. Tu es sûre que tu ne veux pas venir passer le week-end à la maison ?

— Oui, Maman, ne t'inquiète pas, je vais me débrouiller. Et s'il y a quoi que ce soit, je t'appelle.

— D'accord. Et donne-moi des nouvelles, surtout.

Sur le pas de la porte, elle ajouta :

— Pour... ce que tu sais... nous en reparlerons quand tu iras mieux, d'accord ?

— Hum. À bientôt, Maman.

Une fois seule avec son chat, Lisa se fit un thé au caramel et alluma l'ordinateur pour préparer son week-end à Saint-Lantier.

La visite de son père à l'hôpital lui avait laissé un goût d'inachevé.

C'était mercredi. Pierre était arrivé sans prévenir et s'était avancé dans la chambre d'un pas prudent, avec la démarche hésitante d'un animal sur la défensive. De son lit, Lisa lui avait souri. En se penchant pour l'embrasser, il avait failli perdre l'équilibre. Sa maladresse et son visage contrit avaient étonné sa fille, qui l'avait toujours connu fier et sûr de lui.

En quelques jours, il semblait être devenu un autre homme.

Ils étaient restés quelques instants à se regarder en silence, elle assise dans le lit, lui dans le fauteuil. Elle avait suivi les mouvements de ses yeux, qui détaillaient ses blessures. Il n'avait posé aucune question sur son agression. Par fierté, elle ne voulait pas prendre l'initiative de briser la glace. C'était à lui de parler, à lui d'expliquer.

— Lisa, je comprends que tu sois en colère contre moi, contre nous.

— S'il te plaît, Papa, laisse Maman en dehors de tout ça.

— Ta mère est au courant de...

— Oui, je sais, elle me l'a dit, lui avait-elle répliqué, agacée.

L'air était devenu plus épais, moins respirable. Lisa sentait une pression sur sa poitrine. Cette présence paternelle l'écrasait de tout le poids de sa culpabilité.

Il avait inspiré profondément, avant de poursuivre d'une voix caverneuse, en détachant chaque mot :

— Ta mère est au courant de mon infidélité. Je ne lui ai rien caché. Il y a bien eu une femme, cet été-là, à Saint-Lantier. Mais elle n'est jamais revenue dans la maison après ça. Je te le jure, Lisa. Jamais je n'aurais osé...

— Arrête ! lui intima Lisa. Je ne veux rien savoir de plus.

Se détournant de lui, elle avait contemplé le mur à sa droite, avec le visage fermé d'une enfant boudeuse.

Il avait attendu qu'elle baisse la garde. En vain. Elle aurait pu rester prostrée ainsi pendant des heures. Toute la frustration accumulée depuis l'enfance bouillonnait dans son ventre. Combien de temps avait-il accordé à ses maîtresses au lieu de s'occuper d'elle ? Combien de week-ends la petite fille avait-elle passés sans lui ? Ces femmes lui avaient volé son père. Jamais elle ne retrouverait ces moments perdus. Jamais !

Le silence avait duré une éternité. Elle avait perçu alors un douloureux paradoxe : ils étaient en froid, mais n'avaient jamais été aussi proches. Dans cette chambre, enfin, il était là pour elle, avec elle. Disponible. Calme. Attentif. Présent. Comme un condamné qui profite des derniers instants.

Quand il s'était levé et l'avait embrassée doucement sur la joue, elle n'avait pas bougé.

Puis, il avait tourné le dos. Devant ses larges

épaules qui s'éloignaient, elle avait ressenti un violent regret, une brusque envie de crier « Papa ! », avant de courir se réfugier dans ses bras. Mais elle était restée assise dans le lit blanc et l'avait regardé se diriger vers la porte.

Avant de sortir de son champ de vision, il avait tourné le visage vers elle pour lui offrir un dernier regard. Ses yeux reflétaient une immense tristesse, et elle avait senti qu'il abandonnait là, dans cette chambre d'hôpital, une partie de sa vie.

Depuis cette visite, Lisa ne cessait de revoir ce visage, ces yeux, cette silhouette devant la porte. Que lui avait-il caché ? Cela avait-il un lien avec la sorcière de son cauchemar ? Son instinct lui dictait d'aller là-bas, à Saint-Lantier, pour trouver des indices. Des réponses.

Elle s'apprêtait à choisir un hôtel dans la ville la plus proche du village, comme ils l'avaient fait lors du mariage deux ans plus tôt, quand elle découvrit qu'une chambre d'hôtes avait été créée à la sortie du village. Elle y réserva deux nuitées.

Puis, avec une pointe de culpabilité, elle envoya un texto mensonger à Marie :

Je ne sortirai que demain matin. Peux-tu aller t'occuper de Douglas ce soir ?

La réponse lui parvint dans la foulée :

OK. Pas de soucis. Profite de ton séjour à l'hôpital pour te reposer. Bisous.

Lisa prit la route en début d'après-midi. Sa voiture, qui n'avait pas roulé depuis longtemps, eut du mal à démarrer. Sur la nationale, son horizon visuel s'élargit et elle se sentit légère, prête à parcourir le monde, sans contraintes. Depuis combien de mois n'était-elle pas partie en vacances ? Personne ne savait qu'elle se trouvait là, sur cette route. Elle était libre.

Et ce sentiment de liberté la grisait.

La chambre d'hôtes se situait dans une ancienne ferme. Deux bâtiments en L bordaient une petite cour où quelques massifs de fleurs apportaient des touches de couleur printanière. Un homme à la barbe blanche bien taillée vint à sa rencontre.

— Bonjour, Mademoiselle, et bienvenue à Saint-Lantier. Suivez-moi, je vais vous montrer votre chambre.

Poussant une porte vitrée, il pénétra dans un bâtiment fraîchement rénové. Avec sa petite cuisine attenante, la salle du rez-de-chaussée était meublée simplement de meubles clairs en bois massif. Il y avait deux chambres à l'étage. L'homme précisa :

— Je fais aussi table d'hôtes. Voulez-vous partager mon repas ?

— Non, merci, Monsieur, pas ce soir. Je suis fatiguée, je vais me coucher tôt.

— Vous pouvez m'appeler Mehdi. Votre prénom, c'est Lisa, n'est-ce pas ?

— Oui, Monsieur. Pardon... oui, Mehdi.

— Je vous laisse vous installer. Si vous avez

besoin de conseils pour les visites alentour, n'hésitez pas à me demander. Vous me trouverez de l'autre côté de la cour : la porte verte.

Lisa le remercia, en se gardant bien de lui dire qu'elle connaissait parfaitement le village. Elle déposa son sac de voyage dans la chambre, spacieuse et agréable. La décoration, composée d'un camaïeu bleu agrémenté de touches vertes, donnait à la pièce un aspect frais et naturel.

Fatiguée par le trajet, elle se coucha tôt, après avoir avalé les maigres provisions de son petit sac isotherme. Un morceau de pain, du fromage et une pomme suffirent à la rassasier. Depuis son agression, elle n'avait plus d'appétit. Les souvenirs du repas en tête à tête avec Théo lui donnaient la nausée.

Jamais plus elle ne mangerait de tiramisu.

Samedi 21 mai

Quand elle descendit pour le petit déjeuner, un véritable festin l'attendait : pain frais, brioche, croissants, café, thé, confitures...

— C'est très gentil, Mehdi, mais je ne mange pas beaucoup, dit-elle à son hôte, prêt à la servir.

— Asseyez-vous et laissez-vous aller. L'appétit vient en mangeant.

Elle débuta par un verre de jus d'orange. Les fruits venaient d'être pressés. Les morceaux de pulpe pétillèrent dans sa bouche comme des grains de vitamines.

Avec son café, elle accepta un croissant doré et croustillant, qui fondit dans sa bouche en libérant un délicieux goût de beurre sucré. Après une semaine de repas insipides à l'hôpital, ces aliments savoureux la réconciliaient avec les plaisirs du palais.

Elle chaussa ses baskets pour une balade dans le village. Avant de se plonger dans le passé, elle allait prendre le temps de se ressourcer au grand air.

Saint-Lantier était perdu au milieu des champs, à dix kilomètres de la ville la plus proche. Il y régnait un calme verdoyant. Le printemps donnait aux arbres et à la nature environnante des couleurs douces, qui charmaient l'œil. Lisa se laissa porter par le souffle du vent et le chant des oiseaux. Elle fit le tour du vaste plan d'eau. Des canards nageaient en cancanant. Des libellules noires et des papillons multicolores batifolaient.

Elle s'allongea dans l'herbe. Les rayons du soleil la nimbèrent dans un agréable cocon tiède. Sous cette caresse, son corps se détendit et ses pensées divaguèrent.

Elle n'avait pas remis les pieds à Saint-Lantier depuis le décès de Mina. Ce dernier séjour n'avait duré que quelques heures, le temps de la cérémonie. Affligée par sa rupture récente avec David et la perte de sa grand-mère, elle avait traversé cette épreuve sans bien comprendre ce qui lui arrivait et n'en avait gardé que peu de souvenirs.

Lisa se releva, s'étira et prit le chemin du retour. Une centaine de mètres plus loin, un chemin qui bifurquait sur la gauche la conduisit au centre du village.

Quand elle tourna à l'angle de la rue, elle sentit ses jambes faiblir sous le coup de l'émotion. La grande maison était là, derrière cette haie entourée de grilles noires.

Elle se rappela le tout premier été. Son oncle Edgar avait fait le voyage du Canada, avec sa femme et sa fille, pour passer deux semaines en famille dans la résidence secondaire de son frère. Lisa et Clothilde avaient beaucoup joué ensemble, s'entendant à merveille. C'était, pour la petite fille, une expérience nouvelle. Pendant ce séjour, sa cousine avait été comme une sœur pour elle, la sœur cadette qu'elle n'avait pas eue.

La jeune femme s'approcha du grand portail noir. Il était entrouvert. Elle y vit un signe et sentit une force invisible qui la poussait à entrer. La maison se dressait là, dans son écrin de chlorophylle, aussi belle qu'autrefois. Les volets étaient fermés et tout semblait désert. Lisa jeta un coup d'œil derrière elle. Il n'y avait personne dans la rue. Elle se faufila le long du battant de métal sombre et pénétra dans le jardin. À pas menus, elle avança le long de l'allée.

Il lui semblait entendre encore la voix de Mina, qui l'appelait :

— Lisa ? Lisa, viens prendre ton goûter.

Elle courait alors vers sa grand-mère, qui l'accueillait sur les marches du perron.

— Regarde tes genoux ! Un vrai petit crapaud.

La fillette rigolait et entrait dans la maison, où elle allait se laver les mains au grand lavabo en pierre de la cuisine.

Lentement, la jeune femme contourna la maison. Elle avait le cœur frémissant et les mains moites, consciente d'enfreindre un territoire privé, où elle n'avait pas le droit de se trouver.

Derrière la bâtisse, au bout de la terrasse, la pergola était toujours là. Elle avait été rénovée, peinte en blanc, et accueillait une magnifique glycine, dont les grappes couleur parme dégageaient un parfum délicat.

Le grand chêne trônait dans l'angle sud-ouest du vaste jardin. Lisa aimait jouer sous ses branches. Pour l'enfant qu'elle était alors, cet arbre constituait un territoire lointain, isolé sur une autre planète, îlot enchanté où elle vivait des aventures passionnantes, qu'elle dessinait ensuite pendant les jours pluvieux.

Elle traversa la pelouse pour venir poser ses mains sur le tronc familier. Son cœur se serra quand elle y trouva deux lettres inscrites dans l'écorce, presque effacées par le temps : « L M ». Sa grand-mère les avait gravées là, à sa demande, avec un couteau à bois. Elle y avait mis tout son cœur et s'était même blessée au bras quand la lame avait ripé. La petite fille avait observé le sang qui s'écoulait, fascinée par ce rouge carmin qui gouttait sur le sol. Mina avait sorti un grand mouchoir à carreaux, qu'elle avait enroulé autour de son poignet, en un large bracelet coloré. Elles s'étaient promis de ne rien dire aux parents. C'était leur secret. Chaque jour, l'enfant soulevait le mouchoir pour s'assurer que la plaie guérissait. Mina en avait gardé une petite cicatrice. Désormais, seule la cicatrice de l'arbre était encore visible. Lisa prit conscience qu'elle était l'unique gardienne de ces souvenirs. Ses yeux s'emplirent d'eau amère.

La vue troublée, elle observa la bâtisse, s'arrêtant sur les fenêtres de l'étage. À droite se trouvait celle de son ancienne chambre. Elle se concentra pour revoir les lieux : le lit, l'armoire, le parquet en chêne dont les lattes craquaient. Les images de son cauchemar dansaient dans sa tête, dans un brouillard laiteux.

Elle sortit de la propriété sans rencontrer âme qui vive. Poursuivant sa marche dans le village, elle croisa quelques passants, qui allaient à l'épicerie, à la boulangerie ou à la pharmacie, les trois commerces alignés dans la rue principale.

En voiture, elle alla déjeuner dans une crêperie de la ville voisine, puis fit une halte chez un fleuriste, avant de revenir à Saint-Lantier.

Ses pas crissaient sur le gravier blanc. Elle avançait calmement, d'une démarche solennelle. Le cimetière était propre et bien agencé. Contournant l'église, elle rejoignit une pierre tombale en granit rose, sur laquelle elle déposa la composition florale. La tombe était bien entretenue, son père devait venir régulièrement, quand ses déplacements professionnels l'amenaient dans la région. La photo de Mina et Bertrand n'avait pas changé. Ils étaient figés là, sur cette image en noir et blanc, jeunes et beaux pour toujours.

Alors qu'elle se recueillait, Lisa s'aperçut qu'elle n'était pas seule. Une femme passa près d'elle, se dirigea vers le fond du cimetière et s'arrêta devant une sépulture récente. La dalle en béton n'avait pas encore été recouverte par le monument funéraire. Elle disparaissait sous un tapis de fleurs et plusieurs couronnes. La femme retira les rares bouquets fanés et les mit de côté.

Lisa l'observait discrètement. Elle était vêtue d'un long imperméable sombre, sous lequel on apercevait ses jambes fines, glissées dans des escarpins vernis. Un foulard sur les cheveux et de larges lunettes noires la faisaient ressembler aux actrices hollywoodiennes des années cinquante. Sur ses épaules déferlaient des mèches de cheveux auburn, qui formaient des boucles magnifiques.

Elle quitta la sépulture. En repassant près de Lisa, elle leva son visage vers elle. Elles se saluèrent poliment et le bruit de ses pas décrut sur le gravier.

Une fois seule, la jeune femme, poussée par une étrange curiosité, s'approcha de la sépulture fleurie. Elle n'y trouva aucun nom, juste une grande photographie plastifiée provisoire, où elle vit un homme aux traits durs, à la mâchoire carrée, qui devait avoir une soixantaine d'années.

Alors qu'elle revenait vers l'entrée du cimetière, elle fut saisie de vertige. Le sol devint instable, tous ses repères visuels se déformèrent, le chant des oiseaux disparut. Son sang pulsait dans ses oreilles en un battement rapide.

Elle s'appuya sur le mur de l'église et attendit que cette sensation de vagues s'estompe. Mais rien n'y fit : elle était en pleine mer, ballottée par les flots. Paniquée à l'idée de perdre connaissance, elle réussit à rejoindre un banc. Une fois assise, elle sentit la nausée l'envahir. Elle ferma les yeux, mais la perte de repère visuel ne fit qu'accentuer son mal-être. En respirant le plus calmement possible, elle fixa une plante qui ornait la tombe la plus proche, et regarda les pétales prendre des formes psychédéliques. Leurs couleurs se mêlaient en un tourbillon marbré, passant par toutes les nuances du jaune et de l'orange.

— Pas de panique, ça va passer, prononça-t-elle à voix basse, pour se rassurer.

En effet, le calme revint et le malaise prit fin, laissant place à un mal de tête diffus, qui risquait de se transformer en migraine. La jeune femme se leva, quitta le cimetière et se dirigea vers la pharmacie.

Dès qu'elle y entra, elle vit arriver au comptoir une femme qui enfilait sa blouse en rangeant des boîtes de médicaments dans une caisse au sol. La pharmacienne se redressa, sourit à Lisa et lui proposa de s'approcher.

— Par ici, Mademoiselle.

Figée, Lisa ne put faire un pas dans sa direction. Les yeux dilatés, le visage pâle, elle fixait son interlocutrice sans bouger. Cette femme... Ces cheveux... Dans la lumière artificielle de la pharmacie, les boucles auburn prenaient des reflets roux. Lisa retint un cri et porta la main à sa bouche pour masquer son trouble. Puis, elle fit un pas en arrière, pivota sur elle-même et se précipita vers la sortie.

Elle courut, courut, sans s'arrêter. Poursuivie par un fantôme. Hantée par la vision de son cauchemar. La sorcière. Des mèches rousses. Son père debout. Ces mouvements saccadés, ces halètements. Tout lui revenait en mémoire. Elle courut en martelant le sol de ses pas, comme pourchassée par un animal fou. Elle vit un rhinocéros furieux. Un renard aux yeux de braise. Des seins blancs, une peau laiteuse. Son père nu derrière ce corps penché sur la table. Ces coups.

Cette violence. Cette femme qui criait parce qu'elle avait mal, si mal.

Lisa hurla pour chasser ces images. Elle courut. Les jambes en feu. Le cœur explosé. La poitrine comprimée. Le souffle court. Elle courut à s'en déchirer les poumons.

Le teint rubicond, les yeux fous, elle reprenait son souffle sous l'œil bienveillant de Mehdi. Il lui apporta un verre d'eau. Elle avala quelques gorgées, puis cacha son visage dans ses bras posés sur la table, en gémissant :

— Ma tête ! J'ai si mal à la tête.

Mehdi lui proposa un cachet. Ignorant qui était cet homme, elle le fixait d'un air hagard.

— Oui, je veux bien. Merci, Monsieur.

Le comprimé pétilla, et ce bruit léger et aérien apaisa la jeune femme. Elle avala le liquide à fines bulles, fit une grimace et accepta d'aller se reposer. Mehdi l'accompagna à l'étage. Avant de quitter la chambre, il lui demanda s'il devait prévenir quelqu'un.

— Non, surtout pas ! cria-t-elle.

L'homme ne bougeait plus. Lisa comprit qu'elle l'avait blessé, se radoucit et ajouta :

— Je suis désolée pour tout ce dérangement, Mehdi. Je vais bien, ne vous inquiétez pas. Je vous expliquerai tout à l'heure, si vous voulez bien que je partage votre repas, comme vous me l'avez si gentiment proposé hier.

— Avec plaisir. Dix-neuf heures trente, ça vous

va ?

Elle acquiesça. Il la laissa seule avec ses fantômes.

Allongée sur le lit, la boîte crânienne compressée par la main d'un géant invisible, la jeune femme attendit, les yeux clos, que la migraine s'estompe. Toute tentative de réflexion était vaine.

Lorsque ses neurones furent enfin libérés de leur carcan, elle se repassa le film de la journée. Les images de son cauchemar l'assaillirent à nouveau. Elle accepta de les affronter avec son regard d'adulte.

Ce soir-là, son père avait accueilli dans la grande maison une femme rousse, que Lisa ne connaissait pas. Cette femme, c'était la pharmacienne du village. Leurs ébats avaient choqué l'enfant, témoin involontaire de la scène. Elle avait vu son père frapper cette femme avant de la prendre avec brutalité. Elle avait entendu ces cris, ces insultes, cette colère. Était-ce un jeu entre eux ? La femme était-elle consentante ?

À ce mot, « consentante », une autre scène apparut. Elle se revit dans la chambre d'hôtel, la nuit du mariage. David était saoul. Excité par sa soirée, par toutes les femmes qu'il avait draguées, il voulait « s'amuser un peu », comme il disait. Alors il lui avait fait du chantage pour qu'elle cède à tous ses désirs, en menaçant de réveiller ses parents, qui dormaient dans la chambre voisine. Elle l'avait supplié de la laisser dormir. Mais il ne l'écoutait pas. Elle n'avait pas eu d'autre choix que de devenir son jouet, sa chose. De se plier à ces pratiques sexuelles qui la dégoûtaient. Personne ne devait savoir. Elle avait honte. Honte de son corps. Honte de son incompétence.

Pourquoi son père avait-il fait ça ? Avec cette femme inconnue ? Dans cette maison, la maison familiale ? Avait-il tout calculé : l'absence de son épouse ce soir-là, l'enfant endormie à l'étage ? Lors de ce rendez-vous clandestin, il avait oublié sa présence, elle en était certaine. Il ne l'aimait pas. Il ne l'avait jamais aimée. C'est pour ça qu'il fuyait toujours.

Mettre en mots ce qu'elle ressentait lui fit du bien. Les larmes coulèrent sur ses joues. C'était un chagrin calme. Des larmes fluides, douces, des larmes qui soulagent, des larmes qui purifient. Pas de sanglots, pas de douleur. Ces larmes-là emportaient le poids du secret. Et allégeaient sa peine.

Lorsque le flot fut tari, elle prit une douche pour se détendre. Puis, elle fouilla dans son grand sac de voyage et en sortit un album photo, dont elle feuilleta les pages calmement, en observant ces clichés aux couleurs délavées.

Elle y retrouva Mina ; sa mère ; son père ; son enfance dans ce pavillon, que ses parents habitaient encore ; ses premières vacances à Saint-Lantier, avec une Clothilde au sourire troué. Elle se souvint de la joie de sa cousine quand elle avait découvert une pièce de cinq francs sous son oreiller après le passage de la petite souris.

La nostalgie l'envahit. Ses doigts caressèrent un

portrait de Mina, celui qu'elle préférait ; le portrait d'une femme mûre et épanouie, d'une jeune grand-mère heureuse.

Lisa referma l'album et s'allongea sur le lit pour se reposer.

Samedi soir

Elle descendit à dix-neuf heures trente. Mehdi l'attendait. La table était mise et une bonne odeur de légumes frais emplissait la pièce. Lisa entendit son estomac gargouiller.

— Comment allez-vous ? Votre tête ?

— Ça va mieux, merci. Mais je suis affamée.

— C'est une très bonne chose. Installez-vous.

Lisa prit place sur la chaise qu'il lui désignait. Comme Mehdi repartait vers la cuisine, elle le stoppa.

— Mehdi, j'aimerais vous parler. Pourriez-vous venir vous asseoir ?

— Nous allons prendre l'apéritif. Préférez-vous une boisson sucrée ou un petit vin cuit ?

— Pas d'alcool pour moi, merci. Auriez-vous de l'eau gazeuse ?

— Je vais vous chercher ça.

Ils portèrent un toast à leur rencontre et à la santé de Lisa. Elle expliqua à son interlocuteur d'où venaient les traces sur son visage. En arrêt de travail pour la semaine, elle avait éprouvé l'envie de venir se ressourcer dans ce village où habitaient ses grands-parents.

En son for intérieur, Lisa s'étonna d'être aussi bavarde avec cet inconnu, qui devait avoir l'âge de son père. Mehdi l'écoutait avec une attention et un intérêt rares. Il était accueillant, prévenant, et son empathie semblait sincère.

— J'ai une question à vous poser, Mehdi.

L'homme approuva de la tête, sans prononcer un seul mot.

— Je suis allée au cimetière, cet après-midi. J'y ai vu une femme qui se recueillait sur une sépulture récente. Je pense que c'était la tombe de son mari.

— Oui, en effet.

— Qui était cet homme ?

— Maître Legoupil. Il est mort d'un cancer la semaine dernière. Il a été inhumé mardi.

— Mardi ? Le jour où je suis entrée à l'hôpital, remarqua Lisa en se parlant à elle-même.

— Qu'est-ce que vous dites ?

— Hum... rien. Je réfléchissais à voix haute, excusez-moi. Et la dame que j'ai vue, c'était sa femme ?

— Oui, elle est propriétaire de la pharmacie du village. Maître Legoupil était notaire, autant vous dire qu'ils ne manquaient de rien.

Constatant que l'homme expliquait tout cela sans difficulté ni gêne d'aucune sorte, Lisa poursuivit son interrogatoire. Elle avait un peu honte de glaner ainsi des renseignements, mais n'avait pas d'autre solution.

— Où habitent-ils ?

— Dans une maison de maître, à la sortie du village, sur la route de Menon. La propriété est immense. Elle appartient à leur famille depuis plusieurs générations.

— Ont-ils des enfants ?

— Oui, trois. Deux garçons et une fille, je crois.

— Merci, Mehdi.

L'homme se levait pour aller chercher le repas, quand un moteur ronronna dans la cour.

— Vous attendez quelqu'un ? demanda Lisa.

— Non. Ce sont sûrement des visiteurs qui cherchent une chambre pour la nuit.

On frappa à la porte. Quand le battant s'ouvrit et laissa entrer une jeune femme, Lisa ne put retenir un cri de stupeur :

— Marie ! Qu'est-ce que tu fais ici ?

Son amie pénétra dans la pièce et vint lui faire la bise.

— Mehdi, je vous présente Marie, ma meilleure amie.

— Enchanté, Mademoiselle, dit l'homme en lui serrant amicalement la main.

— Mais que fais-tu là ? C'est incroyable ! s'exclama Lisa.

— Si tu me laissais parler, je pourrais t'expliquer, lui répliqua Marie en rigolant. Je vois que tu vas bien, même si tu as l'air fatiguée.

Leur hôte les invita à table :

— Venez vous asseoir. Je vais ajouter un couvert.

Il s'éloigna vers la cuisine.

Les deux amies ne se quittaient pas des yeux, heureuses de se retrouver. Cela faisait moins de quarante-huit heures qu'elles ne s'étaient pas vues, mais il semblait à Lisa qu'un mois entier s'était écoulé.

— Alors, lui demanda Marie. Que fais-tu ici,

petite cachottière ?

— Cela fait un moment que je voulais venir. J'avais besoin de... comprendre certaines choses. Je t'expliquerai ça tout à l'heure. Dis-moi plutôt comment tu as fait pour me retrouver. Personne ne sait que je suis là.

— Quand je suis allée nourrir ton chat hier soir, des indices m'ont montré que tu étais passée. N'y comprenant plus rien, j'ai appelé Antoine, qui ne savait pas où tu étais. Alors j'ai mené mon enquête. En consultant l'historique de ton ordi, j'ai découvert où tu te cachais. Et me voilà !

C'était une belle surprise pour Lisa. Elles allaient pouvoir passer la soirée ensemble et bavarder toute la nuit, comme autrefois.

Le repas se déroula dans la bonne humeur. Mehdi leur parla de son enfance en Algérie, de son métier, de ses voyages, de sa femme, décédée des suites d'une longue maladie. Ce deuil l'avait rendu plus humain, plus vivant. Il avait ouvert ces chambres d'hôtes pour rencontrer des gens et partager de bons moments.

Ses centres d'intérêt étaient nombreux : jardinage, pêche, collections, antiquités, métiers d'art... Il aimait bricoler, fabriquer des objets qu'il revendait ensuite dans les vide-greniers. Le prochain aurait lieu le lendemain matin à Menon, dès sept heures. Après le café, il s'excusa donc et partit se coucher en leur assurant que tout serait prêt sur la table pour leur petit déjeuner.

Restées seules, les deux jeunes femmes montèrent dans la chambre, où chacune s'installa sur un des lits jumeaux.

— Ça fait longtemps qu'on n'était pas parties en week-end, toutes les deux, constata Marie.

— Oui, c'est vrai. Et cela va donner une autre tournure à ce séjour qui a été, jusqu'ici, plutôt difficile à vivre.

— Que s'est-il passé exactement ? Rien de grave, au moins ?

L'inquiétude se lisait sur le visage de la jeune femme. Lisa rassura son amie :

— Non. Enfin... je ne sais pas. C'est une longue histoire. Un cauchemar me fait revivre une scène de mon enfance.

Sans autre explication, Lisa se leva et alla chercher un objet dans son sac. Elle le tendit à Marie.

— Regarde.

Un petit sifflement accompagna la découverte de la broche.

— Waouh, elle est belle ! Ce sont de vrais rubis ?

— Oui, j'imagine. La femme qui la portait était plutôt riche.

— C'était ta grand-mère ? Elle te l'a donnée ?

— Non, c'était la maîtresse de mon père. Et je l'ai ramassée par terre.

Marie secoua la tête, incrédule.

— Ton père a une maîtresse ?

— Oh ! Il en a certainement plusieurs, claironna Lisa d'un air détaché.

Son amie la regardait tristement, comme si elle percevait la souffrance cachée derrière cette attitude indolente.

— Lili...

Il n'en fallut pas davantage pour que Lisa perde son assurance. Elle ne pouvait pas tricher avec Marie. Alors, elle lui raconta tout : son rêve pénible et récurrent, ces images qu'elle décodait peu à peu, la confession partielle de son père, sa mère acceptant l'adultère.

— C'est leur vie de couple, Lili. S'ils sont d'accord pour que ça fonctionne comme ça, tu n'y peux rien, intervint Marie avec compassion.

— Oui, je sais, bafouilla Lisa.

Elle tenait toujours le renard, qu'elle broyait dans sa main. D'un geste vif, elle le jeta contre le mur.

— Mais c'est dégueulasse, quand même, non ? Sacrifier sa fille, abandonner sa femme presque tous les week-ends pour... pour... des parties de jambes en l'air ! Qui peut accepter ça ?

Imaginer son père avec une autre femme lui donnait la nausée.

Marie ne répondit pas. Elle alla ramasser l'objet pour le déposer sur la table de nuit, puis elle s'assit près de son amie et la prit dans ses bras, lui frottant doucement les épaules et le dos pour la réconforter.

Après quelques minutes, Lisa se recula.

— Merci, Marinette. Ça va aller, maintenant, je crois. Parle-moi de toi, plutôt.

Elle vit briller dans l'œil de son amie une

étincelle qu'elle connaissait bien. Marie se mordait la lèvre. Encore un signe qui ne trompait pas.

— Oh ! Toi... tu as rencontré quelqu'un, devina Lisa en souriant. Je te connais assez pour savoir quand tu es amoureuse. Allez, vas-y, raconte. C'est qui ?

— Je... je ne sais pas si c'est le bon moment pour parler de ça.

— Mais si, au contraire ! Ça va me changer les idées. Alors, c'est qui ? Tu l'as rencontré où ?

Marie fit la moue.

— Bon, Lili, te fâche pas, hein. Mais je ne veux pas te donner de détails ce soir. Je suis amoureuse, c'est vrai. Il me plaît : il est craquant, mignon, drôle, souriant. On a plein de points communs, on s'entend super bien. Mais... pour le moment, c'est juste un pote, alors je préfère ne pas trop en parler.

— Tu as peur que je vienne mettre le souk dans votre histoire ?

— Non, non, bien sûr, mais...

— T'inquiète. Je comprends, la rassura Lisa. Je suis heureuse pour toi, tu sais. Et j'espère que ça marchera entre vous... pour que je puisse enfin découvrir qui est le malotru qui me vole ma meilleure amie.

Elles rirent.

— Et toi, Lili ? Que vas-tu faire maintenant ?

— Oh ! Moi, les hommes, j'en ai ma claque ! Je ne tombe que sur des connards. Si ça continue, je vais changer de bord.

— Tu as tort de prendre ça à la légère, lui assura

Marie. Je suis sûre qu'il y a un homme pour toi quelque part dans ce monde.

— Ah ? Tu crois ? Il doit être à l'autre bout de la Terre, alors.

— Hum... j'en suis pas si sûre, ajouta Marie avec un petit sourire.

Lisa ne comprit pas ce qu'elle voulait insinuer. La rencontre avec Théo lui avait prouvé qu'elle n'était pas faite pour aimer. Deux hommes, deux échecs. Elle n'avait pas hâte de rencontrer le suivant.

Marie revint à la charge :

— Je comprends que tu ne sois pas prête, mais ne laisse pas passer ta chance. Ça me fait penser à ce titre : *Fuir le bonheur de peur qu'il ne se sauve*.

Marie sortit son téléphone, se connecta sur un site et augmenta le volume pour écouter la chanson de Jane Birkin. Elles furent surprises de constater qu'il y était question d'une petite souris.

— Toi et tes chansons ! conclut Lisa. Pour fuir le bonheur, il faudrait déjà que je l'aie rencontré.

Marie lui décocha un clin d'œil.

Il y eut des paroles et des rires dans la chambre jusqu'au milieu de la nuit. Après l'extinction des feux, Lisa mit du temps à trouver le sommeil. Posé sur la table de chevet, juste à côté d'elle, le renard étincelait à la lumière des réverbères qui filtrait par les stores entrouverts. Cet animal était un symbole. En le sortant de sa boîte, c'est le passé que Lisa avait exhumé.

Elle pensa à Antoine, qui avait trouvé la broche.

Ange protecteur ? Ou instrument involontaire du démon ? De là étaient apparus les cauchemars, les nuits difficiles, les journées gâchées par le manque de sommeil. C'était un mal nécessaire, sûrement. Mais elle était épuisée par tout ça. Elle ne savait pas comment affronter la suite. Reprendre le rythme quotidien. Retrouver Clémentine. S'occuper de la santé de Douglas, de plus en plus préoccupante. Comprendre, à défaut d'accepter, la situation conjugale de ses parents.

Marie était amoureuse. Et Lisa se sentait seule, si seule... Les paroles de Maxime Leforestier lui revinrent en tête : « Toi le frère que je n'ai jamais eu... »

Elle s'endormit enfin.

Dimanche 22 mai

Elles furent réveillées par le départ de Mehdi. Il avait préparé le petit déjeuner et leur avait laissé un mot sur la table pour leur souhaiter bon appétit.

— Il est adorable ! s'exclama Marie.

— Et si on allait le rejoindre ? proposa Lisa.

— Pardon ?

— Si on allait rejoindre Mehdi au vide-grenier ? C'est à Menon, juste à côté d'ici. On pourrait se balader dans les rues, voir ce qu'il y a à vendre. Je voudrais trouver de nouvelles idées déco pour mon salon.

— Pourquoi pas ? Il fait beau et je dois acheter un cadeau pour l'anniversaire de ma mère. J'ai cherché pendant des heures dans les magasins, mais rien ne me plaît. Tout est basique, moche, sans aucune originalité.

— Super ! Nous avons donc chacune une mission. On se prépare et on y va, s'enthousiasma Lisa.

Une demi-heure plus tard, elles traversaient le village en voiture. Le panneau Saint-Lantier, barré d'un long trait oblique, indiquait la sortie du bourg. Lisa mit le clignotant et s'engagea dans une longue allée.

— Ben, tu vas où ? s'étonna Marie.

Les traits tirés, la conductrice restait silencieuse. Elle gara sa voiture dans la cour, devant ce qui semblait être un manoir.

— Brrr... cette bâtisse me fait froid dans le dos, remarqua son amie. Regarde ces fenêtres sombres, ces volets fermés, on dirait qu'elle est hantée.

Lisa sortit du véhicule et se dirigea vers la porte d'entrée. En montant les marches du perron, elle prit dans sa poche un petit paquet de tissu rouge. Elle le posa sur le paillasson, appuya sur le bouton de la sonnette et fit demi-tour. Elle marchait vers sa voiture quand une voix l'interpella :

— Mademoiselle !

Sans se retourner, l'oreille aux aguets, la jeune femme monta dans la voiture et mit le contact.

Quand elles furent revenues sur la route principale, elle s'arrêta sur le bas-côté et souffla longuement avant de parler :

— Voilà, c'est fait.

— ...

— Désolée pour ce contretemps, mais je préférais m'en occuper ce matin, sinon ça m'aurait tracassé toute la journée.

— Je ne comprends rien, lui dit Marie. Qui était cette femme ?

— La sorcière de mon cauchemar. L'une des maîtresses de mon père. Je suis allée lui rendre sa broche.

— Le renard ?

— Oui, je voulais m'en débarrasser. Je ne veux plus rien avoir à faire avec tout ça. J'espère que je ne ferai plus de cauchemars, maintenant.

— Tu crois que c'était lié à cet objet ?
— Peut-être.

Marie alluma la radio et elles reprirent en musique le chemin du vide-grenier.

Il leur fut difficile de se garer à Menon. Les trottoirs étaient encombrés de véhicules, jusqu'à la sortie du village. De nombreuses rues étaient barrées pour le vide-grenier, ce qui rendait le stationnement encore plus complexe. Elles réussirent finalement à trouver une place dans un lotissement éloigné du centre. Il faisait beau, elles marcheraient. Lisa prit un grand cabas dans le coffre avant de verrouiller son véhicule.

— Tu te souviens de ces gens qui nous demandaient si nous avions un sac pour leurs achats ? C'est un détail qui a son importance, si on veut tout dévaliser.

Marie était enthousiaste :
— Oui, tiens. Allons tout dévaliser ! Je veux plein de bibelots poussiéreux et de choses moches et rouillées.

— N'importe quoi, lui répondit Lisa en haussant les épaules.

— Ben quoi, il faut bien recycler les objets, non ? ajouta Marie en rigolant.

— Alors je propose que tu achètes un vieux pot de chambre pour ton futur fiancé, blagua Lisa en lui tirant la langue.

— Et toi, une jolie balle en laine pour ton

Doudou, ironisa Marie.

— Pfff... peste, va ! conclut Lisa, hilare.

Elles continuèrent à se taquiner en approchant des rues réservées aux stands.

C'était un vide-grenier plus modeste que celui auquel elles avaient participé comme vendeuses, mais elles furent à nouveau enchantées par la profusion d'objets de tous styles et de toutes époques, des bibelots anciens aux disques vinyles, en passant par la vaisselle, les jouets, les vêtements, le petit électroménager...

Elles retrouvèrent Mehdi, qui vendait ses créations : sculptures, lampes et petits meubles en bois flotté, en bois de palette ou en pin. Il était heureux de l'affluence. Le beau temps faisait venir les gens. Détendus, stimulés par le soleil, beaucoup se laissaient tenter par une folie à petit prix. Marie lui acheta une sculpture pour sa mère :

— C'est un cadeau vraiment original. Je suis ravie. Merci. Et bravo ! Vous avez un vrai talent.

Lisa s'arrêta ensuite sur un stand qui comportait une vaste table couverte de vêtements d'enfants, rangés par taille dans des bacs en plastique transparent. Tout était propre, bien plié, ordonné. À côté, sur un portant en inox, se trouvaient des robes, trois vestes, plusieurs chemises et un manteau dont la taille semblait correspondre à sa morphologie. Lisa s'approcha pour se renseigner :

— Excusez-moi, c'est du 38 ?

— Oui, pour la plupart, lui répondit une femme blonde et élancée. Il y a quelques robes en 40 aussi. Vous cherchez quelle taille ?

— 38, précisa Lisa.

— Vous devriez trouver votre bonheur, alors. Je vous laisse regarder.

Attirée par les couleurs des vêtements, Lisa prit le temps de détailler chaque pièce et de la placer devant elle pour demander à Marie si cela lui irait. Elle se décida finalement pour une robe d'été à bretelles, dont le léger tissu bleu, parsemé de motifs orangés, était fluide et doux au toucher.

— Elle est neuve ? Il y a encore l'étiquette, s'étonna-t-elle auprès de la vendeuse.

— Oui, comme vous le voyez, je ne l'ai jamais portée.

Lisa fut attirée par un détail.

— Mais c'est un vêtement de marque !

— Oui, j'aime beaucoup cette marque. J'achète énormément de vêtements, mais je suis parfois trop impulsive dans mes achats, surtout pendant les soldes.

— Et vous la vendez combien ?

— Dix euros.

— Seulement ? Mais c'est donné !

La femme qui tenait le stand sourit à cette remarque.

— Vous croyez ? Bah, ça n'a pas vraiment d'importance. Je préfère ne toucher que dix euros, mais la vendre, plutôt que de la laisser traîner au fond de mon dressing.

— Je vous la prends, conclut Lisa en sortant son porte-monnaie.

Quelques secondes plus tard, la robe rejoignait dans le cabas les achats de Marie : un éléphant bariolé pour la collection de sa sœur, une boîte de jeu de construction destinée à son neveu et la sculpture de Mehdi pour sa mère.

Elles allaient revenir vers la voiture, quand l'œil de Lisa fut attiré par une chaussure bleue posée sur sa boîte. Elle était comme neuve et s'accordait parfaitement avec la robe qu'elle venait d'acquérir. Elle s'approcha du stand.

— Combien vendez-vous ces sandales ?

— Quinze euros, lui répondit un homme assis derrière la table.

— Douze, c'est possible ?

— Attendez, je demande à ma femme. Elles sont à elles.

Il revint vers Lisa juste après et accepta le marché. La jeune femme repartit avec une belle paire de sandales, dans sa boîte d'origine.

— Tu vois, Marinette, on pourrait refaire notre garde-robe sans dépenser beaucoup, si on faisait les vide-greniers tous les week-ends.

— Oui, ben moi, je ne me lèverais pas à l'aube tous les dimanches pour aller chiner. En plus, c'est crevant, mine de rien. Comment on ferait pour aller à la piscine, après ? grogna Marie d'un air boudeur.

— Oh ! Tu fais la tête ?

— Non, j'suis juste un peu fatiguée, c'est tout.

— C'est vrai qu'on n'a pas beaucoup dormi cette nuit, reconnut Lisa.

Elles rentrèrent à la chambre d'hôtes pour se reposer avant de prendre la route.

De retour chez elle, Lisa retrouva Douglas.

— Allez, Doudou, c'est fini maintenant, les péripéties. On va reprendre notre petite vie, toi et moi. Jeudi, je t'amène chez le véto.

L'animal, couché sur ses genoux, ronronnait à n'en plus finir. Elle le caressa longuement, libérant un nuage de poils, qui faillit la faire éternuer.

Ensuite, sans déranger son chat qui s'était assoupi, elle réfléchit à l'aménagement de son salon, en feuilletant les magazines de déco posés sur le canapé à côté d'elle. Peu à peu, au fil des jours, ses goûts devenaient plus précis. Son séjour chez Mehdi lui avait donné envie d'avancer. C'était la phase finale de son grand projet de désencombrement, la plus gratifiante : décorer, agencer et harmoniser meubles et couleurs.

Quand elle alluma son ordinateur pour faire des recherches, une fenêtre s'ouvrit : un mail venait d'arriver.

Ma chérie,

Ton père est parti. Il m'a quittée pour rejoindre une autre femme. Cette décision couvait depuis longtemps.

Je voulais te prévenir, pour que tu ne sois pas surprise s'il venait à te contacter. Je sais que tu dois reprendre le travail demain, alors ne t'inquiète pas pour moi.

Nous nous verrons le week-end prochain pour en parler, si tu le souhaites. D'ici là, je préfère rester seule.

À bientôt,
Bisous,
Maman

Lisa relut trois fois le message. Elle ne savait que répondre. Les mots ne venaient pas. Abandonnant l'ordinateur, elle rejoignit sa chambre et s'allongea sur son lit pour pleurer, la tête enfouie dans son oreiller.

Lundi 23 mai

Ils la dévisagèrent quand ils la virent arriver. Elle portait encore les traces de son agression : elle avait la pommette violette et une trace jaune sur la joue, dernier vestige de la gifle qui l'avait mise à terre. Elle ne prêta aucune attention à leurs yeux inquisiteurs. Tous ici devaient savoir ce qui s'était passé. Les rumeurs circulaient vite, dans ces bureaux.

Elle s'isola dans son bureau. Là, au moins, elle serait tranquille jusqu'à l'arrivée de Clémentine. Elle s'installa à son poste de travail et se mit en devoir de trier les messages qui s'étaient accumulés dans sa boîte mail professionnelle pendant son absence.

On frappa bientôt à la porte vitrée.

— Oui ? Ah ! Bonjour, Antoine, comment vas-tu ?

Elle se leva et contourna la table pour aller lui faire la bise. Son parfum semblait avoir changé : elle perçut dans son cou des effluves insolites.

— Je vais bien et toi ? Bien remise de ton hospitalisation ? Tu t'offres un petit week-end à la campagne ?

— Tu es au courant ?

— Oui, bien sûr. Marie m'a prévenu. Je me suis inquiété, vendredi soir, quand elle m'a dit que tu avais disparu.

Ses sourcils froncés et son ton lourd de reproches touchèrent la jeune femme.

— Oh ! Tu es adorable de penser à moi comme ça, s'exclama-t-elle, si on n'était pas au boulot, je te ferais un bisou.

— Lisa, c'est... je... enfin, ce n'est pas vraiment le bon endroit pour parler de tout ça. On se voit chez Célestin à dix-huit heures ?

— OK. Je te raconterai mon petit séjour au grand air, conclut-elle avec un clin d'œil.

Les minutes s'écoulaient et le siège restait vacant. À neuf heures, Lisa comprit que le scénario de ce lundi était similaire au précédent : Clémentine ne reviendrait pas ce jour-là.

Elle poursuivait le tri de ses mails quand un appel interne la fit sursauter.

— Mademoiselle Ferrier, bonjour. Pouvez-vous venir à neuf heures trente dans mon bureau, s'il vous plaît ?

— Oui, Monsieur. Avez-vous besoin d'un dossier particulier ?

— Non.

Karsen raccrocha.

Perplexe, Lisa plongea dans un tourbillon d'hypothèses. Que voulait-il lui dire ? Allait-il lui faire des reproches pour son arrêt de travail ? Après l'absence de Clémentine, son agression était-elle la goutte d'eau qui avait fait déborder le vase ? Allait-il lui annoncer le retour de sa collègue ? Non, ce serait inutile. À moins que ce ne soit un souci avec le projet Lambert ? Le dossier remis au client n'était peut-être pas suffisamment détaillé...

Quand elle entra dans la pièce, Gustave Karsen se leva et s'avança vers elle, les bras ouverts. De sa main gauche, il lui indiqua un siège et l'invita à s'y installer :

— Mademoiselle Ferrier, asseyez-vous. Désirez-vous boire quelque chose ?

— Euh... non, merci, bredouilla Lisa, gênée par cet accueil chaleureux.

La secrétaire apporta un café. Assis de l'autre côté de son large bureau, Karsen prit le temps d'avaler une gorgée avant de débuter l'entretien. S'il y avait eu une horloge à proximité, Lisa aurait écouté les secondes s'égrener. Jamais une attente ne lui avait paru aussi longue. Elle tenta de meubler son impatience en contemplant les objets qui ornaient le bureau et formaient une barrière salutaire entre elle et son interlocuteur : un pot à crayons bien garni, une petite sculpture équine en bronze et un bloc de verre dans lequel était gravé en 3D un golfeur en plein swing.

— Bien ! Commençons. Comment allez-vous ?

— Je vais bien, Monsieur. Merci.

— Vous avez encore de belles marques sur le visage. J'espère pour vous qu'elles s'estomperont rapidement. On peut dire que vous avez eu de la chance d'avoir eu un arrêt de travail aussi court, et l'entreprise vous en sait gré.

— Je n'y suis pour rien, vous savez.

— En effet, c'est vrai.

Il sourit. Lisa se tortilla sur sa chaise. Que cachait donc ce petit jeu ? Karsen ne s'était jamais montré aussi sympathique avec elle. Ce paternalisme bon enfant ne lui disait rien qui vaille. Voulait-il la mettre en confiance pour mieux l'attaquer ensuite ? Le malaise de la jeune femme ne fit que croître. Son ventre la brûlait.

Après une autre gorgée de café, l'homme posa ses coudes sur le bureau. Les mains jointes, il se pencha vers elle et reprit :

— Venons-en aux faits. Je dois vous le dire franchement : votre collègue ne reviendra pas.

Lisa ne put cacher son étonnement. Clémentine, démissionnaire ? C'était impossible. Son arrêt de maladie avait-il été prolongé ? Son état de santé s'était-il aggravé ? Les questions fusaient dans sa tête, mais elle ne dit rien. Cette curiosité malsaine aurait été très mal vue par son responsable, et, après tout, la vie de Clémentine ne la regardait pas. Elles n'avaient jamais été proches, toutes les deux.

— Madame Duval a choisi de partir vers d'autres horizons professionnels. Son poste est donc inoccupé. Contraints de réorganiser le service, nous souhaitons vous proposer d'assumer de nouvelles missions, selon le profil de poste que voici.

Il fit glisser vers elle une feuille blanche couverte d'un texte à l'écriture serrée, qu'elle lut attentivement, sans en comprendre le moindre mot. Tout lui semblait irréel. Cette promotion la déroutait d'autant plus qu'elle estimait ne pas la mériter.

— Qu'en pensez-vous ? lui demanda Karsen en la regardant droit dans les yeux.

Elle prit le temps de réfléchir à sa réponse. Pour une fois, la balance penchait en sa faveur. Elle se sentait indispensable, importante. Ce pansement sur ses blessures d'amour-propre venait à point nommé. C'était un plaisir qu'elle savourait à sa juste valeur.

— Cela me semble intéressant. Je vous remercie de la confiance que vous m'accordez.

— Nous vous laissons quelques heures pour prendre votre décision. Si vous acceptez, nous pourrons signer votre nouveau contrat de travail cet après-midi.

— Déjà ? lâcha Lisa.

Gustave Karsen leva les sourcils.

— Je comprends que ce soit un peu rapide pour vous. Mais un de nos principaux clients nous propose un contrat. La réunion a lieu mercredi matin, et nous souhaitons vous confier ce projet si la négociation aboutit. Je ne vous cache pas qu'un refus de votre part nous mettrait dans l'embarras.

— J'accepte ! affirma la jeune femme.

— Vous m'en voyez ravi. Dans ce cas, nous pouvons préparer votre contrat.

Il passa un bref appel à sa secrétaire et aborda ensuite la question du recrutement.

— Les entretiens d'embauche ont eu lieu la semaine dernière.

Jetant un œil à la pendule, il ajouta :

— Votre nouvelle collègue arrive cet après-midi.

Comme je vous l'ai dit, l'équipe doit être opérationnelle mercredi matin. Vous n'aurez donc que quelques heures pour la briefer sur le fonctionnement de l'entreprise.

Guindée sur son siège, Lisa enregistrait toutes ces informations, sans bien comprendre ce qui lui arrivait. Tout allait si vite ! Un poste à responsabilité. Une nouvelle collègue. Un rôle de formatrice qu'elle n'avait jamais pratiqué. Réussirait-elle à faire face à tant de changements ?

C'est d'une main peu assurée qu'elle apposa sa signature au bas des feuilles qui lui étaient présentées. De toutes les conditions et missions détaillées là, elle retenait surtout que son salaire allait sensiblement augmenter. Jamais elle n'aurait imaginé que le vol du dossier, qui lui avait donné des sueurs froides la semaine précédente, aurait pu avoir des conséquences aussi positives.

Prenant congé, elle se leva et se dirigea vers la porte. La main sur la poignée, elle se ravisa.

— Monsieur Karsen, je... j'aimerais avoir plus de précisions sur le départ de Clém... de Madame Duval.

— Je ne comprends pas votre demande, lui répondit-il en plissant les paupières.

— Eh bien... disons que j'ai reçu des menaces et...

— Des menaces ? Pourquoi ne m'en avez-vous pas parlé plus tôt ? Asseyez-vous.

Elle fit demi-tour et reprit sa place en face de son responsable.

— Quelles menaces ? Expliquez-moi.

— Oh ! Ce n'est pas grand-chose. Juste des appels anonymes en pleine nuit. Mais je voudrais être sûre que Madame Duval ne pourra pas se retourner contre moi. Ai-je été mise en cause lors de son départ ?

— Bien, je vais tout vous dire. Mais cette conversation doit rester entre nous. Je vous fais confiance, énonça-t-il en baissant la voix. Madame Duval a été licenciée pour avoir volé des documents à l'entreprise. Les vidéos de surveillance ont permis de l'identifier. Face à ces preuves matérielles, elle n'était pas en état de négocier son départ. Elle a parlé de vous, en effet. Elle menaçait de porter plainte pour violation de domicile. Nous lui avons fait comprendre que ce n'était pas une bonne idée et que toute tentative d'intimidation à votre égard donnerait lieu à des poursuites. Nous avons dégagé votre responsabilité en lui assurant que cette action à son domicile vous avait été ordonnée par vos supérieurs, dans l'intérêt de la société. Évidemment, si Madame Duval tente quoi que ce soit contre vous, vous devez m'en faire part sans attendre. Notre service juridique entamerait alors une procédure judiciaire. Que nous gagnerions, cela va sans dire.

Il conclut ce long monologue par un sourire et se leva pour la raccompagner. Elle balbutia des remerciements. Il lui ouvrit la porte en lui rappelant son devoir de discrétion. Elle le rassura d'un hochement de tête avant de sortir du bureau.

— À ton succès, Lisa !

Antoine leva son verre et ils trinquèrent tous les quatre sur la terrasse du *Cappuccino*. Célestin prenait une courte pause. Marie avait couru pour les rejoindre après sa journée de stage.

— Merci à tous. Je suis si contente de cette promotion.

Lisa avait les yeux pétillants de bonheur. La vie prenait enfin de belles couleurs : des amis, des verres bien remplis et des sourires sincères. Elle avait tout pour être heureuse.

— Alors, tu as une nouvelle collègue ? lui demanda Marie.

— Oui, Chloé, une jeune diplômée, fraîchement sortie de l'école, comme on dit. Elle a l'air sympa, hein, Antoine ?

— Euh... je l'ai juste aperçue quand elle est passée se présenter dans les bureaux. Elle semble plutôt timide. Rien à voir avec Clémentine.

— Et elle, au moins, elle n'est pas rousse, ajouta Lisa.

Ses amis la regardèrent d'un air intrigué.

— C'est quoi ce cliché à deux balles ?

— Euh... rien. Je ne sais pas pourquoi, mais j'ai toujours eu du mal à supporter les femmes rousses. C'est bizarre.

L'image d'un visage encadré par une cascade de cheveux auburn lui apparut. Elle s'évada, l'espace d'un instant, dans un cimetière de campagne.

— Lisa ? Lisa, ça ne va pas ?

Antoine posa la main sur son bras et la secoua

doucement pour la faire revenir. Elle croisa le regard de Marie, qui cligna doucement des yeux, en la rassurant :

— C'est fini, maintenant.

— Oui, c'est terminé. Ne laissons pas les mauvais souvenirs gâcher ce bon moment. Merci à tous d'être là.

Célestin s'excusa : il devait retourner servir ses clients.

Quand ils quittèrent le café, Antoine laissa Marie s'éloigner et proposa à Lisa de la raccompagner. Cette galanterie inattendue fit plaisir à la jeune femme.

Dans l'appartement, Douglas ne montra pas le bout de ses moustaches. Ils s'installèrent dans le canapé.

Le jeune homme se racla la gorge :

— Hum... Lisa, il faut que je te parle d'un truc.

La jeune femme comprit que l'heure était grave. Son instinct lui dictait que cette journée avait été trop belle. Comme toute médaille chèrement gagnée, le bonheur a son revers.

— Tu me fais peur. Que se passe-t-il ?

— Je ne voulais pas t'en parler au café. C'est...

Gêné, il ne parvenait pas à soutenir son regard. Il se leva et s'approcha de la porte-fenêtre, comme s'il cherchait l'inspiration à l'extérieur, dans les branches des tilleuls qui bordaient le parking.

Subitement, il se retourna et dit d'une voix mal assurée :

— Jennifer est revenue.

Lisa fronça les sourcils. Ce retour était prévisible. Pourquoi Antoine semblait-il si embarrassé ? Elle ne comprenait pas la réaction de son ami.

— C'est une bonne nouvelle, non ? On dirait que ça ne te fait pas plaisir.

— Mais Lisa, tu... enfin, je... je vais être moins disponible, tu sais.

— C'est adorable de te préoccuper de moi, Antoine, mais il n'y a aucun souci. Je suis sûre que vous avez encore plein de choses à partager, Jennifer et toi. Votre séparation était provisoire. C'est une seconde chance pour vous. J'espère que vous réussirez... enfin... que votre projet aboutira.

— Oui, mais...

— Chut ! lui intima Lisa. Ne dis rien.

En parlant, elle s'était approchée de lui et lui avait pris les mains. Elle lui planta un bisou sur la joue, comme une enfant qui embrasse son meilleur ami. Il sourit, visiblement soulagé.

— Merci. Je pensais que tu le prendrais mal.

— Ah bon ? Pourquoi ? Ça ne change rien entre nous, si ?

Elle s'éloigna vers le bureau et attrapa un magazine.

— Regarde, j'ai trouvé une super idée de déco pour mon salon.

Sur une photographie, elle lui montra les couleurs qu'elle projetait d'utiliser.

— Tu m'aideras pour la peinture ?

— Oui, pas de problème. Mais tu sais bien que moi et le bricolage, ça fait deux !

— Bah, tu tiendras le pot et je peindrai. Ça te va, comme ça ? proposa Lisa, guillerette.

— Entendu !

Ils se quittèrent sans oser revenir sur cette nouvelle donne conjugale. Ce n'était pas nécessaire. Pour Lisa, Antoine avait toujours été en couple. Il était devenu au fil du temps un de ses meilleurs amis.

Juste un ami.

En refermant la porte de son appartement, elle s'y adossa. Ce geste lui rappela leur première soirée, après le montage du meuble de salle de bains. Un long soupir s'échappa de sa poitrine.

Elle alla se réfugier sur son lit. Douglas vint la rejoindre et se lova contre son ventre. À voix haute, elle parla doucement à son chat. Il était son confident, celui à qui elle pouvait tout dire : ses émotions, sa peine et ses espoirs déçus. Un chat ne brise pas la solitude. Mais il la meuble et la rend plus légère. Elle perçut dans son ventre la douleur de son mal d'aimer. De son mal de vivre. L'animal se serra davantage contre elle pour lui transmettre sa chaleur, comme une bouillotte réconfortante.

Sa rencontre avec Théo avait été un échec, dont elle garderait longtemps les stigmates. Elle aurait dû écouter son cœur, coucher avec lui. Mais elle avait écouté sa peur et elle avait fui.

Sa relation avec David avait été un désastre. Malgré tous les efforts qu'elle avait faits pour lui plaire, il l'avait quittée. Elle regrettait d'avoir cédé à ses désirs, d'avoir simulé lors des moments intimes, d'avoir accepté ces jeux qui la dégoûtaient. Il était parti, lassé de son corps, avait-il dit. Il lui avait reproché son manque d'expérience, sa libido glacée, et lui avait balancé son verdict comme un poignard dans le cœur : frigide.

Jamais elle ne réussirait à monter au septième ciel. Son corps ne pouvait pas atteindre l'orgasme. Elle n'était qu'une petite fille rêvant au prince charmant. Et comme dans ses histoires d'enfant, le prince charmant était loin. Il n'arriverait pas à temps.

Qui était l'ogre ? Son père, certainement. Elle avait grandi dans le mensonge, sous le joug de la trahison. Élevée par deux femmes, elle ignorait le monde des hommes. Son père avait gâché son enfance. Comment lui pardonner ? La douleur ne s'apaiserait pas. Jamais.

Elle étouffa ses sanglots dans son oreiller. Douglas, par compassion, ronronna de concert.

Jeudi 26 mai

Lisa tourna à nouveau la clé de contact. Le moteur toussota, mais ne démarra pas.

— Merde !

Elle sortit son téléphone, sélectionna le numéro de Marie et appuya sur l'icône. La sonnerie retentit.

— Réponds, s'te plaît, Marinette.

Lisa trépignait. Dans une grosse boîte en plastique violet posée sur le siège arrière, Douglas, sensible à la nervosité de sa maîtresse, tournait, bougeait, grattait, cherchant en vain une issue.

« Bonjour, c'est Marie. Laissez-moi un message et je vous rappellerai. »

— Oh ! Non !

L'horloge sur l'écran indiquait dix-huit heures dix. Ils allaient être en retard. Les yeux brillants, Lisa posa ses bras et sa tête sur le volant pour se calmer et réfléchir. Le sort s'acharnait décidément contre elle.

Impossible d'y aller en bus. La clinique vétérinaire était de l'autre côté de la ville, ce qui représentait un trajet de plus d'une demi-heure.

Elle aspira une grande bouffée d'air pour se détendre et passa un autre appel. Entendre la voix d'Antoine fut un vrai soulagement.

— Ah ! Antoine ! Dieu merci, tu es là !

— Que se passe-t-il ? Tu as l'air stressée.

— Oui, c'est ma voiture. Elle ne démarre pas, et j'ai rendez-vous chez le véto dans vingt minutes. Tu peux m'y emmener ?

Le jeune homme ne répondait pas. Lisa se mordit la lèvre en croisant les doigts. Enfin, il accepta :

— J'arrive. Je te récupère en bas de chez toi dans cinq minutes. Tu seras prête ?

— Oui, bien sûr.

Quand il se gara le long du trottoir, elle eut la surprise de constater qu'il n'était pas seul dans le véhicule. Elle monta à l'arrière, après y avoir glissé l'imposante caisse du chat.

— Lisa, je te présente Jennifer. Je la dépose rue des Myosotis et on file chez le véto.

— Bonjour. Et merci mille fois. Vous me sauvez, vraiment.

Jennifer se retourna pour la saluer :

— Enchantée de vous rencontrer. Antoine me parle souvent de vous.

— Ah ! Euh... oui, nous travaillons parfois sur les mêmes dossiers, balbutia Lisa.

Elle avait reconnu la jeune femme aperçue derrière la vitrine du *Cappuccino* quelques semaines plus tôt. Ses cheveux bruns coupés au carré, éclaircis par des mèches blondes, encadraient son visage illuminé par de beaux yeux verts. Front dégagé, nez droit, lèvres pulpeuses, elle était plutôt jolie. Son parfum frais et léger emplissait l'habitacle. Antoine en portait les effluves.

Lorsque Jennifer engagea la conversation en parlant des chats, Lisa estima qu'elle avait une belle voix. Et cette qualité supplémentaire l'agaça.

Son irritation ne fit que croître quand la passagère descendit de la voiture. Ses vêtements aux couleurs bien assorties affinaient sa silhouette. Elle marchait d'un pas souple et élégant.

— Alors comme ça, tu me fais le coup de la panne ?

Antoine lui jetait des coups d'œil dans le rétroviseur central. Il souriait.

— Tu veux dire quoi, là ? Je t'assure que ma voiture est en rade.

Le ton agressif et le débit rapide trahissaient la mauvaise humeur de Lisa.

— Oh là ! Tout doux. J'y suis pour rien, moi.

Leurs regards se croisèrent dans le miroir.

— Oui, pardon, s'excusa-t-elle.

Elle n'ajouta rien, se repliant sur elle-même. Ils n'échangèrent pas un mot jusqu'au parking de la clinique vétérinaire.

— Je viens avec toi ? proposa Antoine.

— Si tu veux, puisque tu connais les lieux.

Ils s'installèrent dans la salle d'attente. Douglas, couché dans sa caisse, ne bougeait plus, ignorant le cocker noir assis au sol devant sa maîtresse, deux mètres plus loin.

— C'est bizarre, confia Lisa à Antoine, on dirait que Doudou est moins agité quand tu es là.

— Non, ce n'est pas bizarre, c'est normal. J'ai un don, figure-toi. Je suis capable de calmer n'importe quel animal.

Était-ce vrai ? Antoine semblait si sûr de lui que

Lisa était tentée de le croire.

Peu après, le chien se mit à frétiller et à grogner, en tournant sur lui-même. Il semblait inquiet. Sa maîtresse le caressa, mais ce geste ne parvint pas à le rassurer. Antoine émit alors un petit son avec sa bouche en fixant l'animal droit dans les yeux. Surpris, le cocker cessa tout mouvement, puis il se coucha et posa son museau sur ses pattes avant.

Lorsque le chien fut appelé en consultation, Antoine, Lisa et Douglas restèrent seuls dans la salle d'attente.

— Comment as-tu fait ? C'est incroyable ! s'exclama-t-elle d'une voix pleine d'admiration.

— J'ai un don, je te dis, répéta Antoine.

Lisa le fixait d'un air incrédule. Il éclata de rire.

— Tu es adorable, Lisa ! J'aime ton côté enfantin. C'est trop mignon !

La jeune femme se mit à bouder.

— Arrête de te moquer de moi ! Tu sais bien que je crois tout ce qu'on me dit.

— Oui, je sais. Tu ressembles à une gamine perdue dans un corps d'adulte. C'est touchant.

Lisa revit alors une scène du passé : lors d'un repas en famille, son père avait raconté une légende sur les arcs-en-ciel. La fillette, fascinée, voulait rencontrer la fée des couleurs pour qu'elle exauce son vœu.

— C'est quand qu'il y aura un arc-en-ciel ? Je veux la voir, la fée, avait-elle dit de sa petite voix.

Son père s'était moqué d'elle :

— Ce que tu peux être bête, parfois ! C'est juste une histoire, Lisa. Les fées n'existent pas. Il faut que tu sortes de ton monde imaginaire.

Des années plus tard, elle entendait encore son rire grave et puissant, qui l'avait profondément blessée.

— Lisa ?

La jeune femme s'était envolée, happée par ses pensées. Ces moments d'absence devenaient de plus en plus fréquents.

— Lisa, tu m'entends ?

Antoine lui toucha l'épaule et ce contact, en la ramenant au réel, la fit frissonner.

— Oui, excuse-moi. C'était juste un souvenir, un mauvais souvenir qui remontait à la surface.

— C'est à moi de m'excuser. Je n'aurais pas dû me moquer de toi. Pardonne-moi d'avoir été si maladroit.

— Ce n'est rien. J'ai l'habitude.

Il n'eut pas le temps de lui répondre. Marchant fièrement devant sa maîtresse qui le tenait en laisse, le cocker quitta le cabinet. Une femme en blouse blanche leur proposa de la suivre pour rejoindre le docteur.

Dans la voiture, au retour, ils échangèrent leurs commentaires sur la consultation. Lisa était enchantée du contact avec ce vétérinaire et du diagnostic. Douglas souffrait d'une maladie bénigne, qui serait vite guérie avec le traitement adapté qui lui avait été prescrit. L'homme avait lancé quelques allusions, que Lisa avait du mal à interpréter.

—Que voulait-il dire quand il parlait d'éponge émotionnelle ?

— Moi, j'ai compris que ton chat était comme une éponge : il absorbe toutes tes émotions. Si tu vas bien, il va bien. Si tu déprimes, il tombe malade, lui expliqua Antoine.

— Dans ce cas, je vais tout faire pour aller mieux.

— Si tu as besoin de quoi que ce soit, n'hésite pas. Je suis là.

Elle vit dans ses iris bleus une lumière intense. Antoine semblait tenir sincèrement à elle. Cette amitié lui mit du baume au cœur.

Vendredi 27 mai

Jeu 26/05 – 23:36
De : Pierre Ferrier
À : Lisa Ferrier
Sujet : Mon départ

Ma chère Lisa,
Comme tu le sais, j'ai pris la décision de partir. Je t'écris aujourd'hui pour t'expliquer ce que je n'ai pas su te dire lors de notre rencontre à l'hôpital. Tu semblais si fragile, ce jour-là. Je n'ai pas osé.
Je ne veux plus rien te cacher maintenant. Le secret m'étouffe. Alors, je vais tout te révéler. Pour que tu comprennes. Et que tu me pardonnes, peut-être.
Chaque jour, depuis ta naissance, j'ai pensé à toi. Tu es ma fille et je t'aime. Je sais que je n'ai pas été très présent au quotidien pendant ton enfance. Mais tu étais heureuse. Je te savais en sécurité avec ta mère, qui a toujours pris soin de toi avec amour et dévouement. Je n'ai rien à lui reprocher à ce sujet.
Je suis parti rejoindre une femme. Elle s'appelle Laurène. Elle est pharmacienne à Saint-Lantier. Je sais que tu l'as rencontrée et que tu lui as rendu la broche. Elle m'a prié de te remercier pour ce geste. Elle tient beaucoup à ce bijou, qu'elle croyait perdu à jamais.
Laurène est venue dans la maison, cet été-là. Ça, tu le sais, maintenant. Ce que tu ignores, en revanche,

c'est ce qui s'est passé des années plus tôt, avant ta naissance. Ma liaison avec Laurène n'est pas juste une aventure.

Je l'ai rencontrée au lycée. Nous avons été élèves dans la même classe pendant trois ans. Nous sommes devenus amis, puis amants. Après le bac, la vie nous a séparés : Laurène est partie faire des études à l'étranger. Son diplôme en poche, elle est revenue en France et elle s'est mariée, à la demande de sa famille.

De mon côté, les aléas de la vie professionnelle m'ont emmené vers d'autres régions. J'ai rencontré ta mère. Nous nous sommes aimés et je l'ai épousée. Martine me ressemblait. J'étais bien avec elle. Quand tu es née, j'ai été le plus heureux des hommes.

Le hasard a voulu que Laurène s'installe à Saint-Lantier, dans la demeure familiale de son époux, à quelques centaines de mètres seulement de la maison de ta grand-mère. Pourtant, je ne l'ai pas croisée, pendant des années. J'ignorais ce qu'elle était devenue. Pour tout te dire : je n'y pensais plus. Je m'occupais de toi, de ta mère et de ma carrière.

En 1991, mon poste a été redéfini et j'ai couvert de nouveaux départements. Saint-Lantier faisait partie de ma zone de prospection. J'ai donc eu la surprise de retrouver Laurène, dans un cadre professionnel. Je n'oublierai jamais ce jour où nous nous sommes revus. C'était comme si nous ne nous étions jamais quittés.

Je ne suis pas fier d'avoir trompé ta mère. Mes

sentiments pour elle étaient sincères, mais mon amour pour Laurène est plus fort que tout. Elle est, depuis toujours, la femme de ma vie.

Je n'ai pas voulu vous faire souffrir, ta mère et toi. Je suis donc resté auprès de vous pendant toutes ces années, et j'ai vécu une double vie. C'était le choix qui me paraissait le plus pertinent. Martine méritait d'être heureuse. Je voulais lui éviter la douleur d'un divorce. Et je pensais qu'un enfant avait besoin de ses deux parents. Ai-je eu tort de faire ce choix ? Je n'aurai jamais la réponse à cette question.

Tu m'as parlé de ton cauchemar, de ce qui s'est passé ce soir de juillet 1996, quand tu avais huit ans. Je vais te donner plus d'explications, parce que j'ai besoin que tu saches. Cela ne changera certainement pas ton avis sur moi, sur mon histoire avec Laurène. Mais il n'y aura plus aucun secret entre nous, ce qui apaisera mon âme.

Ce soir de juillet, j'étais seul avec toi dans la grande maison. Laurène savait que j'étais là, mais nous ne devions pas nous voir. J'ai toujours refusé catégoriquement de la mêler à notre vie de famille et je ne voulais pas qu'elle mette les pieds dans cette demeure, qui était notre refuge de vacances, la maison que j'avais achetée pour ta mère, pour toi, et pour ta grand-mère.

Quand j'ai ouvert la porte, ce soir-là, Laurène était déterminée. Elle disait avoir besoin de me parler de toute urgence. Je lui ai demandé de partir, mais elle a refusé. Le ton est monté. Par peur du scandale, si les voisins nous entendaient, je l'ai laissé franchir le seuil. Elle a balancé sa veste et son sac dans l'entrée en hurlant que je devais l'écouter. Ce sont ses cris qui t'ont réveillée, je pense. Alors, je l'ai emmenée dans la cuisine.

Elle m'a dit ce qu'elle avait à me dire. J'étais en colère en entendant ses mots. Je lui en voulais terriblement. Ce que tu as vu, c'était l'expression de cette colère. Je suis vraiment désolé que tu aies assisté à cette scène violente, insupportable (même pour moi), qui est à mille lieues de ma relation habituelle avec Laurène. Mais j'étais comme fou quand j'ai appris la nouvelle.

Ce qu'elle m'a dit, ce soir-là, c'est qu'elle était enceinte. Elle ignorait qui était le père, mais elle voulait garder l'enfant, quoi qu'il arrive. Elle proposait de quitter son mari, de venir vivre avec moi pour que nous l'élevions ensemble. J'ai refusé, bien sûr, et je lui ai demandé de renoncer à cette grossesse. Jamais nous n'avions évoqué l'idée d'avoir un enfant. Je savais que ça ne pouvait que créer des difficultés. Notre situation était déjà bien assez compliquée comme ça. J'avais trouvé un semblant d'équilibre dans ma double vie, je ne voulais pas tout faire basculer.

Laurène ne m'a pas écouté et l'enfant est né neuf mois plus tard, en mars. C'était une fille. Je n'ai jamais voulu savoir qui était son père. Mais Laurène a fait faire des tests ADN pour en avoir le cœur net.

Je l'ignorais, je te le jure, Lisa. Elle a gardé le

secret pendant toutes ces années. Je l'ai appris il y a quelques jours, après le décès de son mari, et je veux que tu sois au courant, toi aussi : Agathe est ma fille, ta demi-sœur. Elle vient d'avoir 19 ans et fait des études d'architecture à Rennes. Nous ne savons pas encore si nous allons lui révéler la vérité sur l'identité de son père biologique. Nous y réfléchissons.

J'espère que tu me pardonneras, Lisa. Je comprends ta colère et je la respecte. Ta mère va avoir besoin de toi dans les mois à venir. Je ne viendrai pas vous déranger, car j'imagine que vous souhaitez me garder à distance. Mais je prie pour que le temps atténue la douleur, que chacun trouve un nouvel équilibre et que nous puissions nous retrouver un jour, toi et moi.

Je t'aime et je t'aimerai toujours, ma fille.
Affectueusement,
Papa

Lisa referma son ordinateur. La femme de sa vie ? Une demi-sœur ? Elle ne parvenait pas à croire ce qu'elle venait de lire.

Le regard perdu dans le vide, elle porta sa tasse de café à ses lèvres pour en avaler une gorgée. La boisson tiède avait un goût amer. Elle ne finit pas son petit déjeuner.

Après une bonne nuit de sommeil, elle s'était réveillée reposée. Les cauchemars avaient disparu. Plus de sorcière, plus de cris, plus de renard aux yeux rouges.

Maintenant, elle savait tout. La vérité était peut-être moins pire que ce qu'elle avait imaginé. Ou peut-être plus dramatique encore. Elle ne savait pas. Les mots s'embrouillaient dans sa tête, se mêlaient en une valse macabre, un mélange de soulagement et de dégoût.

Samedi 28 mai

La jeune femme gara sa voiture et s'engagea dans l'allée. Elle n'avait pas prévenu de son arrivée. Devant le pavillon, les rosiers affichaient quelques fleurs fanées et les parterres étaient couverts de pétales ternes, parmi lesquels poussaient des mauvaises herbes.

Après son coup de sonnette, personne ne vint ouvrir. Lisa chercha sa clé dans son sac et retrouva avec nostalgie le porte-clés de son adolescence.

Les volets étaient fermés à l'arrière de la maison, ce qui plongeait le salon et la cuisine dans une semi-obscurité. Les rayons de soleil filtrant par les interstices laissaient voir la poussière sur les meubles. Dans la cuisine, la jeune femme buta contre un obstacle. En tentant de se rattraper pour ne pas perdre l'équilibre, elle fit tomber une assiette posée sur le buffet, qui se brisa sur le sol dans un vacarme épouvantable. Constatant que les morceaux étaient disséminés dans toute la pièce, Lisa se résolut à tout balayer. Elle ouvrit les volets côté cuisine et alla chercher le balai dans le garage attenant.

L'obstacle qui l'avait fait trébucher était un grand carton, posé en plein centre, entre la table et le four. Il était rempli d'assiettes et de verres, emballés dans du papier journal. Lisa prit son téléphone et appela sa mère, qui lui dit qu'elle était en route pour la rejoindre.

Délaissant le nettoyage, la jeune femme revint

dans l'entrée, retira ses chaussures et grimpa l'escalier. Ces marches lui rappelaient d'autres marches, mais il n'y avait là aucun chat noir dans l'entrée. Elle regarda le sommet de son ascension : un gros vase posé à l'angle du mur contenait de grandes fleurs séchées arrangées en un large bouquet décoloré et poussiéreux.

Tout dans cette maison respirait le passé. Chaque centimètre carré de papier peint lui rappelait son enfance. Ses parents n'avaient pas refait la décoration depuis plus de dix ans. Elle se souvenait encore de ce début de juillet. Sa mère et elle avaient participé aux travaux de tapisserie pour rafraîchir le séjour, sous la direction de son oncle Samuel, le frère de Martine. Son père avait été retenu quelque part pendant une semaine, un séminaire ou un congrès peut-être, alors elles avaient imaginé ce projet, pour tuer le temps en attendant le départ vers Saint-Lantier.

À l'étage, elle fit trois pas et poussa la porte qui lui faisait face. La pièce n'avait pas changé, avec ses murs roses et sa grande armoire. Son lit blanc en bois était toujours là. Son bureau d'étudiante également. Deux ans plus tôt, elle avait emporté les cadres photo, les pots à crayons, les poupées, les nounours... Des objets qu'elle venait de vendre ou de donner lors de son désencombrement. Mais des traces de sa présence subsistaient encore : une affiche de film, un sous-main bariolé et cette horrible boule à neige qu'elle avait rapportée de son séjour au ski avec le collège. Pourquoi ses parents avaient-ils conservé ces traces de vie ?

Dans l'armoire, ses craintes furent justifiées : les cartons qu'elle avait remplis des années auparavant avec des cahiers, des manuels, des photos de classe et d'autres souvenirs scolaires dormaient au pied de la penderie. De son écriture ronde, en lettres noires, elle les avait étiquetés : *Cahiers quatrième, Cours lycée...* Elle eut soudain envie de prendre tous ces papiers pour les brûler, un à un, jusqu'au dernier. Afin de détruire tous ces maillons qui la rattachaient au passé.

Elle sortit les lourds colis du placard et les posa sur le lit. L'un d'entre eux s'intitulait *Souvenirs*. Intriguée, elle écarta les rabats et y découvrit un cahier orange.

— Lisa ? Tu es là ?

La porte d'entrée se referma. Des pas montèrent lentement l'escalier et Martine répéta son appel :

— Lisa ?

Elle poussa la porte.

— Ah ! Tu es là ! Pourquoi tu ne me réponds pas ?

Lisa se retourna et s'avança pour faire la bise à sa mère.

— Bonjour, Maman. Excuse-moi, j'étais perdue dans mes pensées. Regarde ce que je viens de trouver.

En voyant le cahier de sa grossesse, Martine soupira.

— Ah ? Il était là ?

— Oui. Tu me l'avais demandé, tu te souviens ?

Martine haussa les épaules.

— Oui, peut-être. Je ne sais plus.

— Dis-moi, ces cartons, tu ne vois pas d'inconvénient à ce que je les récupère ?

— Non, pas du tout, au contraire. Viens, je vais te faire un café et on va papoter un peu, toutes les deux.

Lisa s'étonna du ton léger avec lequel sa mère lui proposait de « papoter », un terme qu'elle n'avait jamais entendu dans sa bouche. Elle la suivit jusqu'à la cuisine.

— Mais qu'est-ce qui s'est passé ici ?

— Ce n'est rien, Maman. J'ai cassé une assiette. Je vais ramasser.

Lisa prit le balai et se mit immédiatement à l'ouvrage. Le café coula bientôt dans la verseuse de la cafetière, répandant son arôme gourmand dans la pièce. Elles s'installèrent dans le salon, dont Martine avait ouvert les volets pour laisser entrer la lumière douce de cette fin d'après-midi.

— Alors, ma chérie, comment vas-tu ? Ta semaine de travail s'est bien passée ?

— Oui, très bien. J'ai eu une promotion.

— Oh ! C'est super ! Je suis contente pour toi.

Pour détendre l'atmosphère, Lisa lui raconta l'arrivée de Chloé, sa nouvelle collègue, avant d'aborder l'objet de sa visite.

— J'ai... j'ai reçu ton mail. Je n'ai pas répondu, parce que... je ne savais pas trop quoi te dire. Comment ça va, Maman ?

Martine soupira et posa sa tasse avant de répondre.

— Ça va... Oui, ça va, je crois.

Ses traits tirés montraient qu'il n'en était rien. Mais Lisa ne savait pas comment l'amener à se confier. Devait-elle lui parler du message de son père ? Elle n'avait pas eu le temps de prendre du recul sur ces mots qu'elle avait reçus la veille. Et elle sentait sa mère trop fragile encore.

— Tu fais du rangement ?

Le visage de Martine se contracta.

— Lisa, il faut que je te parle. Je vais avoir besoin de... enfin, je ne sais pas comment te le dire, mais...

Elle inspira une grande bouffée d'air et poursuivit :

— Ton père et moi, nous avons pris la décision de vendre cette maison. Je sais que ça va être un deuxième choc pour toi. Le départ de ton père, d'abord, et maintenant... Je suis désolée, ma chérie.

Elle se leva pour prendre sa fille dans ses bras. Lisa la repoussa gentiment.

— Assieds-toi, Maman. Il n'y a pas de problème, je t'assure. Je comprends tout à fait que vous ayez besoin de vendre pour partager le capital.

— Euh, non, ce n'est pas vraiment ça. Pour tout te dire, c'est moi qui veux vendre. Je ne veux pas rester seule ici, tu comprends ?

— Mais Maman, tu as toujours été seule ici, ou presque. Tu sais bien que Papa n'était jamais là ! s'étonna la jeune femme. Rassure-toi, je comprends que tu aies envie de déménager. C'est plutôt normal, après un divorce.

— Ne prononce pas ce mot ! cria Martine.

Lisa ne fit aucun commentaire sur cette réaction inattendue et jugea plus prudent de poursuivre la discussion.

— Bon... et tu veux aller vivre où ?

— Je suis en train de chercher un appartement. J'aimerais être plus proche du centre-ville et de mon travail.

La jeune femme remplit sa tasse et souffla sur le liquide noir. Les mots de son père lui revenaient en mémoire : « Je ne viendrai pas vous déranger ». Ils avaient décidé de vendre, mais lui ne s'occuperait de rien. Absent. Jusqu'au bout.

— Qu'est-ce qui se passe, ma chérie ? Tu as l'air contrariée, tout à coup.

— Rien. Ou plutôt, si. Ça m'énerve, cette situation : vous voulez vendre tous les deux, mais tu dois gérer ça toute seule, c'est ça ?

— S'il te plaît, Lisa, essaie de comprendre. Je ne veux pas voir ton père pour le moment, c'est au-dessus de mes forces. Je préfère qu'il reste loin, le temps que j'accepte son départ... même si je doute d'y arriver un jour.

— Je t'aiderai Maman, ne t'inquiète pas. Par contre, je voudrais que tu me dises... Je ne veux pas te faire du mal, mais j'ai vraiment besoin de savoir...

Lisa hésitait. Les mots lui faisaient peur. C'était une question délicate.

— Depuis quand es-tu au courant ?

Devant le silence de sa mère, elle se dit qu'elle

était allée trop loin, qu'elle avait franchi une ligne imaginaire. Elle passa son bras autour des épaules de Martine, qui la remercia du regard.

— J'ai toujours su. Je ne sais pas comment l'expliquer, mais j'ai toujours su qu'il y avait quelqu'un d'autre dans son cœur. Dès notre rencontre, il m'a parlé d'elle. Il ne l'avait pas vue depuis deux ans. Mais il avait besoin d'avouer son existence, comme s'il voulait mon accord tacite avant de la trahir.

— Pourquoi es-tu restée avec lui, alors ? Pourquoi avez-vous fait un enfant ensemble ?

— Parce que je l'aimais, Lisa. Mettre au monde un enfant de l'homme qu'elle aime est le plus beau cadeau que la vie puisse faire à une femme. Quand tu es née, quand j'ai vu nos deux noms accolés sur ton acte de naissance, j'ai su que notre amour était devenu éternel. C'était un moment si intense que j'ai pleuré. Tu étais là, dans mes bras, et j'étais la plus heureuse des femmes. J'espère que tu connaîtras toi aussi ce bonheur un jour.

Une larme glissa et vint mouiller la main de Martine, posée sur son genou. Lisa prit sa mère dans ses bras pour une longue étreinte filiale.

— Est-ce que je peux te poser une autre question ?

— Oui.

— Pourquoi as-tu accepté cette situation ? Cette double vie ?

Au moment où ces mots franchissaient ses lèvres, Lisa sut qu'elle connaissait déjà la réponse.

— Pour deux raisons. Parce que j'aimais Pierre. Et que je l'aime toujours, malgré sa trahison. Et surtout, pour toi, pour que tu aies tes deux parents autour de toi. Je me disais qu'ainsi, tu grandirais heureuse.

Lisa sourit. Elle retrouvait là les mots de son père. Si ses parents n'avaient pas su construire un foyer familial uni, ils avaient réussi, chacun à sa manière, à trouver un équilibre. Et ils s'étaient entendus pour lui garantir, à elle, une enfance sans nuages... et sans père.

— Merci, Maman. Je sais que tu t'es sacrifiée pour moi. Tu as toujours été là quand j'étais petite, avec Mina. Grâce à vous deux, oui, j'ai eu une enfance heureuse.

Martine perçut une réticence dans sa voix.

— Il ne faut pas en vouloir à ton père, Lisa. Il est comme il est.

Ce fut la phrase de trop. Et ces confidences qui devaient apaiser devinrent la foudre qui détruit tout.

— Arrête, Maman ! hurla Lisa. Arrête de l'excuser tout le temps !

La jeune femme s'était levée brusquement et se mit à marcher de long en large pour se calmer.

— Il n'avait pas le droit de te faire ça ! Il n'avait pas le droit de NOUS faire ça ! Il n'a jamais été là pour moi. Jamais ! Et maintenant, il voudrait qu'on lui pardonne tout ? Il va retrouver sa... l'autre, et on devrait dire amen à tout ? C'est dégueulasse, ce qu'il t'a fait.

— Mais, Lisa, ma puce...

— Je ne suis plus ta puce ! Je suis adulte, Maman. Et à cause de lui, je rate tout ce que je fais. Je n'arrive pas à faire confiance aux gens. C'est de sa faute, tout ça. C'est de VOTRE faute. Pourquoi est-ce que tu n'es pas partie, à l'époque ? On aurait été plus heureuses sans lui, j'en suis sûre. Juste toi et moi. Et Mina. Pourquoi ?

Martine ne dit rien.

Quand Lisa fut calmée, elle revint s'asseoir près de sa mère, qui lui souriait, patiente, compatissante, égale à elle-même. La jeune femme sentit que le moment était venu. Elle se lança dans la dernière ligne droite :

— Excuse-moi de m'être ainsi emportée. J'ai beaucoup de mal à contrôler mes émotions, depuis quelques jours, reconnut-elle. J'ai... j'ai reçu un mail de Papa, hier. Il m'a tout expliqué. Enfin... presque tout. Il n'a pas parlé de David. Quel est le lien entre David et toute cette histoire, Maman ?

Martine baissa les yeux vers le tapis.

— Je n'aurais pas dû te parler de ça, ma chérie. Si je n'avais pas été si bavarde l'autre jour au téléphone, tu n'en aurais jamais rien su. Et cela aurait été mieux pour toi, je pense. Maintenant, je te dois la vérité. Es-tu prête à l'entendre ?

Lisa pâlit. Elle savait que David n'était pas un ange, mais qu'avait-il fait de si honteux ? Pourquoi sa mère avait-elle gardé ce secret ?

— Oui, assura-t-elle du bout des lèvres.

— Comme je te l'ai dit, ton père n'a jamais apprécié David. Pierre a des défauts, c'est certain, mais il a un flair inné pour évaluer les gens. Il côtoie tellement de monde dans son métier, qu'il a appris à repérer très vite les personnes fausses et dangereuses. Dès la première rencontre avec David, il a su que cela finirait mal. Et il avait raison.

— Tu m'inquiètes, Maman.

— Ce que je vais te dire va certainement te faire voir David sous un angle nouveau. Mais cela fait deux ans qu'il est parti, désormais. Alors, je suppose que tu ne l'aimes plus.

Lisa ne répondit pas.

— Le jour du mariage de Clothilde, nous avons eu une grande discussion, ton père et moi. Je ne voulais pas qu'il aille voir Laurène. C'était une fête familiale, le mariage de sa nièce. Il me semblait normal qu'il reste avec nous toute la soirée. Lui ne l'entendait pas de cette oreille et nous nous sommes disputés. Quand tu as proposé à David d'aller voir la grande maison, ton père s'est fâché. Il voulait qu'on le laisse tranquille. Il voulait fuir et aller la retrouver.

— Oui, je me souviens. Je croyais que sa colère était liée à la maison.

— Non, pas du tout. Vous êtes donc partis voir la maison, et Pierre est allé rejoindre Laurène. Je suis restée seule à l'hôtel, et je me suis résignée à passer la soirée sans lui. J'ai profité de la famille, de la compagnie d'Edgar, que nous voyons si peu et qui danse si bien. Bref. Tu es allée voir ta grand-mère, ce jour-là, n'est-ce pas ?

— Oui, dans sa maison, de l'autre côté du village. Je voulais lui présenter David, mais il a refusé de m'accompagner.

— Il s'est promené seul, et a vu ton père sortir de la pharmacie avec Laurène. Il a tout de suite compris les liens qui les unissaient. De retour à l'hôtel, il est venu me trouver pour m'annoncer que mon mari me trompait. Il proposait de me révéler l'identité de sa maîtresse. Quand il a compris que je savais déjà tout, ça l'a déstabilisé. Mais il n'a pas renoncé à son projet. Il voulait faire chanter ton père. Alors, il a menacé de faire un scandale dans le village et de tout révéler au mari de Laurène.

Lisa resta bouche bée, incapable d'articuler la moindre parole. Martine poursuivit son récit :

— Le lendemain matin, David a demandé de l'argent à ton père, en échange de son silence. Pierre n'a pas eu d'autre choix que de céder à ce chantage. Il a accepté de payer, mais à une seule condition.

Quand elle comprit que sa mère ne dirait rien de plus, Lisa prit le relais :

— Il a demandé à David de me quitter ?

Sa mère pinça les lèvres en un sourire navré. Lisa, sonnée par cette révélation, ouvrit la porte-fenêtre pour aller faire quelques pas dans le jardin. Elle avait besoin d'être seule.

Les deux femmes passèrent la soirée ensemble. Lisa interrogea sa mère sur la vente de la grande maison.

— Tu avais vingt ans, ton père n'avait plus envie d'entretenir cette résidence secondaire, alors il s'en est séparé.

— Il a vendu aussi la maison de Mina et de mon grand-père, dans le village ?

— Oui, quand ta grand-mère est décédée, il a repris toutes ses affaires et te les a données, comme elle l'avait stipulé dans son testament. Avec ton oncle Edgar, ils ont décidé de vendre la petite maison en pierre de leurs parents et de placer l'argent. Clothilde et toi hériterez de cette somme à parts égales.

Martine revint une nouvelle fois sur son changement de vie. Elle voulait mettre en vente le pavillon, mais ne savait comment s'organiser. Lisa la rassura :

— Pour le déménagement, je t'aiderai. Mais avant, il faut faire du tri. Je suis sûre qu'il y a des dizaines, voire des centaines d'objets à vendre dans cette maison. On va passer des annonces sur internet et participer à un vide-grenier.

— Un vide-grenier ? Mais je n'en ai jamais fait ! s'écria Martine.

— Ne t'inquiète pas, Maman. Je maîtrise tout ça, maintenant : vide-greniers, ventes d'occasion, dons, déchetterie… On va s'occuper de ça toutes les deux avant l'été, tu veux ?

Martine la regarda avec des yeux malicieux et répondit :

— Bien sûr... ma puce.

Lisa ne releva pas cette petite pique.
— Et si on commençait par ma chambre rose ?

Mercredi 1er juin

Après avoir tourné cinq bonnes minutes dans l'immense parking de l'hôpital, Lisa stationna sa voiture au bout de l'allée F, en pestant contre la minivoiture noire qui était garée de travers sur sa droite.

Au septième étage, les portes de l'ascenseur s'ouvrirent sur un hall d'accueil. Derrière un vaste comptoir, deux secrétaires travaillaient sur leurs ordinateurs. L'une d'elles leva le nez quand Lisa manifesta sa présence par un léger toussotement.

— Oui ? Bonjour.

— Bonjour, j'ai rendez-vous à dix-sept heures avec Madame Lamy.

— Votre nom ?

— Ferrier. Lisa Ferrier.

— Carte vitale, s'il vous plaît ?

Lisa tendit sa carte.

— Espace d'attente numéro deux. Vous prenez le couloir vers la droite et c'est tout au bout, sur la gauche.

— Merci.

La jeune femme s'éloigna du comptoir pour consulter l'heure. Il lui restait dix minutes, un délai suffisant pour faire un détour par les sanitaires. En cette journée ensoleillée, son court trajet en voiture depuis le bureau lui avait échauffé les joues. Un peu d'eau fraîche serait la bienvenue.

Elle prit donc le couloir vers la gauche, dépassa l'espace d'attente numéro un, vaste zone ouverte où s'alignaient des rangées de sièges en plastique coloré, et se dirigea vers les toilettes.

Comme elle arrivait en vue d'une porte violette marquée d'un pictogramme féminin, elle fut stoppée net. Le battant venait de s'ouvrir pour laisser passer une femme de grande taille, qui ne regardait pas où elle allait, les yeux rivés sur son téléphone. Percevant un obstacle, elle s'arrêta juste avant de percuter Lisa et leva la tête. Elles restèrent figées face à face.

Au bout d'une seconde qui sembla interminable, Lisa fut la première à sortir de sa torpeur.

— Bon... jour, articula-t-elle avec difficulté.

Clémentine la dévisageait sans exprimer la moindre émotion. Elle émit un vague grognement, puis reprit son trajet initial. Quelques mètres plus loin, elle s'engouffra dans l'espace d'attente numéro un et s'y installa, téléphone en main.

Devant les lavabos, Lisa détailla son reflet dans le miroir et trouva qu'elle avait bonne mine. Les traces de son agression avaient disparu. Ses joues, rougies par la chaleur extérieure, avaient retrouvé leur couleur habituelle sous le coup de la surprise.

Avec un papier humide, elle se tamponna le visage pour se rafraîchir, avant de se laver les mains et d'avaler une gorgée d'eau froide. Se sentant mieux, elle sortit du local pour se rendre à l'espace d'attente numéro deux, à l'autre bout du couloir.

Elle fit trois pas et s'arrêta brusquement. Pour

atteindre son but, elle devait passer devant l'autre zone d'attente, où son ancienne collègue était assise. Que faire ? L'ignorer ? Lui sourire ? Aller lui parler ? Le stress s'empara d'elle.

Lisa souffla doucement et réfléchit. Quoiqu'elle fasse désormais, Clémentine ne pouvait plus rien contre elle. Il fallait saisir cette occasion inespérée de prendre une revanche sur le passé. C'était un défi à relever. Elle serra les poings et reprit sa marche

Plus la distance qui la séparait de la chevelure rousse diminuait, plus son cœur s'emballait. Son pas ralentit au fur et à mesure que le nœud dans son ventre se resserrait.

Son ex-collègue lui tournait le dos. N'écoutant que son courage, oubliant la chaleur qui la submergeait et ses mains devenues moites, Lisa approcha, inspira une grande bouffée d'air et l'interpella :

— Clémentine ?

Celle-ci ne parvint pas à masquer un léger sursaut de surprise, qui fit trembler son téléphone.

— Laissez-moi tranquille ! Qu'est-ce que vous faites ici, d'abord ?

Ton agressif, regard haineux.

Lisa ne se laissa pas déstabiliser. Elle sourit. Un sourire franc, éclatant, pour afficher son apparente confiance en elle et sa volonté de ne pas lâcher le terrain. Toute tentative d'intimidation serait étouffée dans l'œuf. Elle ne devait pas se laisser impressionner par le Dragon. D'une voix ferme, elle déclara :

— C'est à moi de vous poser la question. Que faites-vous ici, Clémentine ? Les rumeurs qui circulent au bureau sont-elles donc fondées ?

Toujours assise, la femme rousse levait les yeux vers son interlocutrice. Sous les boucles en broussaille, le visage n'était pas maquillé, détail qui était passé inaperçu dans la lumière tamisée du couloir. Vêtements froissés, absence de parfum, Clémentine semblait sortir de son lit. Dans son regard, Lisa discerna un voile trouble, une sorte de brouillard. Était-ce un effet secondaire des médicaments psychotropes ?

Les lèvres pincées, le Dragon répliqua d'une voix sifflante :

— Laissez tomber les ragots. Vous êtes débarrassée de moi, maintenant, vous devez être contente.

— Vous m'avez manqué, je vous assure, ironisa la jeune femme d'un ton sarcastique. Mais je ne vous regrette pas. J'ai une nouvelle collègue bien plus... comment dire... bien plus humaine.

Clémentine fit face à cet assaut sans sourciller et n'y opposa aucune repartie.

À cet instant, une infirmière apparut.

— Madame Duval ? C'est à vous.

Lisa ne put s'empêcher d'ajouter :

— Oh ! Vous partez déjà ? Quel dommage ! Je serais bien restée encore quelques minutes à bavarder. Bonne continuation, Madame Duval !

La femme rousse disparut dans un cabinet de

consultation. La plaque apposée sur la porte indiquait : *Aloïs Malesherbes, psychiatre.*

Lisa rejoignit l'espace d'attente numéro deux et fut bientôt reçue par Madame Lamy, la psychologue qu'elle consultait chaque mercredi depuis son agression. Elle avait apporté le mail de son père, imprimé sur papier blanc, et le tendit à la thérapeute.

Celle-ci demanda alors à la jeune femme de raconter ce qu'elle avait vu dans son cauchemar et d'y associer les mots écrits par son père. Peu à peu, chaque élément sorti de l'imaginaire fut relié à un fait réel. Ce fut comme un coup de projecteur : la lumière éclaira ces images terrifiantes. La scène nocturne anxiogène devint claire et rationnelle. Toutes les zones d'ombre furent levées, sauf une.

— Je ne comprends pas. Pourquoi y avait-il un chat noir dans mon cauchemar ? demanda la patiente.

— Je pense que vous connaissez la réponse à cette question. Réfléchissez.

— Les chats noirs évoquent le malheur.

— Oui.

— C'est un symbole ?

— Hum.

— Il semblait pourtant si réel, comme s'il y avait vraiment eu quelque chose sur ces chaises dans l'entrée.

— Qu'est-ce que cela pouvait être, d'après vous ?

— Je ne sais pas.

— Relisez le passage de la lettre qui parle de

l'arrivée de la femme.

Lisa parcourut le texte. Elle suggéra que le manteau et le sac de la dame pouvaient avoir pris la forme d'un chat.

— Je pense que c'est exact, confirma la thérapeute.

— La broche était donc accrochée sur ce manteau ?

— Certainement.

Lisa se tut quelques instants pour assimiler ces informations.

La séance avait été riche en émotions. En revivant la scène, elle avait été une nouvelle fois confrontée à la violence de son père, aux cris de sa maîtresse, à ces pulsions sexuelles qui faisaient résonner en elle ses propres douleurs intimes.

Pensant qu'il était l'heure, elle se redressait dans le fauteuil, lorsque Madame Lamy reprit la parole :

— Et votre demi-sœur ?

— Quelle demi-sœur ? s'étonna Lisa, sur la défensive. Je suis fille unique ! Que mon père ait eu un autre enfant ne me concerne pas. Je ne veux pas avoir affaire à cette sorcière et à sa famille !

— Comme vous voulez, lui assena la thérapeute, laconique.

Irritée par cette séance difficile, Lisa quitta le service en cherchant un moyen de se défouler. L'ascenseur lui parut lent, le hall encombré d'une foule trop dense, le parking trop petit et trop vite traversé. Elle aurait aimé marcher un ou deux kilomètres de plus pour calmer sa contrariété.

Dans l'allée F, la petite berline noire stationnée de guingois l'agaça au plus haut point. Comment pouvait-on se garer si mal, en empiétant sur la place voisine, sans se préoccuper des autres usagers ? Quelle incivilité !

Soudain, la jeune femme poussa un cri de surprise :

— Oh !

Dans l'habitacle, sur le siège en cuir, elle avait reconnu une veste au tissu bariolé, un modèle original que peu de personnes osaient porter. Elle vérifia les deux dernières lettres de la plaque d'immatriculation : CD. Clémentine Duval. Sa collègue avait une voiture à ses initiales. Simple coïncidence ou pot-de-vin bien placé ? Elle ne l'avait jamais su. Cette particularité, qui l'avait toujours intriguée, lui confirmait l'identité du conducteur.

Alors, Lisa fit ce geste qu'elle avait tant de fois imaginé faire sur le parking de l'entreprise : elle sortit ses clés d'appartement et longea discrètement le pot à yaourt laqué en gravant une longue et profonde rayure sur chaque portière.

Satisfaite de son méfait, elle quitta le parking de l'hôpital avec un sourire sardonique aux lèvres. Si la vengeance est un plat qui se mange froid, elle fut, ce jour-là, un mets raffiné, digne d'un restaurant gastronomique trois étoiles.

De retour chez elle, la jeune femme enfila ses

baskets pour aller courir dans le parc, au soleil. Faire du sport au grand air lui permit de se détendre.

Une heure plus tard, elle s'attardait sous la douche, prenant le temps de savonner ses cheveux avec soin. Après le lavage, elle répartit une bonne dose d'après-shampooing sur les racines et les longueurs, passa un peigne pour supprimer les nœuds, s'occupa de son corps le temps de l'application et termina par un rinçage complet, de la tête aux pieds.

Les cheveux enveloppés dans une serviette enroulée en turban, elle se rendit dans la cuisine pour se préparer un café. En le sirotant, elle réfléchit au shampooing et au « zéro déchet ». Le dernier flacon plein de produits chimiques se terminait. Elle souhaitait désormais opter pour un shampooing écologique, à base de composants naturels. Ce serait mieux pour ses cheveux. Et moins polluant pour la planète.

Pour réduire le volume de ses déchets, elle avait le choix entre deux alternatives : un flacon pompe d'un litre ou du shampooing solide. Elle hésitait. Pour faciliter son choix, elle se promit d'aller demander conseil au magasin bio, rue des Coquelicots. Ce serait l'occasion de découvrir le lieu, et peut-être d'acheter quelques légumes frais et des produits en vrac pour cuisiner.

Samedi 4 juin

Pour le déjeuner, Lisa avala une salade composée, un yaourt et se régala d'une pêche, la première qu'elle mangeait cette année-là. Puis, elle s'assura que Douglas avait tout ce qu'il fallait dans sa gamelle. Le chat avait pris son médicament, comme chaque matin.

Le traitement semblait efficace : les moutons de poils gris étaient moins nombreux dans la pelle quand elle passait le balai. L'animal retrouvait peu à peu un entrain qu'elle ne lui connaissait plus. Il venait l'accueillir quand elle rentrait le soir et recommençait à jouer avec des objets.

La veille, c'était un fil qui pendouillait au bout d'un torchon dans la cuisine. Comme un chaton, il avait tenté de l'attraper avec sa patte, jusqu'au moment où le torchon, en lui tombant sur la tête, l'avait fait fuir dans un miaulement de panique. Sa maîtresse avait bien ri.

À quatorze heures, Lisa retrouva Marie à l'entrée d'un grand magasin de meubles et d'objets de décoration. Avant d'aller y faire leurs achats, elles s'installèrent à la cafétéria pour boire un café.

— Alors, Marinette, ta formation se termine ?
— Oui, j'ai fini de rédiger mon rapport de stage. Il ne reste que la soutenance à passer.
— Je suis sûre que tu vas y arriver.

— Oh ! Ça ne m'inquiète pas trop. Se retrouver face au jury est impressionnant au début, mais ça va le faire.

— Tu es à l'aise à l'oral, toi. T'as de la chance.

— Oui, c'est vrai que j'aime bien papoter, reconnut Marie avec un clin d'œil.

Ce verbe évoqua à Lisa la discussion qu'elle avait eue avec sa mère. Elle fit part à son amie des dernières nouvelles concernant ses parents et conclut dans un soupir :

— Finalement, c'est mieux qu'ils vendent la maison. Une page se tourne.

— Tiens, tu sais qu'il va y avoir un vide-grenier à Viou ? Dimanche 26 juin. Tu crois que tu aurais le temps de tout trier d'ici là ?

— Tout, non, sûrement pas. Mais ça permettrait déjà de vendre des choses. Si je m'y inscris, tu viendras m'aider à tenir le stand ?

— Pourquoi pas ? Ma soutenance sera passée. Je serai en vacances.

Le silence régna quelques secondes, pendant que Lisa enregistrait la date du vide-grenier dans l'agenda de son téléphone. Dans le bloc-notes, elle inscrivit : *Réserver stand VG Viou.*

Faire des listes avait toujours été une habitude et elle ne pouvait s'en passer. Mais elle avait décidé de dire adieu aux notes multicolores qui traînaient partout. Les applications lui permettaient de tout centraliser dans son téléphone et d'avoir toujours listes et agenda à portée de mains. En plus, cela réduisait sa consommation de papier. C'était minime, mais tous les petits gestes étaient bons à prendre. « Petites causes, grandes conséquences », comme disait la chanson de Bénabar.

Elle releva la tête et reprit son joyeux babil :

— Bon, passons aux choses sérieuses. Où en es-tu avec ton amoureux ? Vous avez conclu ?

Marie hocha la tête en rougissant.

— Waouh ! C'est génial ! s'exclama Lisa. Maintenant, tu peux tout me dire. Comment s'appelle l'heureux élu ?

— Je ne sais pas si j'ai envie de te faire cette confidence, avoua son amie, bouche pincée.

Devant cette grimace, la jeune femme rit.

— C'est quoi le problème ? Il s'appelle... David ? Gérard ? Jésus ? Ou alors Pierre, comme mon père ?

Face au regard amusé de son amie, elle eut une révélation :

— Je le connais ?

— Oui, tu le connais.

— Ce... ce n'est pas... Théo ? bredouilla-t-elle.

Marie posa une main sur son bras et lui dit d'une voix douce :

— Non, rassure-toi, ce n'est pas Théo.

— Qui alors ?

— Un mec que tu m'as présenté. C'est grâce à toi que nous nous sommes connus.

Lisa avala péniblement sa salive, sans parvenir à prononcer le prénom de l'homme auquel elle pensait. C'était impossible : elle avait rencontré Jennifer dans la voiture.

Marie pianota sur son téléphone, y afficha une photo, puis lui montra l'écran.

— Non ! C'est pas vrai ? Célestin ! Tu sors avec Célestin ?

Marie approuva d'un signe de tête.

— C'est top ! Je suis super contente pour vous deux.

D'un mouvement spontané, elle se leva et alla serrer son amie dans ses bras, puis reprit, guillerette :

— Je suis ravie d'être à l'origine de votre rencontre. Oh là là ! Je ne vais pas m'en remettre. Mais dis-moi : ça se passe bien, au moins ?

— Très, très bien. Sinon je ne t'en aurais pas parlé, la rassura Marie. Tu as déjà bien assez à faire avec la séparation de tes parents.

Lisa fronça les sourcils.

— Ah si ! On se dit tout, tout le temps. Pas de secret entre nous. Promets-le-moi !

Marie leva la main droite.

— OK. C'est promis. Mais franchement, tout va bien. Célestin est toujours de bonne humeur, à l'écoute. C'est un vrai bonheur. On a plein de choses en commun, à commencer par le cinéma et les séries. On passe nos soirées à en regarder.

— Tu ne vas pas arrêter le sport, quand même ? s'inquiéta Lisa.

— Pas de panique, miss. Je n'oublie pas qu'on va à la piscine demain. Lui aussi a ses activités. On essaie de bien répartir les moments où on se voit, pour que chacun ait du temps pour ses propres loisirs. Et puis, avec le café, il a des horaires un peu contraignants.

— Ah oui ! Le *Cappuccino*. Ça marche bien ?

— Oui, ça roule. Grâce à toi, là aussi. C'était une super idée, de lui demander des viennoiseries. La boulangère et les clients du café sont ravis.

Lisa souriait, heureuse de ces bonnes nouvelles. Elle savourait le plaisir d'avoir été utile et ne pouvait s'empêcher de penser que Marie et Célestin formaient un couple parfait. Ils étaient faits l'un pour l'autre. Elle avait toujours détesté cette expression. Cette idée d'être programmés dès la naissance pour se rencontrer lui paraissait stupide. Et pourtant, oui, elle en était certaine : Marie et Célestin étaient faits l'un pour l'autre.

— Et toi, Lili, tu en es où ? Tu t'es inscrite sur *Lhommeideal.fr*, finalement ? demanda Marie.

— Ah non ! Tu ne vas pas recommencer avec ça ! la gronda Lisa en rigolant.

— Non, tu as raison, ce serait idiot... et inutile.

— Comment ça, inutile ? Tu veux dire que je dois rester célibataire ?

— Pas du tout ! Au contraire, ajouta Marie avec un brin de mystère dans la voix.

Lisa s'agaça de ces manigances.

— Je ne comprends rien à tes allusions. À quel jeu tu joues ?

— Ce n'est pas un jeu, Lili. C'est très sérieux. Faut juste que tu retombes sur terre et que tu ouvres les yeux.

— Mais qu'est-ce que tu racontes ?

Marie souriait, mais ne disait plus rien. Devant son silence, Lisa, sourcils froncés, reprit la parole :

— Attends, je récapitule. Tu me dis que je dois m'inscrire sur un site de rencontres, puis que je ne dois pas m'inscrire parce que c'est inutile, mais que je ne dois pas rester célibataire. Ça veut dire quoi, tout ça ?

— Ça veut dire que tu vas rencontrer quelqu'un, conclut Marie.

— Ça, je ne crois pas, non. Les hommes et moi, c'est fini. Les rencontres de hasard, j'ai déjà donné, et ça m'a conduite à l'hôpital. Alors, à moins que tu ne sois voyante, il n'y a aucune chance pour que je rencontre un homme bientôt.

— Non, en effet. Je ne suis pas voyante... mais toi, tu ne vois rien non plus.

— Bon, Marinette, tu me fatigues. Qu'est-ce que tu veux me dire ? Sois plus explicite, qu'on en finisse !

— Je veux te dire... qu'il y a déjà un homme qui est amoureux de toi.

— N'importe quoi !

Marie la regardait avec des yeux pleins de malice. Au fond d'elle-même, Lisa sentit une petite flamme s'allumer. C'était une lueur discrète, un pétillement léger, qu'elle ne savait pas interpréter.

— Bon, on va passer à autre chose.

Elle se leva, prit le plateau dans ses mains... et retomba subitement assise sur sa chaise. Les tasses valsèrent et faillirent rouler sur la table.

— Attends ! J'ai peur de comprendre, là. Qui est amoureux de moi ?

— ...

— Non ? C'est pas vrai ! Tu crois qu'Antoine est amoureux de moi ? se moqua Lisa. Mais tu as tout faux. Antoine est en couple, je te signale. Sa femme est revenue.

Elle se leva, alla poser le plateau sur le chariot prévu à cet effet et revint vers Marie. Celle-ci se décida enfin à prendre la parole :

— Elle est revenue, oui. Mais trop tard. Célestin est d'accord avec moi sur ce point.

— Hum, se contenta de répondre Lisa en haussant les épaules.

Elle ne l'aurait jamais avoué à son amie, mais cette révélation lui faisait plaisir. Sa petite flamme intérieure sembla briller avec plus de clarté. Et son cœur lui parut soudain plus léger.

Elles allèrent déambuler dans le magasin. Lisa, pensive, regardait vaguement les objets qui l'entouraient sur les étagères surchargées, comme s'ils n'étaient qu'un décor de carton-pâte. Elle repassait en boucle dans sa tête les événements des dernières semaines. En les envisageant sous un angle nouveau.

Devant un meuble laqué noir, la jeune femme renoua le dialogue avec son amie :

— Tu sais que j'ai revu Clémentine ?

— Ah bon ? Où ça ? s'étonna Marie.

— À l'hôpital, figure-toi.

Lisa lui raconta le duel verbal, sans mentionner son acte de vengeance sur la voiture.

— Tu as réussi à lui tenir tête ? remarqua Marie avec un petit sifflement admiratif.

— Bah, ça n'a pas été bien difficile. Elle n'a plus le charisme et la hargne d'autrefois. Si tu avais vu sa tête ! On aurait dit une laitue mal essorée !

Elles s'amusèrent de cette comparaison ridicule.

— Ça fait plaisir de te voir rire de Clémentine, se réjouit Marie. Jamais je n'aurais cru ça possible.

— « La confiance en soi est le premier secret du succès », cita Lisa. C'est une phrase d'Emerson affichée dans le cabinet de la psychologue. Je vais en faire ma devise personnelle, je crois.

— Pas mal !

Elles poursuivirent leur promenade dans les différents rayons et passèrent à la caisse. Marie avait pris une lampe, des assiettes et une cafetière à piston. Lisa veillait désormais à n'acheter que le strict nécessaire, pour ne pas réencombrer son appartement. Pour une fois, elle quitta le magasin les mains vides, heureuse d'avoir su résister à la tentation devant tous ces objets. Avant, poussée par ses pulsions de consommation, elle ne pouvait venir dans ce magasin sans se laisser tenter par des babioles qu'elle trouvait jolies ou peu chères.

— C'est simple : quand tu n'as besoin de rien, tu n'achètes rien, expliqua-t-elle à Marie.

Celle-ci la félicita pour ses progrès :

— Ton coach est vraiment fier de toi, tu sais.

— Merci ! conclut Lisa, radieuse.

Elle décida d'inviter son amie au restaurant pour la remercier de son aide pendant le désencombrement. Elles fêtèrent les progrès de Lisa. Et le bonheur tout neuf de Marie et Célestin.

Mardi 7 juin

Chloé venait d'arriver et rangeait son sac à main en parlant de la météo, quand on frappa à la porte vitrée.

— Entrez !

L'homme qui fit un pas dans le bureau avait la mine chiffonnée et les yeux marqués par des cernes profonds.

— Bonjour, lui dit Chloé.

— Bonjour, Antoine, ajouta sa collègue.

— Lisa, je peux te parler ?

— Je vais vous laisser, proposa Chloé.

Lisa l'arrêta :

— Non, restez. C'est nous qui sortons. Je serai de retour dans cinq minutes. Vous pouvez préparer les dossiers pour l'entretien ?

Dans le couloir, elle marcha vite, sans s'assurer que son ami la suivait.

— Lisa ! Tu vas où, comme ça ? Tu fais la gueule ?

Elle franchit une porte bleue, sur laquelle quelques marches étaient dessinées sur un pictogramme.

Sur le palier, dans la cage d'escalier, elle attendit que le battant se referme derrière eux, puis s'exprima d'une voix ferme :

— Écoute, Antoine. Je préfère qu'on ne se voie plus pour le moment. Je suis débordée, ces jours-ci, avec la séparation de mes parents. Je dois m'occuper de ma mère, trier ses affaires pour le vide-grenier de Viou. Je n'ai pas le temps de bavarder avec toi.

La tête entre les mains, le jeune homme grimaçait. Il semblait avoir du mal à tenir debout et s'était adossé à la porte.

Lisa le détailla. Ses cheveux châtains hirsutes et ses yeux clairs lui donnaient un air rebelle à la James Dean. Il ressemblait à un adolescent grandi trop vite : mince, un peu voûté, dégingandé. Elle sourit en pensant à sa démarche étrange, à ses jambes arquées dignes d'un cow-boy tombé de cheval. Il devait mesurer moins d'un mètre quatre-vingt et cette taille ordinaire le rendait rassurant.

— Qu'est-ce qui te fait sourire ? lui demanda-t-il.

— Toi.

— Je ne vois franchement pas ce qu'il y a de drôle.

— Rien. Bon, je dois retourner bosser.

Elle se dirigea vers lui d'un pas décidé, persuadée qu'il allait s'écarter. Mais il croisa les bras sur sa poitrine et ne bougea pas.

— Laisse-moi passer ! lui ordonna-t-elle.

— Attends, Lisa. Il faut que je te parle, supplia-t-il.

— Je n'ai pas envie de t'écouter.

Face à la profonde détresse que reflétait le visage d'Antoine, la jeune femme sentait sa détermination faiblir. Qu'avait-il bien pu faire la veille pour être dans cet état ? Sa curiosité allait l'emporter si elle ne prenait pas la fuite au plus vite. Le plus simple était de descendre d'un étage et de remonter par l'ascenseur. Elle se tournait vers l'escalier pour mettre son idée à exécution, quand il l'attrapa par le bras.

— Lisa, s'il te plaît...
— Lâche-moi !

Elle se dégagea d'un mouvement brusque. Ce contact avait agi comme une décharge électrique. Ses jambes tremblaient. Cherchant un appui, elle vacilla et se retrouva assise dans l'escalier qui montait vers le toit-terrasse.

Debout devant elle, Antoine se tenait les tempes.

— Que se passe-t-il, Lisa ? Je ne te reconnais plus.

— C'est toi qui es différent, ce matin. Tu es... bizarre. Tu as vu ta tête ?

Quelques secondes s'écoulèrent avant qu'il ne réponde d'un air égaré :

— J'ai un peu bu, hier soir, j'avoue. Et comme je n'ai pas l'habitude, ben... ça ne m'a pas trop réussi.

— En effet. On dirait que tu as passé une nuit blanche, reconnut-elle.

La céphalée d'Antoine semblait contagieuse. Lisa sentit monter une tension sous son crâne. La main géante qui lui avait broyé les méninges à Saint-Lantier était de retour. Après avoir enlevé l'élastique qui retenait ses cheveux en un chignon bien lisse, elle pencha la tête en avant et massa doucement son cuir chevelu.

Quand Antoine prit place à ses côtés sur les

marches, elle se décala pour ne pas le toucher.

— Pourquoi tu me fuis depuis hier ? J'ai dit quelque chose qui t'a blessée ?

— Non.

Elle précisa :

— Non, ce n'est pas toi le responsable. C'est moi.

— Comment ça ?

— Antoine... il ne faut plus qu'on se voie en dehors du boulot.

De la voix ferme d'un juge prononçant une sentence irrévocable, elle poursuivit :

— Tu es en couple. Tu dois te consacrer à Jennifer. Je ne veux pas qu'il y ait de... d'ambiguïté.

— D'ambiguïté ?

Les yeux ronds avec lesquels il la regardait, son visage d'ado incrédule, tout la faisait craquer. Elle sentait les picotements au fond de son ventre, son cœur gonflé d'émotion, prêt à exploser dans sa poitrine. Ses iris gris devaient pétiller comme ceux de Marie. Elle ferma les paupières pour masquer son trouble.

Elle n'avait pas le choix.

En soupirant, elle lui répondit :

— L'amitié entre un homme et une femme comporte toujours une part d'ambiguïté, non ?

La porte s'ouvrit.

— Lisa ? Je vous cherchais. Monsieur Karsen a appelé. Nous avons rendez-vous dans dix minutes, vous vous souvenez ?

— Oui, j'arrive, Chloé.

Avant de rejoindre son bureau, elle lança un dernier regard à Antoine, toujours assis dans l'escalier. Touchée par la tristesse qu'elle lut dans ses yeux bleus, elle ajouta d'une voix douce :

— Je suis désolée, Antoine. J'aurais tellement aimé que ça se termine autrement.

Il ne bougeait pas. Sur le pas de la porte, Lisa hésitait, le cœur déchiré. Elle mourait d'envie d'aller le prendre dans ses bras pour le réconforter.

Antoine se leva, lui tourna le dos et monta calmement l'escalier qui menait à la terrasse. Bercée par le rythme lent et régulier de ses pas, elle le regarda grimper les échelons, en priant pour qu'il revienne vers elle. Mais il poursuivit son ascension, et sa silhouette nonchalante disparut dans la spirale de marches.

La gorge serrée, Lisa essuya le coin de ses paupières. Elle venait de perdre un ami.

Dans la cuisine, elle battait les œufs pour garnir une quiche lorsque Douglas se frotta contre ses jambes, avant d'aller s'allonger dans son panier.

— Ah ! Mon pauvre Doudou, heureusement que tu es là. J'ai l'impression que tout le monde me quitte. Marie est en couple, Antoine a retrouvé sa femme...

Le chat lui offrit un miaulement de réconfort.

— Merci, tu es adorable. Toi, au moins, tu compatis à mon malheur.

Après avoir mis tous les ingrédients sur la pâte à tarte, elle glissa le plat dans le four et régla le minuteur. Sa mélancolie s'envola pour laisser place à un constat sans appel : jamais elle ne serait heureuse en amour. Étrangement, cette situation ne la blessait pas. Si elle devait vivre seule, elle vivrait seule, un point c'est tout. Il lui semblait idiot de regretter le passé, inutile de s'apitoyer sur son sort et impossible de fantasmer sur d'autres hommes.

Pendant la cuisson, elle rejoignit le salon et s'installa dans le canapé, son ordinateur sur les genoux. La partie *Photos* comportait de nombreux dossiers bien remplis. Lisa cliqua sur l'année 2014. Là se trouvaient les clichés que David avait pris d'elle. Et quelques rares photos de lui. S'il acceptait d'être photographe, il détestait en revanche servir de modèle.

Pourquoi garder toutes ces traces du passé ? C'était néfaste, comme le lui avait expliqué la psychologue. Seuls les souvenirs positifs devaient être conservés. Si elle parvenait à tirer un trait définitif sur cette période de sa vie, elle se sentirait mieux.

Deux ans après la rupture, la cicatrice se refermait. Forte d'une détermination nouvelle, la jeune femme sélectionna les photos et plaça le pointeur de la souris sur *Supprimer*. Hésitante, le cœur palpitant, elle se mordait la lèvre. N'allait-elle pas regretter ce geste ? Son index pressa le bouton et les clichés disparurent dans la corbeille.

Elle s'empara de son téléphone. Devant le texte du dernier message de son ex, elle lui parla à voix haute :

— Oh oui, David, je vais te foutre la paix. Jamais

plus tu n'entendras parler de moi. Adieu !

Contact, textos, photos... tous les éléments relatifs à cet échec s'évaporèrent en quelques clics.

Le nom de Théo était inscrit un peu plus bas dans son répertoire. Elle inspira longuement et prit sa décision : dès le lendemain, elle irait porter plainte contre lui. Il devait payer pour ce qu'il lui avait fait.

Le four bipa. Son repas était prêt.

Assise à la table de la cuisine, elle dégustait la quiche et la salade qu'elle avait préparées tout en réfléchissant à sa situation conjugale.

Ses rêves de bonheur avaient pris leur envol.

Il était loin le temps où David la portait dans ses bras pour franchir la porte de la chambre d'hôtel lors de leur premier week-end en amoureux. Ravie de cette mise en scène, elle s'imaginait alors en robe blanche, pour une autre nuit d'amour, sa nuit de noces.

Princesse de conte de fées.

Belle au bois dormant.

David était son prince charmant.

« Ils vécurent heureux et eurent beaucoup d'enfants. »

Les petites filles ignorent ce qui suit le premier baiser. Elle l'avait découvert, à son corps défendant.

De ce temps révolu était née une certitude : rester célibataire et solitaire était le plus sûr moyen de ne pas souffrir.

Les hommes ne feraient plus partie de sa vie. Son corps ne pouvait pas, son esprit ne voulait plus. Et puis, il fallait bien se rendre à l'évidence : le prince charmant n'existait que dans les contes pour enfants.

Et les rêves des jeunes filles romantiques.

Dimanche 12 juin

Après s'être séché les cheveux, elles enfilaient leurs chaussures. Marie proposa à son amie de passer chez elle pour prendre un café.

— Bonne idée ! Comme ça, tu pourras goûter les muffins que j'ai faits ce matin.

— À quelle heure tu t'es levée, pour avoir le temps de cuisiner avant de venir à la piscine ?

— Huit heures. Je me couche tôt, maintenant. Je bouquine un peu et j'éteins vers vingt-trois heures, expliqua Lisa.

— Quelle vie monacale ! commenta Marie. Mais tes efforts semblent porter leurs fruits. Tu m'as l'air d'être plus en forme.

Lisa commençait à aimer le sport et se sentait mieux dans son corps. Ses complexes avaient disparu grâce à son nouveau maillot de bain : il mettait en valeur ses formes douces et lui permettait de ne plus se cacher. Elle avait parcouru sans se plaindre le kilomètre prévu pour cette séance.

À l'appartement, Marie fut heureuse de voir Douglas venir vers elle pour se faire câliner.

— Dis donc, il devient sociable, ce chat, maintenant qu'il n'est plus malade !

— Oui, il va beaucoup mieux. Même si j'ai parfois l'impression qu'il s'ennuie. J'essaie de jouer avec lui, de le faire sortir sur le balcon, mais il tourne souvent en rond comme un pauvre malheureux en prison.

— Tu as déjà essayé de l'amener au parc ?

— Non. Tu crois que ça lui ferait du bien ?

— Oui, j'imagine. Tu peux faire l'expérience et tu verras comment il réagit.

L'idée était séduisante.

Café, tasses, muffins : elles commençaient à tout regrouper sur un plateau lorsqu'un bref coup de sonnette retentit.

— Qui est-ce ? Je n'attends personne, s'étonna Lisa en se levant. Un dimanche, en plus.

Marie la suivit dans l'entrée, mais resta en retrait.

— Antoine ?

La porte se serait refermée sur lui s'il n'avait pas mis son pied dans l'embrasure. Marie intervint :

— Lisa, laisse-le entrer, s'il te plaît. Il faut qu'on parle.

— Quoi ? C'est toi qui lui as dit de venir ? cria Lisa en se retournant.

L'homme profita de cette diversion pour pénétrer dans la pièce et refermer le battant. Il resta près du seuil, se collant au mur comme s'il voulait se rendre invisible ou prendre le moins de place possible. Marie répondit :

— Écoute, Lisa. C'est de ma faute, tout ça. Je voudrais qu'on en parle tous les trois.

Prise au piège, Lisa ne pouvait fuir. Elle accepta donc la rencontre.

— Bon, OK. Je vous accorde cinq minutes. Ensuite, il sort de chez moi et je ne veux plus jamais le revoir ici.

Ils passèrent au salon.

Antoine n'avait pas encore pris la parole. Assis sur un fauteuil, un peu à l'écart, il écouta les deux jeunes femmes discuter entre elles, témoin muet de cette scène dont il était pourtant le sujet principal.

— Antoine m'a contactée il y a deux jours pour me demander ce qui se passait, commença Marie.

— Rien ! Il ne se passe rien ! répondit Lisa d'un ton sec.

— Si, il se passe quelque chose, Lili. Notre discussion de samedi t'a perturbée. Je te connais, tu sais. Et je crois que tu as peur : peur de tes sentiments, peur de lire au fond de ton cœur.

— Arrête avec ta psychologie de comptoir ! Oui, c'est de ta faute. Tu prétends qu'Antoine est amoureux de moi. C'est ridicule. D'abord, c'est certainement faux. Et ensuite, je ne suis pas une briseuse de couple. Donc je préfère garder mes distances.

Rouge de colère, Lisa prit conscience après coup des paroles qu'elle venait de prononcer. Pourquoi se sentait-elle obligée de s'éloigner ? Comment pouvait-elle accepter de perdre ainsi son unique ami masculin ?

Antoine leva le doigt comme un écolier.

— Euh... je peux parler ?

— Oui, bien sûr, l'encouragea Marie.

— J'ai besoin de comprendre, Lisa. Tout allait

bien entre nous et puis, du jour au lendemain, tu ne m'as plus adressé la parole. Si j'ai fait quelque chose, dis-le-moi. On peut discuter et trouver une solution ensemble.

Marie se leva discrètement, prit le chat dans ses bras et alla se réfugier dans la cuisine.

Calée dans le fond du canapé, Lisa ne bougeait plus. Déterminée à ne pas adresser la parole à cet homme qui suscitait en elle des émotions ambivalentes, elle suivait des yeux les lignes du parquet.

— Tu ne veux pas parler ? Bon, alors je te demande juste de m'écouter. Ensuite, je partirai et je te laisserai tranquille, puisque c'est ce que tu veux.

Il inspira bruyamment.

— D'abord, je te remercie pour ce que tu as dit tout à l'heure. Au sujet de mon couple. Oui, j'ai vécu en couple avec Jennifer. Et comme tu le sais, nous avons essayé d'avoir un enfant. L'an dernier, les tests étaient incertains. On ignorait si l'infertilité venait d'elle ou de moi. Les médecins pensaient que nous avions tous les deux des « faiblesses », qui faisaient que la fécondation ne réussissait pas. Nous avons donc suivi un parcours de PMA pour faire une fécondation in vitro. Cela a été très dur, surtout pour elle : les piqûres, les rendez-vous, les échecs... Et puis, l'été dernier, elle a appris qu'elle était enceinte. Nous étions heureux, tu imagines ! Tout se passait bien... jusqu'au quatrième mois. On nous a annoncé que le fœtus n'était pas viable et qu'il fallait mettre fin à la grossesse. Jennifer a subi l'opération comme une torture. Elle ne cessait de répéter qu'elle n'aurait jamais le bonheur d'être mère et... elle s'est enfoncée dans la dépression. Je l'ai soutenue du mieux que j'ai pu, mais...

Après cette phrase inachevée, un ange passa.

Antoine reprit :

— Elle est allée vivre quelques semaines chez sa mère. Pour prendre du recul, disait-elle. Je me suis retrouvé seul, comme tu le sais. Et ça ne m'a pas été facile. J'espérais son retour... tout en l'appréhendant. C'était un étrange cocktail de sentiments, un mélange d'émotions contradictoires.

Immobile, Lisa fixait la porte-fenêtre. Pourquoi lui racontait-il tout ça ? Ses états d'âme ne la concernaient pas. Elle ressentait une irritation croissante, une gêne diffuse à entrer ainsi dans l'intimité de leur couple.

Il conclut :

— Bon, je ne vais pas y aller par quatre chemins : Jennifer est partie. Définitivement. Nous avons décidé de nous séparer.

Lisa leva le visage vers lui et ils se regardèrent longuement en silence. Elle sentit son cœur s'emballer et ses joues s'empourprer. Incapable de contrôler son émotion, elle se répéta cette phrase : « Jennifer est partie ». Et cet adverbe libérateur : « Définitivement ».

Et puis soudain, l'euphorie laissa place à l'angoisse. Marie avait raison. Marie avait même doublement raison : Antoine était amoureux d'elle... et elle avait peur de ses sentiments pour lui.

Le jeune homme continua :

— Toutes ces épreuves ont détruit notre relation. Nous n'étions plus sur la même longueur d'onde. Jennifer l'avait compris depuis longtemps et c'est pour ça qu'elle est partie en avril. Pendant son absence, nous nous sommes revus au *Cappuccino* pour en discuter.

— Pourquoi est-elle revenue, alors ? demanda Lisa d'une voix tremblante.

— Pour être sûre que la séparation était inéluctable et que je l'acceptais. Je crois aussi que nous avions besoin tous les deux de nous retrouver pour évoquer le passé, soigner nos blessures, envisager l'avenir l'un sans l'autre...

Antoine se leva et vint s'asseoir près de son amie sur le canapé. Leurs genoux se touchaient presque.

— Lisa, je tiens à toi.

Les pulsations du cœur de la jeune femme s'accélèrent. Ses craintes se confirmaient.

Transie, elle écouta la suite :

— Ces dernières semaines, tu étais là, Lisa. Tu m'as soutenu quand j'allais mal ; tu m'as aidé à me sentir utile, important, à reprendre confiance en moi. Nous avons partagé des moments forts, toi et moi.

Penché en avant, il pétrissait nerveusement ses genoux.

— Je... j'aime notre complicité et...

Lisa ne le laissa pas terminer sa phrase. Les mots

étaient inutiles. Leurs cœurs créaient un champ magnétique si puissant entre eux qu'elle pouvait deviner ses pensées.

— Chut ! Ne dis rien. Je... Moi aussi, j'aime notre complicité. Et je ne veux pas te perdre. Je crois que je sais ce que tu... voudrais. Mais je ne peux pas. Du moins, pas encore. J'ai besoin d'un peu de temps, tu comprends ?

Le jeune homme resta muet.

Ses iris bleus scrutèrent les yeux gris de Lisa.

Ils se dévisagèrent en silence. Se sourirent. S'accordèrent. Créèrent leur propre harmonie.

Un simple regard leur suffit pour prêter serment.

— Merci, murmura-t-elle.

Lisa se leva, fit quelques pas dans le salon, puis appela Marie, qui arriva avec un plateau bien garni. Ils partagèrent café et muffins.

— Ils sont excellents, la félicita Antoine.

— Merci. Sans vouloir me vanter, j'avoue que j'ai progressé, depuis que je passe du temps aux fourneaux.

— Ça ne t'ennuie pas de cuisiner pour toi toute seule ? lui demanda Marie, avant de se mordre la lèvre d'un air coupable.

Sans en prendre ombrage, Lisa s'amusa de cette gaffe.

— Qui sait ? Peut-être qu'un jour, je cuisinerai à nouveau pour deux ?

Elles échangèrent un regard éloquent.

Antoine ne réagit pas. Il caressait Douglas, qui ronronnait de plaisir. Lisa se demanda lequel des deux avait adopté l'autre.

Le désencombrement du pavillon progressait. Lisa tenta de dresser de mémoire une liste des objets anciens qui s'y trouvaient. Où ses parents avaient-ils mis le guéridon ? La petite boîte à ouvrage était-elle toujours dans l'angle, près de la cheminée ? Le plus simple était de se rendre sur place pour tout noter.

L'inventaire du mobilier ne fut pas bien long à établir : Pierre et Martine avaient toujours préféré les meubles imposants. Si la plupart des objets pouvaient être emportés au dépôt-vente, il allait falloir trouver une autre solution pour le buffet du séjour, une enfilade à quatre portes, impossible à transporter.

— Tu ne m'avais pas dit que tu connaissais un antiquaire dans la région ?

Lisa fit une grimace.

— Hum, oui, mais... je préférerais qu'on ne fasse pas appel à lui. Les petites annonces, c'est bien, non ?

— Comme tu veux, dit Martine. Mais je ne veux pas me faire arnaquer. Je fixerai les prix moi-même. Et il est hors de question de négocier avec les acheteurs. On n'est pas des marchands de tapis !

Elles prirent les meubles en photo. Beaucoup étaient vides car Martine avait déjà transféré tout leur contenu dans des cartons.

— Maman, il faut trier tout ça, dit Lisa. Tu ne peux pas tout emporter dans ton futur appartement.

— Ah ! Mais non, je ne compte pas les garder. Je veux tout vendre ou tout donner. Je devais justement t'en parler. J'ai décidé de me débarrasser de tous les objets achetés avec Pierre. Pour repartir de zéro, il me faut du neuf. Et surtout, des choses qui correspondent à mes choix personnels.

— Tu veux dire que c'est lui qui avait choisi tout ça ? s'étonna Lisa.

— Oui et non. On achetait ensemble, bien sûr, mais je faisais souvent des concessions quand on ne parvenait pas à se mettre d'accord. Et puis… j'ai changé. Certains meubles me semblent trop massifs, trop rustiques, trop moches. Je n'ai jamais osé le lui dire, avoua-t-elle en soupirant. Peut-être que je m'accrochais à tout ça pour ne pas couler avec le navire. Mais maintenant que notre couple est tombé à l'eau...

Cette métaphore maritime surprit la jeune femme. Sa mère n'avait jamais aimé la mer.

Lisa était plongée dans l'intimité de ses parents. Son père avait laissé une bonne partie de ses vêtements dans son dressing : tout ce qu'il n'utilisait plus. Quand elle proposa de tout donner à une association caritative, Martine blêmit et dit d'une voix glacée :

— C'est étrange de faire ça. Vider son armoire, comme s'il était mort.

Ses jambes se dérobèrent. Elle tomba assise sur le lit, submergée par l'émotion que lui provoquait la vue de ces vêtements. Ce costume, là, était celui de leur mariage. Pendue sur ce support, elle retrouvait la cravate bleue qu'elle lui avait offerte pour son anniversaire, et celle-ci, grise et rose, qu'ils avaient choisie ensemble pour assister aux noces de Clothilde. De ces chemises bien repassées émanaient des fragrances musquées. Son parfum. Son odeur. Sa présence.

Martine fondit en larmes dans les bras de sa fille. Les sanglots la secouaient. Le fond de teint dévala les joues livides, la peau amincie par l'âge. Ce brouillis de maquillage à l'eau salée inonda l'épaule de Lisa.

— Ma petite Maman, ma pauvre petite Maman.

Elle se revit deux ans plus tôt, après l'abandon de David. Au creux de son ventre pulsait encore la blessure du désespoir. Elle n'avait pas oublié. Ce gouffre béant dans lequel on sombre. Cette chute interminable vers des profondeurs insondables. Il fallait des semaines, des mois pour toucher le fond. Et trouver un jour le courage de donner un coup de pied pour remonter vers la surface.

Cette impulsion vitale, cette envie de guérir, c'est son grand projet qui la lui avait apportée.

Martine allait suivre le même parcours. Comme sa fille, elle allait progresser case par case. Et dans la toute première case, il était écrit : déménager.

D'une voix chaleureuse, Lisa demanda :

— Alors, ta recherche de logement, ça avance ?

Sa mère, submergée par le chagrin, se redressa, essuya son visage et lissa ses cheveux d'un geste de la main.

— Oui, ça avance. J'ai visité un appartement rue des Anémones qui me plaît beaucoup. Il a une grande terrasse exposée au sud sur laquelle je me verrais bien cultiver quelques bacs de fleurs.

— Oh ! C'est chouette ! s'exclama Lisa. Il est disponible quand ? Tu as signé le contrat de location ? Il est comment ? La déco te plaît ?

Devant tant d'enthousiasme, Martine sourit. Elle avait déposé un dossier et attendait une réponse de l'agence immobilière. Si le propriétaire acceptait sa candidature, elle aurait les clés début juillet. Des travaux de peinture seraient à prévoir avant d'emménager.

— Tu pourras venir passer quelques jours chez moi pendant ce temps-là, si tu veux, lui proposa sa fille.

— C'est gentil, ma chérie. Nous verrons ça. Pour le moment, mettons-nous au travail, car nous avons encore du pain sur la planche.

Elles reprirent le tri des vêtements de Pierre.

Après avoir subi son absence, elles allaient maintenant gommer toute trace de sa présence.

Samedi 18 juin

Lisa entra dans l'appartement d'Antoine avec la désagréable impression de violer un sanctuaire. Quand elle lui avait proposé de vendre quelques objets sur son stand au vide-grenier, elle n'imaginait pas qu'il la solliciterait pour le tri et la mise en cartons.

Le salon était sombre, croulant sous les livres et bibelots accumulés dans une multitude de meubles à étagères.

— Je ne comprends pas pourquoi Jennifer achetait autant de bouquins, lui confia Antoine. Elle ne lisait jamais.

— Certaines personnes aiment les livres pour leur potentiel de décoration, expliqua Lisa en contemplant la bibliothèque. Tu ne trouves pas ça joli ?

Elle saisit un grand volume sur les peintres impressionnistes et s'installa dans un large fauteuil confortable pour en tourner les pages. Plongée dans cet univers pictural aux teintes douces, elle ne vit pas Antoine arriver, les bras chargés de caisses en plastique vides.

— Dis donc, si c'est comme ça que tu tries, on sera encore là à Noël, lui lança-t-il en posant son barda sur le sol.

Lisa rit et ferma le livre.

— Tu as raison, mais il faut bien que je me familiarise avec ton univers. D'ailleurs, tu me fais visiter le reste de l'appartement ?

Il l'entraîna vers la cuisine. Robot multifonction, grille-pain, four à micro-ondes, blender... Les appareils électroménagers étaient éparpillés sur le plan de travail en un désordre indescriptible. Les assiettes, verres et couverts prenaient la poussière sur une étagère.

— Vous n'avez... euh, pardon, tu n'as pas de buffet pour ranger tout ça ?

— Non, on n'a jamais pris le temps d'acheter ce qu'il faut. Et puis, elle aimait que tout soit à portée de main.

— Ça, pour être à portée de main, c'est à portée de main, confirma Lisa.

Elle pensa à sa propre cuisine, où les meubles étaient dorénavant dépouillés de leur bazar. Il lui avait fallu des semaines pour réussir à épurer son environnement : chercher une solution pour chaque objet, acheter des bacs pour compartimenter tiroirs et placards, s'astreindre à ranger chaque chose à sa place... Ses habitudes n'étaient pas encore bien fixées, mais elle progressait. Elle appréciait surtout d'avoir de l'espace sur le plan de travail. Sa cuisine était devenue un terrain de jeu et d'expérimentation, une pièce centrale, dans laquelle elle passait de plus en plus de temps.

Son regard butinait les différents éléments de ce capharnaüm et un sentiment de découragement l'envahit. Elle soupira, la poitrine creuse, les épaules basses. Entre l'appartement d'Antoine et la maison de ses parents, la préparation du vide-grenier semblait être un défi insurmontable. Tous ces objets...

Son ami l'observait, gêné.

— Oui, je sais. C'est la cata.

— Je n'ai pas dit ça, mais..., hésita Lisa, je crois qu'il va falloir définir des priorités. On ne pourra pas tout trier en huit jours.

— Et si on laissait tomber ? proposa-t-il. On n'a qu'à aller faire un tour, il fait super beau.

— Non, lui répondit Lisa, catégorique. Je suis venue pour t'aider à ranger. Rangeons ! On n'a qu'à se fixer une limite horaire. Par exemple, on trie pendant deux heures et ensuite on va se promener, ça te dit ?

— À vos ordres, Mademoiselle, se moqua-t-il.

— Antoine ! Tu es incorrigible ! rigola Lisa.

La visite guidée se poursuivit dans les autres pièces, tout aussi encombrées.

De retour au salon, ils se mirent au travail : Lisa s'occupait des livres, pendant que son ami emballait les bibelots. Ils échangeaient leurs avis sur ce qu'il fallait vendre ou garder.

En découvrant l'étagère contenant les ouvrages sur la plongée, la jeune femme ne put s'empêcher d'en feuilleter un.

— C'est magnifique ! Regarde cette couleur azur.

C'était l'occasion de faire une pause. Antoine vint s'asseoir à ses côtés sur le canapé et ils posèrent le livre sur leurs genoux. Lisa l'écouta expliquer les îles, les poissons, les atolls, en tournant les pages. Quand elle pointa une image, elle heurta son bras. D'un vif mouvement de recul, elle retira sa main, brûlée par ce contact.

Antoine ferma le livre et posa sa paume sur le genou de la jeune femme. Elle sursauta, effrayée.

— Mais qu'est-ce que tu fais ?

Il lâcha sa prise.

— Lisa, je voudrais... enfin... il faut que tu m'expliques.

Elle sentit ses joues blêmir.

Ce moment devait arriver. Elle le savait. Elle le redoutait. Cette étape l'aiderait à se libérer du passé. Pour la franchir, elle allait devoir se mettre à nu devant cet homme, lui révéler ses blessures et accepter son aide pour les panser.

Sur sa cuisse, elle sentit la main d'Antoine glisser dans la sienne d'un geste sûr et doux. Elle frissonna. Inspirant lentement pour se détendre, elle serra ces doigts amicaux. Et avoua :

— Depuis mon agression, j'ai peur.

La gorge serrée, elle ferma les yeux. Les images de la soirée du 16 mai déferlèrent dans son cerveau et un bouquet d'émotions explosa dans ses entrailles.

Sa respiration s'accéléra.

Contractant doucement ses doigts, son ami envoya une petite impulsion dans le creux de sa paume. Cet infime signal débloqua la parole de Lisa :

— Tu n'y es pour rien, Antoine.

— Je sais.

— Cet homme... Théo. Il m'a... enfin, non, ce n'est pas lui. C'était avant.

À nouveau, elle fut assaillie de souvenirs : David, l'hôtel, leur intimité, les mots qu'il avait prononcés...

Antoine respectait ses silences.

— Tu es si patient, si calme, poursuivit Lisa. Je me sens bien avec toi.

Elle retira sa main, qui devenait moite. Sa poitrine se levait et s'abaissait dans un va-et-vient frénétique.

— Dis-moi tout, l'encouragea-t-il.

Alors, elle se confia, enfin.

Elle lui dit son enfance blessée, son adolescence sage, sa rencontre avec David, leur relation tumultueuse.

— Je n'ai jamais su... le rendre heureux.

Les lèvres de Lisa tremblaient derrière ses cheveux, qui cachaient une partie de son visage. D'un geste lent, il souleva une mèche, la plaça derrière l'oreille et se pencha vers elle pour l'embrasser.

Posant simplement ses mains sur la poitrine de son ami, elle le repoussa avec douceur.

— Il ne faut pas, Antoine. Je... je ne suis pas encore prête, lui confia-t-elle.

— Je suis désolé, je croyais que...

Dans ses iris bleus, elle vit briller une lueur de désir qui la troubla.

— Je ressens... une attirance pour toi, c'est vrai. Mais j'ai peur. Et je ne sais pas si je réussirai un jour à vaincre mes appréhensions, à oublier le passé. Il y a des obstacles en moi, des blocages et je...

Sa phrase s'éteignit dans sa bouche.

Antoine lui prit les mains. Leurs doigts réunis les reliaient l'un à l'autre. Par ce cordon, il lui transmit sa force et sa chaleur, puis la rassura :

— Je comprends que ton passé t'ait traumatisée. S'il te faut du temps, j'attendrai. Je ne suis pas comme eux, Lisa. Tous les hommes ne sont pas comme eux. Tu n'as pas eu de chance. Mais maintenant, c'est différent et tu vas y arriver. Tu sais pourquoi ?

En désignant le torse de son amie, il ajouta :

— Parce que ce petit cœur, là, mérite d'être heureux.

Elle sourit. Ce petit cœur, elle le sentait battre dans sa poitrine et vibrer d'un élan nouveau. Mais le nœud dans son ventre était bien là, lui aussi.

— Merci, Antoine. Merci pour ta confiance. Un jour, bientôt j'espère, je ferai tomber toutes ces barrières qui me bloquent et je serai enfin disponible pour toi, pour répondre au mieux à tes attentes.

Il la fit taire en posant un doigt sur sa bouche.

— Tut, tut, tut... C'est n'importe quoi, ça. Tu n'es pas ma chose, Lisa. Tu n'es pas là pour satisfaire mes attentes. Nous sommes deux et la relation dans un couple doit être équilibrée. Chacun a son mot à dire. Tous les désirs doivent être pris en compte, les tiens comme les miens.

— Je suis désolée, s'excusa-t-elle. Je n'ai jamais connu ce que tu dis : une relation de couple équilibrée.

— Ça, je l'ai bien compris, confirma Antoine. Et c'est pour ça que tu n'as jamais été heureuse. Tu es tombée sur des machos qui voient la femme comme un objet. Mais ce n'est pas ça, l'amour, Lisa.

— Eh bien, j'espère alors que je vais découvrir ce qu'est le véritable amour. Avec toi.

Les yeux dans les yeux, les mains dans les mains, ils se sourirent, complices.

— Allez, au boulot, maintenant !

Dimanche 26 juin

— Quelle heure est-il, Antoine ?
— Onze heures dix.
— Déjà !

Assise sur une chaise au fond de son stand, Lisa faisait une pause en grignotant une barre de céréales. Le vide-grenier ne désemplissait pas et les ventes se succédaient à un rythme soutenu. Elle consultait son téléphone quand son ami l'appela en chuchotant :

— Lisa, viens voir. Ça ne serait pas... ?

Elle se leva et regarda dans la direction qu'il lui indiquait. En découvrant les deux hommes qui approchaient, elle blêmit et pria pour qu'ils passent sans s'arrêter.

Malheureusement, Monsieur Guillemin l'avait reconnue.

— Ah, tiens ! Quelle belle surprise ! Bonjour, Mademoiselle. Je suis content de vous retrouver. Qu'avez-vous à vendre, aujourd'hui ?

Il scrutait le stand, à la recherche d'un objet intéressant pour sa boutique d'antiquités. Derrière lui, Théodore détaillait les allées du vide-grenier, comme s'il cherchait une issue à cette situation délicate.

— Bonjour, lui répondit Lisa.

Elle avala péniblement sa salive avant d'ajouter :

— Bonjour, Théodore.

Tournée vers lui, elle cherchait à capter son regard. Il baissait la tête et laissait ses doigts courir sur le drap blanc qui nappait le stand. Mal à l'aise, il ne parvenait pas à la fixer.

— Euh... bonjour.

— Vous ne me faites pas la bise ? lui lança-t-elle, d'un ton provocateur.

Elle était décidée à l'affronter, sans lui laisser aucune possibilité de s'enfuir.

Après un court temps d'hésitation, il se pencha vers elle. Ses lèvres effleurèrent les joues de la jeune femme et murmurèrent à son oreille :

— S'il vous plaît, ne lui dites rien.

Les effluves d'eau de toilette troublèrent Lisa. Elle perçut les battements de son cœur qui pulsaient dans ses oreilles. Son corps s'échauffa, envahi par une bouffée de stress, mais elle souffla doucement et veilla à rester aussi naturelle que possible.

Elle lui confirma d'un battement de cils qu'elle serait discrète. Monsieur Guillemin était un homme sympathique, dont elle appréciait le contact franc et honnête. Elle ne comprenait pas comment il pouvait avoir un tel fils. Mais ce n'était pas à elle de lui apprendre ce qui s'était passé.

Constatant qu'Antoine discutait avec l'antiquaire autour d'une maquette de bateau, Lisa fit signe à Théodore de se mettre à l'écart.

— Nous nous reverrons bientôt, je pense.

— Oui, je... je comprends que vous ayez porté plainte. Je suis désolé pour... tout ça.

— C'est un peu facile, vous ne trouvez pas ?

L'homme baissa la tête et ne répondit pas.

Constater que quelques phrases suffisaient à écraser cette haute carcasse dégingandée fit plaisir Lisa. Elle se dit qu'il n'était finalement qu'un « grand garçon », qui ne contrôlait pas ses pulsions. La confrontation chez le juge ne l'inquiétait plus. Le coupable paierait pour sa lâcheté.

Théodore quitta le stand, après avoir informé son père qu'il allait boire un café à la buvette. La jeune femme se tourna vers Antoine, qui la scrutait, sourcils froncés. Quand ils furent seuls, elle le rassura :

— Ne t'inquiète pas. Tout va bien.

— Tu es sûre ?

— Oui. C'est même plutôt une bonne chose que je l'aie revu. Il ne me fait plus peur, maintenant.

Antoine sourit, visiblement soulagé.

— Tu m'étonneras toujours. Je ne t'imaginais pas aussi forte.

Lisa savait que cette force nouvelle venait en partie de lui. Elle aimait lire l'admiration dans son regard. Jamais elle ne s'était sentie aussi proche d'un homme. Aussi belle. Aussi désirable.

La ruche se vidait peu à peu. Dans les allées, qui étaient noires de monde quelques heures plus tôt, ne se promenaient plus que les derniers visiteurs. Certains portaient des sacs remplis de vêtements. D'autres avaient sous le bras un cadre, une machine à café ou un trotteur en plastique. Un enfant poussait fièrement le vélo que ses parents venaient de lui acheter.

Les dernières négociations débutaient :

— Si je vous prends le tout, vous me faites un prix ?

La liste des objets vendus couvrait plusieurs pages sur le cahier de Lisa. Le stock avait considérablement diminué.

Antoine réorganisait le stand une dernière fois, pour mettre en valeur les bibelots qui attiraient moins le chaland. Une dame aux cheveux blancs s'approcha et saisit un ours d'une vingtaine de centimètres couvert de coquillages.

— C'est mignon, ça. Vous le vendez combien ?

— Quatre euros, Madame, lui répondit Antoine.

— Oh ! Mais c'est bien cher, jeune homme. Accepteriez-vous de baisser un peu votre prix pour une mamie qui collectionne les oursons ?

— Je vous le laisse pour trois euros.

La vieille dame reposa la statuette et s'éloigna sans rien ajouter. Lisa s'informa :

— Qu'est-ce qu'elle voulait ?

— L'ourson en coquillages. J'ai proposé de le lui laisser à trois euros, mais elle a pris la fuite.

— Pas étonnant. C'est tellement moche, ce truc, que même si on me le cédait gratuitement, je n'en voudrais pas, répondit Lisa en rigolant.

— Pourquoi dis-tu ça ? J'aime bien, moi. Je le mettrais bien sur ma table de chevet, tiens.

Antoine prit l'ourson, commença à l'emballer dans du papier de soie et ajouta :

— Il ne faudrait pas le casser. Une œuvre si

originale !

La jeune femme leva un sourcil.

— Tu ne parles pas sérieusement ? s'inquiéta-t-elle.

— Mais si, bien sûr. J'adore les objets qui prennent la poussière. C'est mon côté grand-mère.

L'incrédulité sur le visage de son amie le fit éclater de rire.

— Pfff... tu sais bien que je déteste quand tu te moques de moi, répondit Lisa, boudeuse.

Elle se détourna. Antoine s'en aperçut et lui posa la main sur l'épaule, ce qui la fit tressaillir.

— Excuse-moi, Lisa, mais tu ne vas pas me faire la gueule pour ça, quand même.

— Mais non, laisse tomber. C'est de ma faute : je ne devrais pas réagir au quart de tour comme ça. Il faut dire... Eh ! Regarde !

Elle chuchota :

— Elle revient. Allez, au boulot, cher vendeur.

La petite dame passa devant le stand, fit demi-tour et souleva ses lunettes.

— Vous l'avez vendu ?

— Pardon, Madame, de quoi parlez-vous ? demanda Antoine d'un air innocent.

— L'ourson, voyons ! Vous l'avez vendu ?

— Ah ! Euh... non. Il est là.

Il déballa l'animal et le tendit à la vieille femme.

— Hum... Il a un petit défaut. Juste là, vous voyez, lui dit-elle en montrant l'angle de la patte postérieure. Il manque un coquillage.

Le jeune homme se pencha vers la tête blanche, d'où émanait une odeur de laque et de lavande.

— Oui, en effet, reconnut-il.

— Deux euros ? proposa-t-elle alors.

— D'accord, je vous le laisse pour deux euros, conclut-il avec un sourire aimable.

— Avez-vous de la monnaie ?

Elle sortit un grand porte-monnaie, d'où elle extirpa un billet de vingt euros.

Antoine jeta un clin d'œil à son amie, qui observait la scène du fond du stand, sans chercher à intervenir, se réjouissant de la tournure que prenaient les événements. Quand le dos voûté de la vieille femme s'éloigna, il fit le geste de s'essuyer le front.

— Pfiou... quelle négociation difficile !

— Je constate que vous n'avez pas été très performant sur cette vente, Monsieur Antoine. Notre marge est négative. Le montant du déficit sera retenu sur votre paie, lui assena Lisa.

— Oh ! Non, patronne ! C'est vraiment trop injuste, répondit-il en se jetant à ses genoux, les mains jointes.

— Acceptez votre sentence. Ou ma colère sera terrible.

— Pitié ! implora-t-il.

Elle rit devant ses yeux de chien battu. Ce n'est que quelques secondes plus tard qu'ils réalisèrent que leurs voisins de stand les regardaient en souriant, divertis par ce spectacle insolite.

Quand Antoine arriva en haut de l'escalier avec le dernier carton, Lisa l'accueillit avec soulagement.

— Ça y est, c'est terminé ?

— Oui, enfin ! souffla-t-il.

Ils le stockèrent dans l'entrée.

— Il va falloir que je voie avec ma mère ce qu'elle veut faire de tout ça.

— À ta place, je ne lui en parlerais pas.

— Comment ça ?

— Qu'avez-vous convenu pour le bénéfice ?

— Elle m'a dit de tout garder. L'agent ne l'intéresse pas, elle veut juste se débarrasser de tout ce bazar.

— Donc, tu peux faire ce que tu veux de tout ça, sans lui en parler, déduisit le jeune homme.

— C'est vrai. En tout cas, merci pour ton aide et ta présence. Je t'offre quelque chose à boire ?

— Je veux bien un café, ça me détendra.

— Attends-moi dans la cuisine, j'arrive. Je meurs de chaud. Je vais me rafraîchir un peu, changer de débardeur et m'attacher les cheveux.

Antoine suivit le chat en le gratifiant de quelques caresses.

Assis face à face, ils dégustèrent leurs cafés en faisant le bilan de la journée. D'après le carnet de Lisa, cent quatorze objets avaient été vendus pour un bénéfice d'environ deux cent quatre-vingts euros.

— Bon, il y avait plein de choses à toi. On fait moitié-moitié ? proposa la jeune femme.

— Non, laisse tomber. Tu peux tout garder.

— Ça va pas, non ? T'es fou !

Antoine la dévisagea avec un regard perçant qui la mit mal à l'aise. Que cachait la pointe de malice qu'elle croyait déceler dans ses iris bleus ?

— Je veux bien accepter cet argent, mais à une condition...

Elle souffla bruyamment.

— Pfff... qu'est-ce que tu vas encore inventer ? Vas-y, je t'écoute.

— ... Tu viens en week-end avec moi les 22 et 23 juillet. Je connais un site magnifique que je voudrais te faire découvrir.

La jeune femme plongea le nez dans sa tasse pour cacher les couleurs que prenaient ses joues. Que pouvait-elle lui répondre ? Elle mourait d'envie de partir avec lui. Mais c'était un choix cornélien : si son cœur disait oui, sa raison refusait.

Quant à son corps...

Seule avec un homme, la chambre, le lit, l'intimité. De multiples images se succédaient dans sa tête : sa première fois avec David, le repas chez Théo, la nuit à l'hôtel lors du mariage de Clothilde...

Elle se leva et alla s'appuyer sur le bord de l'évier. Au fond du bac, les gouttes d'eau formaient de petits dessins comme les nuages dans le ciel. Elle ne les voyait pas. La douleur de la plaie qui lui déchirait les entrailles irradiait dans tout son être. Le poignard lui lacérait les chairs et ce supplice lui ôtait toute volonté.

— Lisa ?

Son ami la rejoignit. Debout derrière elle, il toucha délicatement son bras. Elle trembla à ce contact et sortit de sa torpeur.

— Lisa, ça ne va pas ?

Elle perçut la chaleur de ce corps masculin dans son dos. Et le charme sensuel qui en émanait.

Une onde prodigieuse l'enveloppa tout entière. La blessure au creux de son ventre se referma. Les chairs se recollèrent, l'entaille devint plus fine et la peau cicatrisa. Un délicieux sentiment de bien-être inonda la jeune femme, ne laissant subsister sous son nombril qu'un agréable picotement.

Antoine leva le bras, sans la toucher. La main suspendue sur la courbe de son épaule nue, il contemplait sa peau satinée, sur laquelle glissaient de petits frissons.

Les fins cheveux de sa nuque, légers comme du duvet, ondulèrent dans le souffle tiède du jeune homme. Lisa frémit de plaisir sous cette caresse aérienne.

Elle se retourna lentement.

Quand leurs regards se croisèrent, elle sut que la dernière barrière venait de s'ouvrir : rien ne la retenait plus prisonnière du passé. Elle était libre d'aimer.

Alors, elle posa sa tête contre la poitrine de cet homme qui l'attendait, cet homme patient et sincère. Ses bras l'enlacèrent. Bercée par les vagues de ce torse protecteur, elle se laissa envoûter par son parfum familier et sa chaleur rassurante.

Antoine n'avait ni la carrure de Pierre, ni le regard

sombre de David, ni la voix grave de Théo.

Il était frêle, calme, discret.

Mais il était fiable, drôle et affectueux.

D'une oreille appliquée, elle écoutait dans la cage thoracique d'Antoine le rythme de son cœur amoureux. Les battements résonnaient en pure anarchie.

Ils se disciplinèrent.

Avant de reprendre leur tumulte quand l'homme commença à caresser ses épaules d'un geste tendre et sensuel.

Ce contact magnétique éveilla dans son corps de femme des sensations féeriques.

Elle se redressa.

Dans le regard clair d'Antoine, elle lut confiance, amour et désir.

Leurs visages fusionnèrent en un premier baiser. Lisa savoura le contact de sa peau, ses lèvres tendres, sa bouche délicieuse.

Et dans son souffle court, la douce amertume du café.

Épilogue

Assise face au miroir, Lisa regardait Patricia démêler ses cheveux humides.

— Ça fait combien de temps ? demanda la coiffeuse.

— Six mois bientôt. C'était fin mars. Pourquoi ?

— Ils ont bien poussé.

— Vous les aviez trouvés ternes la dernière fois.

— Là, ils sont magnifiques. Vous avez fait des soins ?

— Non. Disons que j'ai une vie plus... équilibrée.

— Ça se voit. Pour la coupe, on fait com... ? Ah ! Excusez-moi, je reviens.

Patricia s'éloigna pour aller répondre au téléphone. Lisa sourit à son reflet : son hâle d'été s'était estompé, mais elle avait bonne mine. Son téléphone vibra dans sa poche pour lui annoncer l'arrivée d'un texto d'Antoine :

Tu es où ? Les invités seront là dans une heure.

Elle pianota rapidement pour le rassurer :

Je suis chez la coiffeuse. Tout est prêt dans la cuisine. Tu as juste à dresser le buffet. À tout à l'heure. Bisous.

Pendant la coupe, son esprit divagua, bercé par le cliquetis des ciseaux. Les vacances en Italie lui avaient laissé de formidables souvenirs. Antoine avait réussi à changer ses dates de congé et ils étaient partis deux semaines en amoureux sur les côtes de la Toscane. Balades, plage, farniente, jeux, soirées, repas au restaurant... Deux semaines de bonheur intense dont le point d'orgue avait été le vingt-deux août.

Ce soir-là, au crépuscule, Antoine l'avait guidée sur le chemin de l'extase. Ensemble, ils avaient trouvé la clé pour ouvrir la porte du firmament. Après l'amour, elle était si belle qu'il avait immortalisé son visage rayonnant en un portrait magnifique, qu'il gardait depuis comme fond d'écran sur son téléphone, près de son cœur.

— Ça vous convient ? lui demanda Patricia.

Lisa sortit de sa rêverie et découvrit son reflet dans le miroir.

— C'est... c'est parfait, merci.

Elle entra dans l'appartement le plus discrètement possible. Douglas vint l'accueillir en trottinant, puis se frotta contre la porte.

Lisa s'accroupit et murmura à l'oreille du chat :

— Chut, Doudou ! Ne fais pas de bruit, je veux leur faire une surprise. On ira au parc demain, c'est promis.

Depuis qu'il prenait l'air deux ou trois fois par semaine, l'animal avait à nouveau le pelage souple et brillant. Il aimait jouer dans l'herbe ou explorer les massifs à la poursuite de souris imaginaires.

La jeune femme avança sur la pointe des pieds jusqu'au seuil du salon. Une table ronde accueillait un buffet dînatoire richement garni : canapés, quiches, petits fours, oléagineux, fromages, biscuits salés... Au centre, six flûtes en cristal formaient une ligne étincelante. Une bouteille de champagne patientait au frais dans un seau à glace.

Antoine regardait des photos de vacances sur le téléphone de Célestin.

— Et vous aviez chacun un kayak ?

— Oui, on a hésité à prendre un biplace. On aurait peut-être dû, car certains, ou plutôt certaines, avaient du mal à suivre le groupe.

Marie lui tira la langue et se justifia :

— C'est pas de ma faute si le guide allait trop vite. Et puis, mon kayak était mal équilibré.

À droite de la pièce, Martine bavardait avec Mehdi autour d'une grande lampe en bois flotté et en fer forgé posée dans l'angle, près du canapé. La composition attirait le regard par son design atypique et l'équilibre de sa structure, qui montait vers le plafond en une spirale complexe.

— Elle est superbe, vraiment ! Vous avez du talent.

— J'en ai créé d'autres, tout aussi originales. Je pourrai vous montrer des photos, si vous le souhaitez, répondit l'homme à la barbe blanche.

Les invités étaient venus pendre la crémaillère et découvrir la nouvelle décoration de l'appartement. Quelques semaines après les travaux, l'odeur de peinture fraîche s'était estompée et les murs présentaient de douces couleurs satinées. Le bureau avait été vendu pour libérer de l'espace. Une table blanche entourée de six chaises occupait la gauche de la pièce. Elle faisait face à un canapé en tissu sombre et à un meuble bas à deux compartiments. Un buffet en bois clair complétait le mobilier.

Chaque détail de la décoration avait été pensé pour permettre à l'œil de se poser sans accroc sur un camaïeu bleu mêlé de prune. Lisa avait passé des heures à chiner, bricoler et rénover les meubles et objets, peu nombreux, qui donnaient au séjour un cachet unique.

Soudain, Marie s'impatienta.

— Bon, elle arrive quand, la star de la soirée ? Tu as des nouvelles, Antoine ?

— Non, je ne compr...

Il s'arrêta, bouchée bée, en découvrant sa compagne, debout sur le seuil du salon. Lisa les regardait tous, à tour de rôle, ravie de l'effet de surprise.

Les pieds chaussés de sandales en cuir, elle portait une robe légère en tissu fluide, aux motifs bleus et orangés.

Un collier ancien se détachait entre ses clavicules. Carré, il attirait le regard avec son paysage de bord de mer minutieusement peint à la main. Sa couleur cuivrée s'accordait avec la chevelure de la jeune femme.

Les yeux gris légèrement maquillés éclairaient des joues aux traits détendus. Souples et dorés, les cheveux coupés courts dégageaient le visage de Lisa, égayé par un magnifique sourire.

— Mais, ma chérie, qu'as-tu fait à tes cheveux ? lança Martine dans un cri de désespoir.

— Je m'en suis libérée, Maman. J'avais envie d'une nouvelle coupe pour cette nouvelle vie, affirma la jeune femme, d'une voix claire.

— Tu es superbe, lui glissa Antoine à l'oreille, avant de déposer un baiser au creux de son cou. Je t'aime.

Elle l'embrassa tendrement avant d'aller faire la bise à ses invités.

Autour de la table, ils trinquèrent à la santé et au bonheur du couple, dans cet appartement épuré, lumineux et confortable.

Puis, Lisa prit la parole :

— Je voudrais vous remercier, du fond du cœur. Si je suis heureuse aujourd'hui avec Antoine, c'est grâce à vous tous.

Elle leva son verre vers chacun des invités.

— À toi, Marie, mon amie de toujours, ma presque sœur, qui as su écouter mes peines et me soutenir, me coacher pour ranger l'appartement et me sortir pour faire du sport le dimanche.

» À toi, Célestin, dont le sourire illumine notre quotidien. En nous accueillant dans ton café, tu nous as permis de nous réunir pour échanger des confidences, fêter de bons moments ou pousser des coups de gueule. Et comme tu sais rendre Marie heureuse, tu es mon presque beau-frère.

» À toi, Mehdi, qui m'as recueillie à Saint-Lantier au moment où j'allais mal. Ton empathie, ta bienveillance, ton écoute m'ont aidée à me réconcilier avec le passé dans ce beau village, où je reviendrai avec plaisir pour te voir et rendre visite à ma grand-mère.

» À toi, ma petite Maman, qui as toujours été là pour bercer l'enfant que j'étais, celle qui attendait sans fin le retour de son Papa. Il est parti. Et c'est mieux ainsi. Un jour, peut-être, je reprendrai contact avec lui, quand le temps aura fait son œuvre. Ta deuxième vie commence, dans un bel appartement. Je te souhaite d'y être heureuse et de rencontrer à nouveau l'amour.

» Et, pour finir, à toi, Antoine, mon chéri. Tu as réussi l'exploit de me réconcilier avec les hommes, et ce n'était pas facile. Tu es l'amour de ma vie, tu le sais. C'est un bonheur sans cesse renouvelé de partager ensemble les petits moments du quotidien. J'aime notre complicité. Et je t'aime, tout simplement.

» Merci à tous d'être là. Restez tels que vous êtes. Toujours.

Elle s'éloigna vers la porte-fenêtre pour cacher son émotion. Debout devant la vitre, face à la rue où les tilleuls endossaient déjà leur parure d'automne, elle porta la main à son collier.

— À toi, Mina, ma grand-mère adorée. Tu seras toujours près de moi. Tu aurais aimé Antoine, j'en suis certaine.

Remerciements

Merci aux proches et aux amis qui m'ont accompagnée pendant l'écriture de ce roman.

Merci à tous les lecteurs arrivés jusqu'ici.

En partageant vos avis et commentaires sur les sites marchands, forums, blogs et réseaux sociaux, vous aiderez ce livre à trouver son public.

Pour lire mes textes courts et suivre mon actualité, je vous invite à venir visiter mon blog, Zia de A à Z : http://ziaaz.eklablog.com*.*

À bientôt !